문지푸른책 **제재문학선 ① ① 1 가족**

네 거리의 집

문지푸른책 **제재문학선 001** 가족
네거리의 집

초판 발행 2002년 8월 22일
4쇄 발행 2011년 10월 27일

엮은이_ 최시한
펴낸이_ 홍정선
펴낸곳_ ㈜문학과지성사

등록번호 제10-918호(1993.12.16)
주소_ 서울 마포구 서교동 395-2(121-840)
편집_ 전화 338)7224~5 팩스 323)4180
영업_ 전화 338)7222~3 팩스 338)7221
홈페이지_ www.moonji.com

ⓒ 최시한, 2002. Printed in Seoul, Korea

ISBN 89-320-1357-8

* 이 책의 판권은 엮은이와 ㈜문학과지성사에 있습니다.
  양측의 서면 동의 없는 무단 전재 및 복제를 금합니다.

문지푸른책 제재문학선 001 가족

네 가 라 의 집

최시한 엮음

문학과지성사
2002

기획의 말

 컴퓨터가 발명되기 이전에도 가상 공간cyberspace은 있었다. 본래 사람 속에는 온갖 것을 다 그리고 만들어낼 수 있는 공간이 있기 때문이다. 지금 컴퓨터가 없는 사람도 그 공간에, 이 세상에서 일어날 수 없는 일까지 마음껏 떠올리고 상상할 수 있다. 사람이 사는 세상은 밖에만 있지 않고, 그것을 보는 눈 또한 얼굴에만 있지 않은 것이다.

 사람 속의 그 공간에서 어떤 일이 아주 활발하게, 구체적으로 일어나는 것은 무엇보다도 문학 작품을 읽을 때이다. 시, 소설 등을 이루고 있는 말들을 읽으면서, 우리는 어떤 모습이나 상황을 '그려내고 만들며,' 그 허구 세계 혹은 가상 현실에 '들어가,' 다양한 체험을 하면서 온갖 생각과 느낌을 표현하고 얻는다. 문학 작품의 독서는 이렇게 종합적으로, 또 독자가 참여하므로 매우 재미있게 이루어지는 고도의 정신 활동이요 체험이다. 시를 읽으면서 감정이 깊어지고 예민해짐을 느낀다든가, 소설을 읽고 나면 어떤 인물과 그의 환경에 대해 깊이 알게 되는 현상은(실제 현실에서는 그런 일이 드물게 일어난다), 다 그럴 만한 까닭이 있다.

따라서 문학 작품을 읽는 일은, 아주 유익하고 중요하다. 그 자체가 요긴한 공부, 지식을 암기하는 게 아니라 인간답고 세련된 정서와 사고 능력을 '체험을 통해' 기르는 학습 활동이기 때문이다. 그것이 그저 재미만 맛보는 데 그치지 않으려면, 좀 더 느끼고 생각하는 힘을 기르면서 차원 높은 재미를 맛보는 학습이 되려면, 여러 사람이 함께 읽고 감상을 주고받으며, 제재가 비슷한 여러 작품을 겹쳐서, 서로 비교하며 읽어보는 방법이 효과적이다. 이 '제재문학선'은 바로 거기에 도움을 주고자 기획된 총서이다.

제재(題材)란 중심된 이야깃거리 혹은 소재(素材)로서, 주제(主題)를 표현하기 위한 재료이자 바탕이다. 그것은 주제를 형성하기 위해 작품 구조의 핵심적 부분이 되었다는 점에서 일반 소재와 구별된다. 또 작품 전체 구조의 작용으로 생성되는 어떤 관념, 사실, 분위기, 이미지 등이 아니라 그런 것들을 생성하는 데 쓰이는 재료이자 바탕이라는 점에서 주제와 구별된다. 예를 들어 작가는 가족 혹은 어느 가족의 하루 일과라는 제재를 가지고 '자본주의 사회는 인간까지 상품으로 만들기 쉽다'는 주제를 표현할 수도 있고, '가족은 안식처이자 굴레이다'라는 주제를 제시할 수도 있다. 제재와 주제를 구별하지 않는 경우도 있지만, 이렇게 둘을 구별하면 작품을 좀 더 구체적으로 분석하고 비교할 수 있게 된다.

사람의 욕망과 삶의 모습 자체는 언제 어디서나 비슷한 데가 있다. 그러므로 작품들에 공통된 제재는 크게 나누면 그 수가 많지 않다. 이 총서는, 한국 작품이므로 한국의 문화와 역사를 고려하면서, 그런 제재를 다룬 작품들을 각각 한 권의 책으로 묶었다. 기존의 전집에서 추려내는 관습을 버리고 문예 잡지와 작가들의 작품집까지 폭넓게 뒤져서, 누구나 재미있게 읽고 감동을 맛볼 수 있는 작품을 찾고자 힘썼다. 그리고 장르별 특성에 맞는 읽기 원리를 바탕으로, 책머리에는 '감상의 길잡이,' 각 작품들 뒤에는 '생각할 문제'들을 마련하고, 말미에 '생각할 문제 해설'을 붙여서, 스스로 읽는 힘을 기르는 동시에 깊이 있는 사고(思考)와 표현 활동이 이루어질 수 있게 하였다.

  가치 있는 삶을 꿈꾸는 사람은, '인간답고 세련되게 느끼고 생각하는 힘'의 중요성을 안다. 이 제재문학선 한권 한권이 문학을 통해 그 힘을 기르며, 사람의 보편적 관심과 고민을 이해하는 데 큰 도움이 되기 바란다.

네거리의 집   차례

기획의 말   **5**
감상의 길잡이 우리에게 '가족'이란 무엇인가   **11**

1. 가족이라는 고향

아버지의 바다에 은빛 고기떼__박기동   **17**
      생각할 문제   **43**
열 줌의 흙__주요섭   **44**
      생각할 문제   **65**

2. 가족이라는 사회

생일 전날__김남천   **69**
      생각할 문제   **99**
돌다리__이태준   **100**
      생각할 문제   **113**
처세술 개론__최인호   **114**
      생각할 문제   **143**
환각의 나비__박완서   **144**
      생각할 문제   **191**

3. 역사 속의 가족

탈출기__최서해   **195**
      생각할 문제   **211**
오발탄__이범선   **212**
      생각할 문제   **257**
황혼의 집__윤흥길   **258**
      생각할 문제   **289**

'생각할 문제' 해설   **290**

감상의 길잡이

우리에게 '가족'이란 무엇인가

사람은 가정에서, 가족의 하나로 태어나고 자란다. '식구'들과 더불어 사는 '집,' 거기서 사람은 일정 기간 보호받고 교육된 뒤에, 그 밖으로 나가 또 하나의 가정을 꾸민다. 사람의 가장 기초적인 보금자리이자 학교이며 공동체가 바로 가정인 것이다.

그러므로 우리는 외롭거나 슬플 때 가장 먼저 가족 혹은 집을 떠올리며, 가장 큰 사랑도 가장 뿌리 깊은 상처도 가족한테서 받는다. 인생을 아주 구체적으로 재현하는 문학인 소설이, 보기에 따라 대부분 가족 이야기라고 할 수 있는 것도 그 때문이다. 가정소설, 가족 드라마는 어느 문학사에서나 중요한 갈래이며, '홈, 스위트 홈'(「즐거운 나의 집」) 역시 모든 사람의 노래이다.

가족은 부부와 그들의 자식을 기본으로 구성된다. 하지만 시대와 문화권에 따라 그 형태나 규범은 일정하지 않다. 동북아시아, 특히 한국과 중국의 전통 사회에서는 3대가 한집에서 남성 중심의 가부장제 질서에 따라 살아왔다. 그것은 주로 농업 위주의 산업과 유교 이념 때문인데, 유교는 사회의 기본 단위를 가족으로 삼고, 그것을 모델로 모든 질서를 세우고자 한다. 그래서 나라도 확대된 가정 곧 '국가(國家)'로 간주되고, "효(孝)로써 임금을 섬기는 것이 곧 충(忠)"이라는 『효경』의 말에서 알 수 있듯이, 부모 혹은 조상에 대한 효도가 가장 중요한 가치로 존중되었다.

유교는 가족주의를 한국 문화의 특성 가운데 하나로 뿌리박게 하였다. 가족주의란 개인이나 어떤 집단보다도 가족을 중요시하면서 그것의 유지와 번영을 추구하며, 가족의 질서를 다른 사회의 질서로 확대하는 가치 체계를 뜻한다. 집 안에 조상을 숭배하는 사당을 두고, 한 족보에 들어 있는 사람 곧 피를 나눈 친족끼리는 절대적인 믿음과 도움을 주고받으며, 사회 질서도 '아버지'에게 순종하는 가족의 질서를 닮는 것 등이 그 예들이다.

그러나 산업화, 자본주의화, 도시화 등이 진전됨에 따라 한국의 전통 가족은 변하기 시작하였다. 특히 한국 전쟁과 1960~70년대의 맹렬한 산업화를 계기로, 가족 규모가 작아지고, 제사 의식으로 상징되는 조상 숭배 사상과 남성 중심의 질서가 급격히 쇠퇴하였다. 유교 이념과 가족주의는 지금도 우리의 삶을 규율하고 있지만 남편과 아내, 부모와 자식, 자식과 자식 간의 관계는 매우 크게 바뀐 게 오늘의 현실인 것이다.

전통적 가족은 그 모습이 흐릿해졌으나 새로운 가족의 모습은 떠오르지 않은 것이 현재의 모습이라고 하는 편이 옳을지 모른다. 지금 노인들은 어르신네의 자리를 잃고, 서양식 먹을거리가 판치는 거리에서 된장찌개집을 찾아 헤맨다. 어른들은 '가족의 일원으로서의 사적(私的)인 나'(가족적 자아)와 '사회 구성원으로서의 공적(公的)인 나'(사회적 자아)를 적절히 조화시키지 못하고 가족 이기주의에 빠져서, '자기 식구만 편드는' 비리를 저지르기도 한다. 부모는 자식의 입신 출세에 인생을 걸려고 하나, 자식은 자기 나름의 삶을 고집하며 이렇게 독백한다. 아버지와 대화가 통하지 않는 나는 누구이며, 어디에서 안식처를 찾아야 하나?

  가족의 모습이 어떻게 변하든, 가족의 가치는 존중될 것이다. 가정이 주는 경제적·정서적 안정이야말로 사람을 매우 안락하게 해주기 때문이다. 이 책에 수록된 아홉 편의 단편소설은, 가족의 그러한 가치와 모습을 잘 그려 보여주고 있다. 그것을 제재로 어떤 주제를 표현하기도 하고, 그것 자체가 주제인 경우도 있는데, 어떻든 근대 이후 한국인의 삶을 가족 중심으로, 전형적으로 제시하는 작품들이다. 다른 어떤 작품보다도 이들을 읽으면서, 문학을 통해 우리 문화와 우리 자신의 모습을 깊이 있게 알고 느끼는 재미를 맛볼 수 있을 것이다.

1 가족이라는 고향

아버지의 바다에 은빛 고기떼 _박기동

한 줌의 흙 _주요섭

아버지의 바다에 은빛 고기떼

지은이	이 글을 쓴 **박기동**(1944~)은 경주에서 태어났고 연세대학교 국문과를 졸업하였다. 여기 수록된 「아버지의 바다에 은빛 고기떼」는 같은 이름의 연작소설집에 수록된 것이다. 그 책 외에 『더 작은 사랑노래』 『달의 집』 『달과 까마귀』 등의 소설집을 냈다. 감성의 세계를 깊이 파고들어 이 세계의 혼란과 어둠을 감각적으로 표현한다.
발표	『뿌리 깊은 나무』, 1978. 3.
출전	『아버지의 바다에 은빛 고기떼』, 문학과지성사, 1979.

그해 여름 아버지가 돌아왔다. 해가 지고 있었다. 나는 어머니의 치맛자락 뒤에 붙어 서서 아버지와 아버지의 어깨 너머 저녁 바다 위로 깔리는 어둠을 지켜보고 있었다.

"인사 드려라."

어머니가 나를 아버지 앞으로 밀어냈다. 아버지가 성큼 내게로 다가왔다. 검게 탄 얼굴이 바로 내 눈앞에 와서 멎었다. 거친 턱수염과 숭숭 뚫린 땀구멍과 왼쪽 눈썹을 가로지른 칼집 흉터를 그렇게 가까이서 보기가 썩 마음 내키는 일은 아니었다. 땀 냄새와 기름 냄새와 치석 냄새가 났다. 내 몸이 뻣뻣해졌다. 아주 오래전부터 내 몸에 붙어온 버릇이었다.

깊은 밤 눈을 뜨면 한 낯선 사내의 얼굴이 나를 내려다보고 있다. 그의 턱수염이 내 얼굴을 긁어댈 때 느끼는 고통을 사내는 절대로 이해하려 들지 않는다. 아, 아파요. 아버지의 입김 속에는 시어빠진 술 냄새와 비릿한 내장의 냄새가 난다.

아버지의 손이 내 겨드랑이를 꽉 조이고 나면 꼼짝도 못한다. 나는 하늘 높이 솟구쳐 올랐다. 어지러웠다. 땅이 빙글빙글 맴을 돌았다. 내 시야의 한 틈을 열고 교회의 뾰족한 함석 지붕이 들어오고 텅 빈 운동장이 들어왔다. 내 눈금의 높이로 낮게 바닷새들이 날았다. 어머니가 불안하게 웃었다.

"컸군."

아버지가 나를 땅에 내려놓으며 말했다.

"오학년인걸요."

"그렇던가? 벌써."

반짝이는 장식이 붙은 새카만 007 가방을 끼고 아버지가 앞서 방으로 들어갔다. 어머니가 내 손을 잡아끌고 그 뒤를 따랐다. 방 안이 지금까지보다 더 좁고 궁색해 보였다. 아버지가 베개를 옆구리에 끼고 비스듬히 길게 옆으로 드러눕자 방 안은 온통 아버지로 가득 차고 마는 듯했다. 그러고는 천장을 향해 굵은 담배 연기를 푹푹 뿜어냈다.

"역시 집이 좋긴 좋구나."

새삼스럽게 방 안의 여기저기를 휘둘러보며 말했다. 멋쩍게 웃었다. 아버지의 그런 웃음이 무엇을 의미하는가를 나는 알 듯했다. 어머니는 분명하게 알고 있을 게다. 그러나 어머니는 절대로 아는 체하지 않을 게다. 아마도 한밤중에 모두 잠들고 나면 혼자 깨어나 야금야금 속의 것들을 되새겨보기나 할 테지. 작은 신음 소리나 한숨 소리 따위들. 나는 침을 삼키면서 그런 소리들을 몰래 엿듣곤 했었다. 살그머니 눈을 뜨면 문풍지에 깔린 허여스름한 달빛 사이로 오동나무 큰 잎사귀들이 무시무시한 형상으로 흔들리고 있는 밤이었다. 문짝만 제하고 나면 이쪽은 온통 바늘구멍만큼도 틈 간 데 없는 어둠이었다. 그런 어둠의 한구석에 어머니는 마치 어둠 그 자체가 되어버린 듯이 앉아 있곤 했었다. 몇 밤이나 나는 터질 듯한 오줌보를 움켜쥐고 이불 속에서 쩔쩔매야 했던가?

두런거리는 소리에 눈을 떴다. 이마 위에 백열등 불빛이 흔들리고 있었다. 한참 만에야 비로소 나는 아버지가 돌아왔다는 사실을 깨달았다. 아버지의 목소리는 우리 학교의 찢어진 풍금 소리 같았다. 낮고 어두운 음계를 골라서 냈다.

"난 운이 나빴어. 놈들이 날 따돌린 거지. 그것두 바로 한탕 잡았다 하는 순간에……"

"언제나 그렇죠. 당신은 너무 믿길 잘하니까. 그리곤 쉽게 속아 넘어가버리죠. 이젠 그 사람들하곤 손 끊어요."

"당신도 날 잘못 보는구먼. 내가 그렇게 쉽게 손 털고 물러날 성싶은가! 두고 보라구."

어머니가 공연히 내 홑이불 깃을 올려주고 토닥거렸다. 감은 눈꺼풀이 자꾸 떨렸고 그 떨리는 눈꺼풀을 어머니에게 들킬까 봐 바짝바짝 진땀이 났다. 쥐 한 마리가 반자 위에서 이빨 가는 소리를 냈다. 파도 소린지 바람 소린지 알 수 없는 부드럽고 연한 소리들이 내 머리맡을 쓸고 지나갔다. 어머니가 아버지 쪽으로 돌아누웠다. 물수건에서 짜낸 듯한 젖은 목소리를 냈다.

"또 떠나실 건가요?"

"한 사나흘 쉬었다가. 모두들 감쪽같이 꺼지고 말았거든. 허긴 맘 먹고 찾으려 들면 못 찾아낼 것두 없지만 지금은 때가 좋지 않아. 잘못하다간 등에 칼침 맞기 십상이구."

내 목에서 꼴깍 침 넘어가는 소리가 났다. 아버지는 틀림없이 칼침을 맞고 말 거다. 칼침을 맞아도 끄덕도 아니 할 거다. 칼침 맞은 자리는 쉽게 아문다. 가슴팍에 유독 그 부분만 반들거리는 흉터를 나는 선명하게 그릴 수 있다. 자줏빛이 난다. 아버지가 그 흉터를 어루만지고 있을 때의 표정은 마치 뭣엔가 홀린 사람처럼 보인다. 아마 아버지는 바다 끝 수평선 바깥쪽으로나 혹은 육지 안으로 깊숙이 도망칠 수도 있었으리라. 그러나 그것은 아버지다운 행동은 아니었다. 아버지는 어른이었고 우리 읍내의 어떤 사람들에게는 특별히 무서운 존재였다. 결국 아버지는 칼침을 맞기로 작정했음이 분명했다.

부산에서 온 장난감 같은 주홍색 자가용차가 아버지를 실어갔다. 내가 2학년이 되었을 때 아버지는 눈썹이 찢어지고 가슴이 까발겨진 채 세낸 택시에 실려왔다. 난 또 가겠다, 라고 어머니에게 속삭이듯이 말했다. 아버지의 007 가방 속에 깨끗하게 세탁된 흰 속옷들과 세면 도구들만 차곡차곡 들어앉아 있는 것을 보고 나는 몹시 섭섭했다. 나는 아버지로부터 배반당했다고 생각했었.

그리고 지금 나는 5학년이 되었다. 자주자주 학교를 까먹었다. 5학년이란 참 재미없는 학년이다. 4학년 때까지만 해도 우리 담임은 여선생이었다. 나는 담임을 좋아했지만 담임은 나를 싫어했다. 무척 싫어했다. 아무래도 좋았다. 좋아하는 건 내 자유니까. 4학년 남학생

변소의 판자벽에 몽당연필로 담임의 발가벗은 모습을 정성스럽게 그려놓았다. 그렇다고 해서 내가 담임의 발가벗은 모습을 구경한 적이 있었다는 건 아니다. 다만 예쁘게만 그리면 된다고 생각했다. 다 그려놓고 보니 영락없이 활짝 핀 한 송이 해바라기였다. 며칠 후에 누가 그 그림을 물걸레로 지저분하게 지워놓았다.

미술 시간이었다. 바다가 한눈에 내려다보이는 운동장 한구석에서 화판을 무릎 위에 올려놓고 앉아 있었다. 파란 크레용으로 백지를 빈자리 없이 북북 문질러댔다. 담임이 내 등 뒤로 살금살금 다가오는 걸 나는 알고 있었다. 이게 뭐야? 라고 물어왔다. 바다지 뭐예요. 내가 대답했다. 사실 바다는 보다 어두운 잿빛이었다. 넌 참 이상한 애야. 난 알밤을 한 대 얻어먹었다. 변소로 달려갔다. 지운 그림 옆에 지운 것과 똑같은 그림을 손칼로 후벼 팠다. 물걸레로도 지워지지 않게 깊이 팠다.

4학년 때라고 특별나게 재미있었다는 건 아니다. 다만 5학년이 되면서부터 학교가 부쩍 더 싫어졌을 뿐이다. 도무지 학교에서는 아무 일도 일어나지 않았다. 차라리 해변가를 빌빌거리며 싸돌아다니거나 어물전 목판 위를 기웃거리는 편이 나았다. 나는 너무 심심했다. 그럴 때면 아버지를 생각했다. 칼침 맞은 자리에서 스며나온 피가 흰 가제 위에 빨간 점으로 떠 있었다. 어머니가 기름 바른 가제를 갈아 붙였다. 그러면 아버지는 어머니의 귓전에다 대고 속삭이듯이 말했다. 난 또 가겠다. 가제를 떼어내고 아문 흉터를 처음 본 날, 나는 내 마음의 가장 편편한 자리를 골라 손칼로 그 흉터와 똑같은 모양과 빛

깔을 한 흉터를 새겨 파놓았다.
 내 기억 속에서 아버지는 늘 떠나고 있었다. 흉터만 남았다. 아버지는 또 떠나고야 말 거다. 나는 아버지를 이해한다. 우리 읍내에서는 아무리 기다려봐도 어떤 일도 일어나지 않는다. 아버지는 그것을 참을 수 없었음이 분명하다.
 "난 지쳤어요. 애새끼는 끝없이 말썽만 피우구요. 혼자 힘으로 감당하기 어려워요. 나두 따라가면 안 되나요. 당신이나 그 여자한테는 절대로 방해 안 되게 처신할게요."
 "쓸데없는 소리. 잠이나 자요."
 아버지가 전등을 껐다. 방 안이 금세 칠흑같이 캄캄해졌다. 어머니가 몸을 뒤척이는 소리를 들었다. 아버지가 내 잠을 빼앗아갔다. 이렇게 캄캄해서는 잠들 수가 없다. 어둠 속에서는 온갖 것들이 다 보인다. 문풍지에 깔린 달 그림자가 마귀 할멈으로도 보이고 머리 푼 바다 귀신으로도 보인다. 만화책이나 어른들이 우리들에게 들려준 이야기는 모두 거짓말이다. 그것은 단지 오동나무 이파리일 따름이다. 정작 무서운 것은 내 마음 머리에 손칼로 후벼 파 새겨 놓은 거대한 흉터였다. 내 공포의 문이었다. 칼이 가슴을 후벼 파자 내 가슴은 찢어지는 듯이 아팠고 칼을 쥔 내 손에는 피가 흥건했다. 나는 자주 이불 깃에 손바닥을 문질러 닦았다. 어둠 속에서는 모든 것이 생생하고 분명했다. 날이 밝으면 다 사라지고 말 것이었다. 그리고 그런 밤은 여느 밤과는 달리 별나게도 길게 느껴지게 마련이었다.

아버지는 이틀을 내리 잠만 잤다. 물론 어른이니까 꿈 따위는 꾸지도 않을 터였다.

나는 볼일 없이 읍내를 슬슬 돌아다녔다. 방학 중이었다. 학교 운동장에는 바람만 돌아다녔다. 계집아이들 셋이 등나무 그늘에서 땅따먹기를 하고 있었다. 계집아이들을 골려줄 수도 있었다. 그러나 곧 그럴 마음이 사라졌다. 내가 보다 더 커지고 튼튼해진 듯한 느낌이 들었다. 나는 벌써 어린아이가 아니며 어린아이가 아닌 어떤 것을 보여주어야 한다고 생각했다. 특히 아버지에 대해서 그러했다. 얼음 공장 앞에서 인부들이 땀을 뻘뻘 흘리며 갈고리로 얼음 덩이를 찍어 소형 트럭에 실어 날랐다. 우리 읍내에서 제일 크고 또 유일한 발동선인 갈매기호가 부두에 묶여 있었다. 팬츠만 걸친 뱃사람이 갑판에 길게 누워 낮잠을 즐기고 있었다. 알통이 무지무지하게 컸다. 팔뚝에 새긴 푸른 문신을 한참 동안 구경했다. 나도 크면 팔뚝에 문신을 새기겠다. 사랑표에다 화살이나 쏘아대는 시시한 그림은 새기지 않겠다. 용을 새기겠다. 용 앞에서는 호랑이도 사자도 꼼짝 못한다.

방파제의 시멘트 바닥에 손칼의 날을 갈았다. 햇빛에 비춰보고는 그 반짝거리는 서슬에 만족했다. 제방의 돌들이 파도에 쓸려가지 못하게 엮어둔 굵은 철사 그물을 두 뼘 길이만큼 돌로 찍어 잘라냈다. 나는 그놈으로 멋진 송곳을 만들 작정이었다. 방파제 끝에서 아이들이 무자맥질을 하고 있었다.

"너네 아버지 왔다면서?"

친구 하나가 물속에서 빠져나와 팔짝팔짝 귓속의 물을 털어내면서 말했다. 고개를 외로 꼬고 새끼손가락으로 귀를 후비면서 웃었다. 어쩐지 나는 그 웃음이 기분 나빴다.

"그래 임마. 그래서 뭐 안 된 거라도 있니?"

"아니야. 난 그저 물어본 것뿐인데……"

"물은 어때? 할 만하니?"

"말도 마라. 아침부터 이쪽 바다에 찬물이 좌악 깔렸대. 요것 좀 봐라. 쏙쏙 돋아나질 않았니."

녀석이 자기 가슴팍에 돋은 좁쌀 소름을 손가락질하며 재재발렸다. 그러고 보니 녀석의 입술까지도 파란 잉크빛이었다.

"흥! 난 겨울에도 물속에 들어갈 자신이 있다구. 제깐 게 추워봤자지. 하나도 겁 안 난다구."

옷을 벗어 뭉쳐서 바위 위에 돌멩이로 눌러놓았다. 한 번 심호흡을 하고는 곧장 물속으로 뛰어 들어갔다. 녀석의 말처럼 정말 물이 차긴 했지만 꾹 참았다. 조금만 견디고 나면 그 다음엔 곧 찬 것도 잊어버리게 되고 만다. 무자맥질엔 자신이 있었다. 나는 내 키로 두어 길이 넘는 곳까지도 들어갈 줄 알았다. 밑바닥에 깔린 노란 모래 위로 검은 얼룩처럼 비치는 내 그림자를 보는 것이 재미있었다. 숨을 한껏 깊이 들이마신 다음 물속으로 고개를 쑤셔 박고 잠수해서는 작은 조개들을 집어올리기도 했다. 아이들의 사타구니 사이로 헤어 들어가서 불알을 꽉 움켜잡을라치면 아이들은 놀란 소리를 내지르며 물 위로 튀어오르곤 했다. 놀이에 지친 다음엔 바위에 등을 붙이고 앉아 햇살에 몸을 말렸다.

"넌 꼭 어린애 꺼 같은 거 달구 댕겨. 왜 그렇게 쬐그맣니?"

녀석의 사타구니를 내려다보며 내가 말했다.

"아니다. 추워서 그런 거다."

저마다 자신의 것들을 내려다보았다. 하나같이 새끼손가락만 하게 얼어붙어 있었다. 우리들은 손바닥 위에 그것들을 올려놓고 싹싹 비볐다. 금세 따뜻해졌다. 나는 4학년 때의 담임 선생을 생각했다. 기분이 썩 좋았다. 왜냐하면 내 것은 엄지손가락 크기만큼 크게 부풀어올랐고 우리들 중 어느 누구도 내 것의 크기를 따라올 수 없었기 때문이었다. 돌아오는 길에 누가 내게 시비를 걸어왔다.

"임마, 너 아까 물속에서 내 불알을 잡아당겼지? 난 다 알구 있다구!"

따라오던 친구 녀석이 내 옆구리에 찰싹 달라붙어서 귀엣말로 속삭였다.

"쟨 육학년이다. 반장이구."

그러고는 둘 사이의 눈치를 살살 살핀 다음에 6학년짜리에게다 대고 말했다.

"얘 아버지가 돌아왔단 말야. 너 잘못하다간 얘 아버지한테 혼날 거다."

"네가 잘못하지 않았니. 그러니까 난 너한테건 너네 아버지한테건 선생님한테건 할 말이 얼마든지 있다구. 허지만 난 일러바치진 않겠다. 다만……"

"짖구 있네!"

내가 깡패처럼 어깨를 으쓱거리며 상대의 말을 잘라먹었다. 나는 호주머니 속의 손칼을 만지작거리고 있었지만 그것을 사용할 생각은 눈곱만큼도 없었다.

"너 두고 보자!"

"난 하나두 겁 안 난다. 붙을래면 덤벼봐!"

그는 완전히 기가 꺾였다. 이런 식으로는 싸움이 되지 않는다. 째려보면서 제풀에 식식거리다가 침을 뱉고는 휑하니 돌아서 갔다. 나는 호주머니에 손을 찌르고 느릿느릿 걸었다. 휘파람을 불었다. 이발관 집 남자처럼 멋지게는 불어지지 않았다.

"붙었더라면 틀림없이 네가 이겼을 거다. 육학년이라구 해서 쌈 잘하는 건 절대 아니니깐. 더군다나 아까 걘 공부 벌레인 데다가 선생한텐 아첨 대장이라구."

"육학년의 어느 누구도 날 당해내진 못할 거다."

"걘 혹시 선생한테 일러바칠는지도 몰라."

"선생도 겁 안 난다. 내가 떨 줄 알구! 난 누구하구라도 붙어 보이겠다."

선생이라면 나는 아마 손칼을 사용할 수밖에 없으리라고 생각했다. 녀석이 멍청하게 큰 눈을 하고 입을 쩍 벌렸다. 어물전 앞길을 지나고 있었다. 녀석의 눈이 동해 바다에서 끌어올린 동태 눈깔과 흡사하다고 생각했다. 나는 아까부터 기분이 좋지 않았다. 빈 생선 상자가 내 키 높이로 쌓여 있었다. 내가 불쑥 녀석의 멱살을 잡고 상자 더미 사이로 밀어붙였다. 녀석이 거의 울상을 하고 더듬거렸다.

"왜 이래? 난 잘못한 거 하나도 없단 말야."

"임마! 너 앞으로 한 번만 더 우리 아버지 얘기 꺼냈다간 죽을 줄 알어! 이거 보이지? 이걸로 생선 배 따개듯이 북북 긁어놓고 말 테니깐. 알겠지?"

혼자 집으로 돌아오면서, 녀석 때문에 더욱 기분이 안 좋았다. 나는 진짜 악당이 되려고 하지만 녀석에게만은 너무 심했다. 늘 내겐 꼼짝 못했다. 사실 칼까지 꺼내 보일 필요는 없었다. 다만 겁을 주려고 한 것뿐이었다. 그런데도 눈을 까뒤집고 버둥거렸다. 녀석은 너무 마음이 약했다. 그래서는 절대로 악당이 되지 못할 거다. 그러나 내가 대장이 되고 나면 꼭 부하로 써주겠다. 내 말이라면 뭣이든지 고분고분하게 잘 듣는 녀석이니까. 녀석은 충분히 만족해할 거다.

그렇게 생각해도 여전히 마음이 안 좋았다. 파랗게 질린 얼굴이 자꾸 눈앞에 떠올랐다. 나는 너무 마음이 약했다. 계집애처럼 이런 일로 마음 아파하다가는 정말 나는 악당이 되어보지 못하는지도 모른다. 진짜 악당이 되고 나면 칼로 사람을 찔러 죽이는 일도 해치워야 할 거다. 악당은 계집애처럼 울지도 않으며 아무리 끔찍한 일도 웃으면서 해치우고 또 붙잡히지도 않는 법이다. 결국 내 마음이 약해진 건 아버지가 돌아온 때문이라고 결론을 내린다. 아버지 앞에서는 맥도 못 춘다. 아버지 앞에서는 나는 한갓 어린아이일 따름이다. 어째서 우리 모두는 아버지 앞에서는 꼼짝도 못하는가. 왜 세상은 온통 아버지의 천국이어야 하는가. 생각을 하면 할수록 더욱 내 속은 비틀리고 슬퍼지고 약해진다. 호주머니 속에서 손칼을 만지작거렸다. 칼침 따위는 무서워하지도 않는 아버지. 그러나 언제가 될지는 모르지만 하여튼 나는 아버지에게 본때를 보여주어야 한다. 어린아이가 아닌 어떤 것을 보여주어야 한다.

대문 앞에서 맥주병을 싸안고 들어오는 어머니와 맞닥뜨렸다. 화장품 냄새가 진하게 났다. 입술이 새빨갰다. 어머니도 저런 식으로 요란하게 화장을 하고 보면 부둣가 남폿집 여자와 다를 게 없다. 하긴 어머니도 아주 옛날엔 술집 여자였다는 이야기를 들었다. 어쨌든 그건 아주 옛날의 일이었다.

"아버진?"

"주무신단다. 아버진 쉬셔야 해. 그러니까 조용히 해야 하는 거다. 제발……, 알아들었지."

어머니의 화장이 속임수라는 사실을 나는 알아냈다. 눈동자에 어지럽게 깔린 핏발을 보았다. 얼굴도 조금은 부은 듯이 보였다. 어머니는 아마 혼자서 울었을 게다. 아버지 앞에서는 어림도 없다. 천생 어머니는 여자였다.

"잠 귀신에 콱 물렸나 보다. 하루 종일 잠만 자게."

"이 녀석 너 정말 혼 좀 나볼래! 말썽만 피웠다간 봐라. 다리 몽댕이 분질러놓고 말 테다!"

이를 악물고 억눌린 소리를 냈다. 눈꼬리가 하늘로 치솟았다. 그렇지만 어머니라면 내게 손가락 하나 못 건드리게 할 자신이 있었다. 아버지라면 또 모른다. 아버지는 나를 마당 한가운데 메다꽂을 수도 있을 것이다. 단 한 번 호되게 당한 적이 있었다.

우리들은 바다로 도망치려고 했었다. 다섯 명이었다. 내가 제일 어렸다. 나는 3학년이었고 5학년짜리가 하나, 그리고 나머지 셋은 학교를 집어치우고 시장 바닥을 돌아다니던 아이들이었다. 우리들은 우연히 부두에서 만났고 만나자마자 서로 뜻이 맞았다.

밤에 거룻배 하나를 훔쳐냈다. 바다는 조용했고 하늘엔 별이 총총했다. 어디든 갈 수 있다고 믿었다. 바닷물길이 우리들을 먼 바다로 실어 날랐다. 우리들은 기껏 읍내의 불빛이 우리 시야에서 사라지는 순간에 이미 바다의 끝까지 다 온 듯한 기분에 빠져 있었다.

이튿날 오후에 통통선의 꽁무니에 매달려 부두로 끌려왔다.

우리들은 각자의 아버지들에게 덜미를 잡힌 채 뿔뿔이 흩어져갔다. 나는 코피를 쏟았고 일부러 게거품을 물었고 눈을 까뒤집었다. 아버지는 속지 않았다. 어머니는 그저 아버지의 등 뒤에 붙어 서서 연신 눈물만 훔쳐내고 있었다. 내가 이 앨 죽여주겠다. 내 새끼니까. 아버지는 내 덜미를 잡고 우리 읍이 끝나는 등대로 끌고 갔다. 아래쪽 바위에 와 부서지는 파도가 하얬다. 벼랑이 다른 때보다 더 까마득하게 높아 보였다. 아버지가 나를 번쩍 머리 위로 치켜들었다. 아득했다. 너, 죽고 싶으냐? 살고 싶으냐? 아버지의 목소리가 바람처럼 귓전에 와 닿았다. 아, 아버지 살고 싶어요! 살고 싶어요! 살려줘요! 아버지는 정말 나를 그 벼랑 아래로 던져버릴 작정이었다. 마지막 순간에 마음이 변했다.

아버지의 등에 업혀서 돌아왔다. 달이 밝았고 아버지는 이상하게 풀이 죽어 있었다. 그래, 널 죽이진 않겠다. 내 새끼니까.

어둑해질 때까지 담 밑에 쪼그리고 앉아서 방파제에서 잘라온 철사를 갈았다. 물건이 되려면 며칠을 계속해서 갈아야 하리라. 손끝이 아릿하게 아팠다. 벽 틈의 나 혼자만 아는 비밀 구멍에 철사를 숨겨 두고 집 안으로 들어왔다. 아버지가 마당 한가운데서 잠옷 바람으로 체조를 하고 있었다.

"이리 와. 이리 오라니까."

아버지가 손짓을 하며 웃었다. 어머니가 부엌에서 나오다가 나를 보고 말했다.

"보나마나 소금투성일 게다. 손 씻고 저녁 먹자."

"녀석. 새카맣게 탄 걸 보니 엔간히 싸돌아다닌 모양이구나. 서먹한 모양인 게지. 허지만 아버지를 어려워하지는 말아라."

"어려워하지는 않는다구요."

내 대답에 아버지는 좀 씁쓰름한 듯했지만 그래도 얼굴은 웃고 있었다.

"그래 그래. 그렇긴 하지만 말이다. 아무래도 아버지는, 뭐라고 말해야 좋을지 모르겠구나. 얼굴 잊어먹을 때쯤 되어서야 잠깐씩 만나곤 하니 말이다. 아버지 체면이 말이 아니지 뭐냐. 자, 들어가서 저녁이나 먹자."

이름 모를 바닷새들이 바다 쪽에서 날아와 우리들의 머리 위를 낮게 돌다가 산 너머 어두운 하늘로 사라져갔다.

"아버지가 내일 널 밤낚시에 데려가시겠단다."

"배 하날 벌써 잡아났다. 바다 한가운데로 나가서 큼직한 놈으로 낚아올리자."

바다 한가운데로 배를 타고 나간다는 건 참 근사한 일이라고 생각했다. 그것은 내 꿈속에서 언제나 되풀이되는 내용이었다.

언제든 배를 타고 떠날 수 있는 사람들은 얼마나 행복할까. 3학년 때의 사건 이래로 배 한번 훔쳐 타기가 여간 어렵게 되지 않았다. 더군다나 그때는 동지들이 있었다. 지금은 혼자였다. 아버지와 함께라면 또 문제가 달랐다. 내가 바다로 나가려는 이유는 우리 읍내로부터 빠져나가는 동시에 아버지의 그늘로부터 벗어나는 데 있었다. 아버지는 자주자주 떠나갔지만 우리가 여기서 아버지를 기다리고 있는 동안에는 우리는 이미 아버지에게 잡힌 몸이었다. 내 마음 머리에 새겨진 그 반짝이는 자줏빛 흉터나 어머니가 다달이 기다리는 아버지로부터의 우편물이 그 증거였다.

나는 아버지를 증오하면서 아버지를 기다렸다. 아버지에게는 어머니보다 더 나이 많은 여자가 있었고 내가 형이나 누나라고 불러야 할 낯 모르는 아이들이 있었다. 아버지는 그것으로 만족했어야 했다. 왜 아버지는 우리를 포기하지 않는가. 나는 어머니를 데리고 어디로든 떠나겠다.

그 밤에도 나는 꿈을 꾸었다. 꿈 중에서도 가장 나쁜 꿈이었다. 나는 그곳이 아버지의 바다라고 생각했다. 거룻배 위에서 칼침 맞은 아버지를 바다 속으로 집어 던졌다. 빛 한 점 없는 캄캄한 바다가 부글부글 끓는 소리를 냈다. 한 번 본 적이 있는 사내였다. 언젠가 아버지를 잡으러 왔었다. 가슴팍에 숨긴 손바닥 크기만 한 권총을 훔쳐보았다. 그것은 정말 탐나는 물건이었다. 이틀을 기다리다가 갔다. 나는 곧 꿈에서 깨어났다.

"제가 앨 버려놨다고 말하진 마세요."

"난 그런 식으로는 말하지 않았어. 다만 나는 더 빗나가기 전에 손을 써야겠다는 얘기지. 지금 당장은 내가 데려갈 수도 없는 형편이구."

어머니가 하나하나 일러바쳤음이 틀림없었다. 진작부터 어머니가 그러리라는 걸 알고 있었다. 그리고 나는 그런 어머니를 이해한다. 원망하지는 않겠다. 어머니는 여자니까, 내가 생각하기에도 정말 어쩔 수 없었으리라고 여겨진다. 아직도 꿈에서의 광경이 진하게 눈앞에 어른거렸다.

"모레 가실 건가요?"

"가야만 해. 내 몫을 찾아야 하거든. 순순히 내놓진 않을 테지만 말이지. 이번 일이 잘만 되면 손을 끊겠어. 그땐 너랑 앨 데리러 오겠다."

"어느 세월에요."

나는 아주 짧게 잠깐씩 잠에 빠져들어갔다. 작은 신음 소리나 한숨 소리 들을 들었다. 깨고 나면 어둡고 조용한 밤이었다. 나는 아버지와 함께라면 바다로 나가지 않겠다. 그러나 아버지는 나를 밤낚시에 데려가기로 작정했음이 분명했다. 내가 끝까지 못 가겠다고 버틴다면 어떨까. 아마 뱃바닥에 내동댕이쳐서 까무라치게 하고 난 다음에라도 기어코 데려가고야 말 거다. 그럴 바에는 순순히 따라가주는 게 낫다. 그렇지만 아버지는 낚시질이나 하기 위해서 바다로 나간다는 것이 전혀 내 흥미를 끌 수도 없으며 따라서 내가 이번 밤낚시에 대해서 눈곱만큼도 기대를 가지고 있지 않다는 사실을 좀 깨달아주었으면 좋겠다. 바다는 떠나서 영 돌아오지 않기로 결심한 사람들을 위해서 있는 것이지 고기나 낚기 위해서 있는 것은 아니다. 내가 어부가 될 요량이었다면 차라리 그때 등대 끝 벼랑에서 바다에 던져져 죽임을 당하는 편이 나았을 게다.

어머니가 아버지를 위하여 목이 긴 장화를 빌려왔다. 나는 부두의 난간에 걸터앉아 송곳을 만들기 위해 철사를 시멘트 바닥에 갈았다. 아마도 굉장히 멋진 물건이 될 것이다. 손잡이를 달아주기 위해 결이 좋은 각목 하나를 제재소에서 훔쳐두었다. 나는 그 손잡이에다 용을 새기고 파란 물감과 빨간 물감을 입히겠다. 그러면 내 재산이 하나 더 늘어나는 셈이 된다. 또 갖고 싶은 물건이 있었다. 자전거의 체인을 세 뼘 길이만큼만 훔칠 수 있었으면 좋겠다. 체인의 끝에 튼튼한 노끈을 달아서 손에 감아쥐고 휘두르면 싱싱 바람 소리가 나는, 누구든 탐내지 않고는 못 배길 물건이 될 것이다. 우리집 담벽의 내 물건을 숨겨두는 비밀 장소가 너무 좁고 허술한 것에 생각이 미쳤다. 다른 비밀 장소를 빨리 찾아봐야 하겠다.

지금 당장은 어떻게 구해볼 수도 없는 놈이지만 정말 꼭 갖고 싶은 물건이 하나 있다. 언젠가 아버지를 잡으러 왔던 사내의 가슴팍에 붙어 있던 작은 권총 말이다. 우리 읍내에서는 그런 물건은 구경조차 못 한다. 그놈이 내 소유가 되기란 전혀 불가능한 일이라고 스스로에게 결론을 내리고 난 다음에도 여전히 나는 그놈에 대한 미련을 버릴 수가 없었다. 어른이 되고 나면 무엇보다 먼저 그놈을 손에 넣겠다. 그리고는 매일같이 기름칠을 해주겠다. 그 생각만 하면 하루라도 빨리 어른이 되고 싶어 죽을 지경이었다.

철사가 마찰 때문에 뜨겁게 달아오르고 손가락이 알알하게 아파 오면 잠시 하던 일을 멈추고 거룻배 몇 척 떠다니는 바다를 바라보곤 했다. 결국 배가 없어서는 내 꿈도 이루어질 수 없는 일이라고 생각했다. 손칼도 송곳도 체인도 권총도 모두 배가 있고 나서야 제 몫들을 할 수 있으리라는 생각이 들었다. 발동기가 달린 배 한 척만 있다면 수평선 너머 바다 끝까지라도 갈 수 있다.

"가자. 어젯밤엔 꿈이 좋았다. 아마 큼직한 놈이 걸릴 모양이다."

따라나서면서 나는, 어른들은 꿈을 꾸지 않지만 어쩌다 꾸더라도 특별히 좋은 꿈만 골라서 꾼다고 생각했다.

아버지가 음식 꾸러미를 들고 문을 나서면서 긴 장화를 털벅거렸다. 낚싯대는 내 차지였다.

하늘은 흐리고 바다는 검고 날씨는 후더분한 저녁이었다. 배는 방파제 바깥 모래땅의 말뚝에 묶여 있었다. 아버지가 장화를 벗어 뱃바닥에 던졌다.

"땀이 괴어서 못 견디겠다. 거추장스럽기도 하구······"

나는 고무신을 허리춤에 끼고 맨발로 모래밭을 걸었다. 물결이 모래를 쓸어가고 있었다. 아버지가 배를 풀어내고 있는 동안 나는 무릎 깊이까지 들어갔다. 발바닥이 간지러웠다. 잔물결이 일었고 상상외로 따뜻한 물길이 흘렀다.

"낚싯대를 조심하거라. 흘린 물건이 없나 살펴보고 타도록 해라."

고물간에 올라타고 앉았다. 아버지가 오르자 작은 두대박이 배가 좌우로 흔들거렸다. 노를 젓는 아버지의 얼굴 위로 어둠이 깔리고 있었다. 이물 쪽에서 물결이 갈라서는 찰싹찰싹 소리가 났다. 마을의 집들이 하나 둘 희미한 불을 밝히고 있었다. 불빛이 점점 진한 붉은빛이 되었다. 아버지가 가끔 바닥에 퉤퉤 침을 뱉었다. 마을은 집도 산도 하늘도 없어지고 몇 개의 빨간 불빛만 남았다.

"그만 들어가요."

"왜? 무서우냐?"

"무섭긴요."

3학년 때도 나는 이보다 훨씬 더 멀리까지 나간 적이 있었다. 불빛이 보이지 않는 데까지 나갔었다. 그때는 기회가 참 좋았다. 먹을 것도 저마다 집에서 한 짐씩 훔쳐왔었고 배도 거룻배치고는 꽤나 크고 단단했었다. 배에 딸린 작은 어망도 있었고 낚시도 사람 수대로 있었다. 다만 우리는 바다를 잘 몰랐고 또 약간의 혼란이 있었다. 물길이 우리를 한 자리에서만 맴돌게 했고 동지 중에 예기치 않았던 배반자가 생겼다. 그 아이만 아니었더라면 우리는 노를 저어서라도 물길을 거슬러 빠져나갈 수 있었을 게다. 배반자는 5학년짜리 아이였다. 난 집에 돌아갈 테다. 그러고는 날이 밝기도 전에 훌쩍훌쩍 울기 시작했다. 집에 돌아가봐야 얻어터지기나 할 테지. 우리 중에 누가 말했다.

그래도 난 집에 돌아갈 테다. 그 아이 때문에 우리는 노를 저을 기분이 사라져버렸다.

지금 같으면 그런 배반자는 절대로 용서하지 않겠다.

그 일이 있은 후에 나는 내가 재판장이 되어서 행하는 재판을 상상해냈다. 배반자를 벌주는 재판이었다.

너는 사형이다! 내 생각은 포대 자루에 넣어 돌을 매달아 바다 속에 던지는 것이었다. 그런데 꿈에서는 내가 포대 자루 속에 들어가 바다 밑에 가라앉을 뻔해서 며칠을 두고두고 기분이 안 좋았다. 그렇기는 하지만 역시 배반자에게는 그런 무서운 벌을 줘야 한다는 내 생각에는 변함이 없다. 다만 그때는 우리 다섯 중에 내가 제일 나이가 어렸고 또 미처 이런 벌을 생각해내기도 전이어서 어쩔 줄을 몰랐을 뿐이다.

"이쯤이 좋겠다. 깜박 잊어버린 게 있구나. 횃불을 준비해 올 걸 그랬다. 그러면 우리는 더 큰 고기들을 이쪽으로 끌어 모을 수 있을 텐데 말이다."

노를 이물대 위로 걸쳐놓으면서 말했다. 나는 하늘을 올려다보았다. 달이 구름 뒤에 숨어서 캄캄한 세상 중에 오직 그 부분만 호여스름한 빛이 스며들고 있었다. 별 하나 뜨지 않았다. 뱃바닥을 두드리는 물소리, 물고기가 뛰노는 소리인지 바다의 귀신들이 물장구를 치는 소리인지 알 수 없는 가는 소리들이 어둠의 이쪽저쪽에서 끊임없이 들려왔다. 아버지가 낚싯줄을 아래로 내려보냈다. 나는 음식 꾸러미를 풀어 빵을 꺼내 씹고 사이다를 마셨다. 낚싯대 끝을 지키는 아버지의 얼굴이 무척 검었다.

"고기들이 전부 잠자리에 들었나 보다. 어디 네가 한번 고기들을 끌어봐라. 난 수영이나 하겠다."

낚싯대를 내게 건네고는 옷을 벗었다. 수영복 차림이 되었다. 내 등 쪽의 뱃전을 타넘어 첨버덩 소리를 내며 물속으로 뛰어 들어갔다. 배가 심하게 흔들려서 뱃전을 꽉 움켜잡아야만 했다. 내가 고개를 돌렸을 때는 벌써 저만큼 헤어가는 물소리만 났다. 수면에 해파리 한 마리가 연한 파란빛을 내며 떠 있었다. 배에 혼자 남았다. 아버지는 기척이 없었다. 어쩌면 바다 밑으로 빨려들어간 거나 아닌지 모르겠다. 한참을 또 기다렸다. 어두운 바다 저쪽에다 대고 큰 소리로 불렀다.

"아버지! 아버지! 어디 있어요?"

밤 바다에 귀를 대고 오래 기다렸다. 바로 뱃전에 소리 없이 불쑥 아버지의 얼굴이 떠올랐다. 푸푸 바람 소리를 냈다. 제자리에서 발헤엄을 치면서 머리에서 얼굴로 흘러내리는 물을 손바닥으로 닦았다.

"왜 그러니? 고기라도 한 마리 물렸니?"

"아, 아뇨. 물은 차지 않아요?"

곧 나는 아버지를 부른 짓을 후회했다.

"아니다. 난류가 흐르고 있는 모양이야. 너두 들어오지 않을래? 아버지가 잡아줄게."

"그만둘래요. 혼자서도 할 순 있지만요. 별로 덥지도 않은걸요, 뭐."

사실 나는 전혀 물에 뛰어들고 싶은 생각이 없었다. 헤엄을 치기에는 바다가 너무 검었다. 온 세상이 캄캄한 벽과도 같았다. 아버지가 뱃전을 잡고 기어 올라왔다. 나는 자칫 낚싯대를 놓칠 뻔했다. 아버지는 이물대에 등을 기대고 비스듬히 드러누워 머리와 얼굴에 흘러내리는 물방울을 수건으로 닦아냈다. 물에 젖은 아버지의 몸이 어둠 속에서도 분명하게 눈에 들어왔다. 가슴의 칼집 흉터를 보았다. 내 머리 속에 새겨진 것보다 훨씬 더 짙은 암갈색이었다. 숨결을 따라 그것이 천천히 오르내렸다.

　"아버지. 뭘 좀 물어봐도 돼요?"

　"그래라. 뭐든지 물어보렴."

　"아버질 찌른 사람은 어떤 사람인가요? 칼을 잘 쓰나요?"

　잠시 아무 대답이 없었다. 대답을 기다리는 동안에 나는 점점 초조해져갔다. 낚싯대를 잡은 오른손에 땀이 배었다. 이마를 찌푸리고 눈을 가늘게 떴다.

　"난 도무지 네 속마음을 모르겠구나. 왜 그런 걸 묻지?"

　나도 칼을 쓰니까요, 라고 대답해주고 싶었다. 나는 거의 한 달이나 그것을 연습해왔다. 건어물 창고 뒷벽에 동그라미를 그려놓고 열 걸음이나 떨어진 곳에서 손칼을 던져 그 동그라미의 중심을 꿰뚫게 할 줄도 알았다.

　"알구 싶어서요. 싫으면 얘기 안 해줘도 좋아요."

　"괜찮다. 언젠가는 너한테 얘기해줘야 할 거라고 생각했었거든. 다만 넌 아직 어리고 우린 너무 오래 떨어져서 지냈고 그래서 난 너한테 대해서는……"

"알고 있잖아요. 엄마가 다 일러바쳤을걸요. 그렇죠? 지갑에서 돈을 훔쳐냈고 학교를 까먹었고 공부는 꼴찌만 하고 신발장에서 선생의 구두를 훔쳐 바닥을 칼로 도려냈고 돌로 아이들을 때렸고……"

"허! 녀석두! 난 네 얘길 하고 있는 게 아니라 내 얘길 하고 있는 거란다. 아버지는……"

담배에 불을 붙여 물었다. 얼굴에 빨간 기운이 피었다가 스러졌다. 잠깐 본 아버지의 눈빛이 이상하게 풀어진, 부드럽고 어두운 잿빛이었다.

"너만 했을 땐 굉장했었다. 아마 너보다 더했으면 더했지 못하진 않았을 거다. 단 하루도 싸우지 않구선 못 배겼지. 그런데 말이다. 어른이 되고 나서도 싸워야 할 일이 자꾸 생기지 뭐냐."

"부하들도 있어요?"

"부하? 부하들이 있다면 부하들하고도 싸워야 할 게다. 사람들은 싸울 땐 항상 혼자란다."

"아버진 왜 싸우나요?"

"글쎄다? 어릴 땐 그저 무턱대고 싸웠지만 커서는…… 아버진 너무 많은 걸 가지려 했는지도 모르겠다. 그렇지만 난 아무것도 얻질 못했다. 그건 마치 구름 잡기와도 비슷한 거겠지. 잡았다 싶은 순간이면 어느새 손가락 사이로 빠져 달아나는 그것 때문에…… 너도 어른이 되면 이해할 거다."

아버지의 말이 자꾸 헛갈리고 있다고 생각했다. 어른이 되고 난 다음에도 나는 절대로 아버지를 이해하려 들지 않겠다. 다만 나는 아버지가 맞은 칼침과 또 앞으로 맞아야 할 칼침에 대한 이야기가 탐이 났었다. 듣기만 해도 입 안의 침이 바싹바싹 말라버릴 정도로 아슬아슬한 비밀 이야기 말이다. 그러나 지금 내가 깨달은 바로는, 아버지는 칼을 쓰는 사람은 아니었다. 그 멋진 007 가방에다 기껏 비누 냄새 풀풀 풍기는 흰옷들이나 챙겨 넣고 다니는 사람이었다. 나는 진짜 칼을 쓰는 사람이 되겠다. 아마 아버지처럼 칼침을 맞아야 할 경우도 있을 것이다. 겁내지 않겠다. 아버지보다 더 크고 아름다운 흉터로 내 몸을 꾸미겠다. 누구든 겁을 먹지 않고는 못 배기리라.

"앗! 아버지! 왔어요! 물렸다구요!"

별안간 내 손바닥에 핑핑 울리는 고기의 지느러미짓 소리가 전해 왔다. 그 소리가 내 전신을 타고 흘렀다. 낚싯대를 두 손으로 꽉 움켜잡았다.

"내가 끌어올릴까?"

"할 수 있다구요. 굉장히 큰 놈일 거예요. 마구 잡아당기는걸요."

"잘해야 한다. 아귀에 바늘이 깊게 박혀야 한다구."

줄이 팽팽해졌다. 바람이 찢어지는 날카로운 소리가 났다. 땀 때문에 줄을 감아 잡은 손이 미끄러웠다. 자꾸 감아올렸다. 수면이 갈라지고 팔뚝 크기만 한 고기가 펄떡펄떡 뛰었다. 내 심장이 고기의 몸짓을 따라 펄떡펄떡 뛰었다.

물방울이 튀었다. 은색 비늘이 부서지고 있었다. 뱃전으로 끌어붙이자 잠시 얌전해졌다. 아버지가 뜰채를 고기에게 내밀었다. 내

손이 고기를 움켜잡았다. 고기가 놀라 한 팔 높이로 화들짝 튀어올랐다. 줄을 잡은 손에 힘이 쑥 빠져 달아났다. 축 늘어져서 뱃전에 턱을 괴고 고기가 사라진 지점을 멍하니 바라보았다. 손가락에 와 닿았던 그 매끄러운 비늘의 감촉이 아직 가시지 않고 남아 있었다. 분했다.

"바다엔 고기가 얼마든지 있다. 우린 그보다 더 큰 놈을 잡을 수 있을 게다."

아버지가 내 어깨를 두드렸다. 아버지의 어깨 너머 하늘의 중심에 어느 틈엔가 구름을 빠져나온 달이 둥그렇게 떠 있었다. 그때였다. 은빛으로 반짝이는 고기 비늘 하나가 저편에서 반짝 튀었다. 고기들이 한 마리 두 마리 수면 위로 떠오르기 시작했다. 아, 하고 소리 지를 뻔했다. 순식간에 바다는 끝에서 끝까지 반짝이는 고기떼들의 천지였다. 바람이 물결을 쓸고 지나가자 고기떼들은 미친 듯이 그 찬란한 비늘을 흔들어댔다.

"틀림없이 더 큰 놈으로 잡을 수 있을 거예요. 잡고 말 테야요."

바다 저쪽에다 대고 내가 말했다.

생각할 문제

1. '나'는 아직 어린아이이다. 이 아이의 환경에 대해 알거나 생각한 점을 갖추어진 문장으로, 무엇이든 두 가지 적어보시오.

2. 아버지는 과연 어떤 인물인가? 그리고 '나'에게 있어서 그는 어떤 존재였는가?

3. 이 작품의 결말부에서는, '나'에게 어떤 일이 일어나고 있는가? 자신의 느낌 위주로 말하시오.

열 줌의 흙

지은이 이 글을 쓴 **주요섭**(1902~1972)은 평양에서 태어났고, 중국 호강대학, 미국 스탠퍼드 대학 등에서 공부하였으며 경희대 영문과 교수를 지냈다. 「불놀이」의 시인 주요한은 그의 형이다. 초기작 「인력거꾼」(1925)이 신경향파 문학으로 높이 평가받았고, 사랑의 좌절을 그린 「사랑 손님과 어머니」(1935), 「아네모네 마담」(1936) 등이 유명하다. 섬세한 심리 묘사, 세련된 기법, 인생에 대한 관조적 태도 등이 특징이다.

발표 『현대문학』, 1967. 5.

출전 『아네모네마담』, 범우사, 1976.

카운터 앞 동글의자는 하나도 비어 있지 않았다. 그러나 식탁들의 앞뒤에 놓여 있는 네모난 의자들은 거의 비어 있었다.

카운터에서 제일 가까운 네모꼴 의자에 나는 주저앉았다. 카운터 앞 동글의자가 하나라도 비면 얼른 뛰어가 차지하려는 속셈으로.

카운터 앞에 앉으면 아주 간단하고 값싼 음식 —햄버거 하나와 커피 한 잔 정도—을 주문하고도 마음의 부담을 느끼지 않는 것이었다.

카운터 위에 놓여 있는 설탕과 크림은 얼마든지 공짜로 커피에 타 먹고도 돈은 60센트만 지불하면 되는 것이다.

매부리코 남자 사동 하나가 내게로 가까이 왔다.

"혼자시군요. 저쪽 자리로 옮겨 앉으셔요."

라고 그는 명령조로 말했다.

'자식 건방지군. '미안하지만' 소리는 빼먹고…… 팁은 바라지도 마, 자식.'

이라고 나는 생각했다.

화가 난 나는 일어섰다 — 곧장 밖으로 나가버리려다가 나도 모르는 사이에 나는 두 사람만이 마주 앉을 수 있는 조그만 식탁 앞 의자에 앉고 말았다.

그리고 나는 안심 고기 비프스테이크를 주문했다 — 철없는 만용. 나의 이런 망발에 내 돈지갑이 움찔할 것을 나는 알고 있었다.

그간 내가 사먹을 수 있었던 최고의 식사는 질기기 한이 없는 한 달러짜리 스테이크뿐이었었다. 브로드웨이 5가 뒷골목에는 값싼 스테이크 전문 식당이 있었다.

별안간 — 내 가슴은 설레기 시작했다. 카운터 뒤에서 손님들 접대를 하고 있는 두 젊은 여급들의 모습이 내 눈에 띄었기 때문에.

그들 중 하나는 금빛 머리털에 파란 눈을 가진 미인이었고, 다른 하나는 머리칼이 까만 여자였다. 머리만 까만 것이 아니고 얼굴도 까맸다.

이 검둥이 여자의 움직임을 내 눈은 짓궂게 따랐다. 손님들의 머리 사이로 잠깐씩 나타나곤 하는 그녀의 옆얼굴, 혹은 정면을 나는 볼 수 있었다.

그녀의 머리털과 얼굴이 까맣기는 했지만 얼굴 형태는 아프리카산이 아니라고 내게는 보였다. 현대 인도인들의 얼굴 색깔보다는 좀 더 검었지만 틀림없이 옛날 코카서스족의 후예라고 생각했다.

미국인들의 나이를 옳게 판정하는 데 나는 서투르지만 그녀의 나이는 스물 정도로 보였다. 매력 있는 여자였다.

왠지는 모르겠으나 그녀의 모습이 내 가슴속에 거의 죽었던 불씨를 소생시켜주는 것이었다.

이태 전에 날 버리고 가버린 한국 여성에 대한 원망심과—또 그리고 억제하기 힘든 그리움.

내 끈덕진 시선을 인식하기라도 했는지 카운터 뒤 검둥이 여자는 약간 경계하는 눈초리로 날 힐끔힐끔 보곤 했다.

그녀의 모습에 너무 황홀해진 나는 내가 애초 이 조그만 식당으로 들어오게 된 참된 이유를 거의 잊어버릴 뻔했다.

이 식당은 작기는 해도 사람이 많이 다니는 분주한 네거리 한 모서리에 있기 때문에 영업이 꽤 잘되리라고 생각되어 동정을 살피려고 나는 들어온 것이었다. 직업을 찾아 헤매고 있었던 나였다.

내가 주문한 음식은 빨리 왔다—손님이 별로 많지 않으니까.

그러나 내가 식사를 반쯤 했을 때 식당은 손님들로 가득 찼다. 자줏빛 모자에 금빛 술을 단 터키모자를 쓰고, 자줏빛 코트가 아니면 아라비아식 저고리를 입은 남자들과 그들의 아내들이 좌석 절반 이상을 차지했다. 식당 윈도에 크게 써 붙인 '귀족님들 환영'이라는 표지가 마력을 십분 발휘한 모양이었다—아니 표지의 마력이 없었다손 치더라도 미국 각 지방에서 일시에 모여든 2만여 명의 인파가 이 구석진 식당에까지 침투하지 않을 수 없었을 것이었다.

거의 백 년 전 바로 이 뉴욕 시에서 발족된 '슈라인 협회' 연차 회의가 다시 이 시에서 개최되고 있다는 뉴스가 연일 신문에 대서특필로 보도되고 있었다. 종교 단체는 아니라 하지만 협회의 각종 지위 명칭은 회회교 것을 따르는 단체였다.

단순히 사회 사업—주로 무료 병원 설립과 운영—과 회원 간의 친목을 목적으로 한다는 이 단체의 대표 2만여 명이 맨해튼 섬의 브로드웨이와 동서 5가 중심으로 집단 유숙하고 있는 만큼 그들의 여파가 동 27가에 있는 이 식당에까지 흘러오는 것은 당연한 일이라고 볼 수 있었다. 더구나 모두가 다 돈 많은 부자들인 데다 축제 기분에 들뜬 그들이 돈을 물 쓰듯 쓰는 것도 이상할 건 없었다.

이 식당에 손님이 많아지자 서비스가 더디어 손님들이 오래 기다릴 수밖에 없었다.

'시간에 웨이터들이 소용되겠군…… 부엌에서도 손이 더 필요할 거고.'

라고 나는 생각했다.

손님들이 계속 밀려드는 것을 보고 나는 얼른 먹어치우고 자리를 비워줘야 하겠다고 마음먹었다.

출입문 바로 안 한옆에 있는 데스크로 가 식삿값을 치르면서 나는,

"몇 시쯤 식당 문을 닫습니까?"

하고 회계원에게 물어봤다.

"새벽 두시…… 당분간은."

"지배인 좀 만나 뵐 수 없을까요?"

"왜요? 직업 구하려고?"

"예."

"그럼 낸시를 만나세요…… 그녀가 주인이니까."

"어디 계신가요, 그분이?"

"바로 저기."

하면서 회계원은 카운터 뒤에 있는 검둥이 여자를 가리켰다.

"지금은 몹시 바쁘니까 새벽 한시쯤 다시 들러보는 게 좋겠지요."

새벽 한시라면 여섯 시간을 기다려야 할 판이었다. 나는 거리에 나섰다.

거리거리에서는 '슈라인' 회원들이 진탕치게 놀고들 있었다. 최고급 요정에서의 만찬, 행진하는 밴드, 먹고 마시고, 구경하려고 모여드는 숱한 군중 앞에 자랑스런 만족감을 느끼며.

이와 거의 때를 같이하여 흑인촌 할렘에서는 평등권을 달라고 외치는 검둥이 폭도들과 흰둥이 순경들이 치고 받고 때리고 체포해가고 도망가고 하는 사실에는 아랑곳없이.

구경꾼들 속에 나도 휩쓸렸다. 오늘 밤만은 이곳저곳 자동식 식당들을 순례할 필요가 없어졌기에. 오늘 저녁에는 참으로 오래간만에, 정말 오래간만에 나는 저녁을 배부르게 먹었던 것이다.

아까 그 식당에 들어가기 전까지 하루 종일 나는 커피 석 잔과 쇠젖 두 잔으로 요기했었던 것이다. 자동식 식당을 두루 찾아다니면서 돈 주고 사먹는 커피나 우유보다도 식탁 위에 놓여 있는 공짜 설탕과 크림을 더 많이 뱃속에 집어넣은 것이었다.

한 주일 전 어느 날, 나는 진종일 냉수로 배를 채우고 다녔었다. 자동식 식당 한쪽에 있는 공짜 얼음 물통으로 가서 유리컵에 물을 받아가지고는 남들처럼 그 자리에서 쭉 들이켜고 가는 것이 아니라, 나는 식탁으로 컵을 가지고 갔다.

식탁 위에 있는 공짜 설탕을 듬뿍 타 마시곤 했었던 것이다 ─ 여러 자동식 식당을 순회하면서.

재수 좋은 날에는 자동식 식당에서 남들이 먹다 남기고 간 음식을 훔쳐(?) 먹을 수 있었다. 빵 쪼가리, 파이 조각, 샐러드 두어 숟갈, 때로는 고기 조각도 먹을 수 있었다— 이 식탁 저 식탁으로 옮겨 다니면서 — 빈 그릇 치우는 여급들과 단거리 경주를 하면서.

훔쳐 먹었다고?

글쎄, 자동식 식당 식탁에 남아 있는 음식 — 손님들이 사먹고 남기고 간 음식의 소유자는 과연 누구일까?

쓰레기통이 주인이지, 물론. 그런데 '배'라는 이름으로 알려진 내 뱃속 쓰레기통은 쇠로 만들어 은박 입힌 쓰레기통보다는 훨씬 고급이 아닌가. 더구나 쇠로 만든 쓰레기통은 음식물을 소화 못하는 데 반해 내 뱃속 쓰레기통은 소화할 수 있는 것이 아닌가 — 소화가 너무 빨리, 너무 잘되는 것이 나에게는 원망스러운 쓰레기통이었다.

십여 년 전 그러니까 1951년에 나는 한국 부산 근방 미군 주둔군 식당 쓰레기 버리는 덤핑 그라운드를 매일 배회하는 수백 명 어린이들 중의 하나였었다. 우리가 뒤져 먹는 음식은 '꿀꿀이죽'이라는 고상한 명칭으로 알려져 있었다. 이름은 그랬지만 음식 자체는 정말 기름졌고 맛이 별미였다. 한 해 동안 내 배는 꿀꿀이죽 수십 톤을 거뜬히 소화했었다.

인적이 드문 샛길을 걸으면서 나는 아까 식당 회계원이 하던 말을 되새겨봤다.

'식당 규모가 작긴 하지만, 젊은 검둥이 여성이 어떻게 그걸 운영 해나갈 수 있을까. 아프리카족의 혈통이라고는 보이지 않았는데…… 하여간 새벽 한시 뒤에 가 만나보면 알게 되겠지.'

그러나 그때까지에는 아직 네 시간이 남아 있었다. 더구나 걷고 있는 나는 자주 흐르는 땀을 주체할 수 없었다. 손수건 한 개가 추할 만큼 더러워졌고 퀴퀴한 냄새가 났다─새 손수건은 지닌 게 없는데.

영화관 하나가 내 시야에 들어왔다. 영화관 출입문 밖 공중에 걸려 있는 전등 장치에 크게 나타나 있는 상영 중인 영화 제목─그것이 날 유혹했다.

어둑신한 영화관 안은 에어 컨디션이 돼 있어서 서늘했다─거의 추울 정도로.

은막에 비치는 누드콜로니(나체굴) 순례 천연색 영화가 내 눈에는 어디보다도 더 서늘하게 보였고, 내 관능을 몹시 뜨겁게 만들어줬다.

두 차례 계속 앉아 나는 누드 영화를 감상했다─육체적인 욕망을 정신적으로 만족시키면서.

새벽 한시 조금 지나 나는 아까 그 식당으로 다시 갔다. 식당은 한 절반 비어 있었다. 회계원 모습도, 남자 웨이터들의 모습도 보이지 않고, 두 여급들만─낸시를 포함한─남아서 손님들 접대를 하고 있었다.

카운터 앞에 자리 잡은 나는 커피 한 잔을 주문했다. 커피를 졸금졸금 천천히 마시면서 용기를 북돋운 나는 낸시에게 말을 걸었다.

"일거리가 혹시 없을까요? 접시 닦기라든지…… 아무거나……"

"일본인이십니까?"

고 낸시가 나에게 물었다.

"아니요."

라고 나는 대답했다.

"그럼 중국인?"

"아니요."

"아, 그럼 한국인?"

"그렇습니다…… 그런데 난 놀란걸요. 내 국적을 단 세 번 만에 알아맞히는 미국 사람을 만난 건 오늘이 처음입니다. 미국인들 대다수는 한국이라고 불리는 나라가 이 지구 상에 있는지 없는지도 모르는데……"

낸시는 빙그레 웃었다 — 말없이.

그녀의 미소 — 그 미소가 내 가슴을 철렁하게 했다.

이태 전까지 미소로 날 그렇게도 즐겁게 해주었던, 그리고 지금 와서는 나에게 견딜 수 없는 고통과 자학과 분노를 주고 있는 한 한국 여성의 미소와 낸시의 미소가 너무나 비슷했다.

"미국 시민이신가요?"

그녀가 물었다.

"아닙니다. 공부하려고 유학 온 학생이에요…… 삼 년 전에…… 난 지금 직업을 구하고 있어요…… 결사적으로."

"글쎄요, 단 한 주일가량만의 임시 일자리라도 가져보겠습니까?"

"좋습니다."

"그럼 묻겠는데, 하루 여덟 시간…… 새벽 세시까지 일하고, 한 시간 임금은, 아 잠깐…… 예, 칠십오 센트입니다. 고맙습니다. 또 오세요…… 실례했어요, 미스터……"

"헨리라고 불러주세요. 그냥 쉽게 한국 이름을 가르쳐드리면 기억하시기가 귀찮으니까요. 기억할 노력조차 안 했다가 다시 만나면 영락없이 찰리라고 부르더군요. 찰리는 질색이에요…… 헨리라고 부르세요."

낸시는 깔깔 웃었다.

"미리 말씀드려둘 것은 임금은 한 시간에 한 달러입니다."

"좋습니다."

"숙소는 어디지요?"

"하룻밤 방세 두 달러짜리 싸구려 방이 있는 호텔들은 모두 다 내 숙소지요."

눈을 동그랗게 뜨는 낸시는 잠시 날 노려봤다.

"그럼 부탁드려요…… 지금 당장 일 시작할 수 있으세요, 헨리?"

"좋습니다."

"그럼 시작할까요. 부엌에 일이 산더미처럼 쌓여 있으니까요. 아, 잠깐, 샌드위치를 좀 만들어드릴게 잡숫고 시작하지요…… 나두 배가 고프니 우선 좀 먹어야겠어요."

한 주일이 퍼뜩 지나갔다. 그리고 식당 영업이 한산하게 됐다.

낸시가 금방 해고 통지를 내게 내릴 것 같게만 생각되는 내 마음은 초조하고 우울했다.

오늘 밤부터 식당 문은 열한시에 닫기로 한다고 낸시가 선언했다. 내 마음속 결정은 이미 내려 있었다—내일부터는 또다시 한없이 걷는 내 발걸음으로 포장되어 있는 도로들을 뜨겁게 해줄 것이요, 따라서 나는 자동식 식당들에나 드나들면서 쓰레기로 내 배를 채우지 아니치 못하게 될 신세를.

"나하고 얘기 좀 할까요, 헨리?"
라고 낸시가 말했다.

예기는 했지만 막상 '해고 선언'이라고 생각되자 내 가슴은 떨렸다.
그러나 나는 '좋습니다'고 말할 수밖에 없었다.

"잠깐 기다려줘요, 문 닫을게."

그녀는 나를 자기 자가용 자동차에 태웠다―내 숙소까지 바래다 준다는 것이었다. 그러나 차를 몰기 시작하자 내 숙소가 어디냐고 묻지도 않는 그녀는 앞만 내다보며 센트럴 파크 중간 길을 몰고 있었다.

"헨리, 난 당신의 신상에 대해 좀 더 자세히 알고 싶은 게 있어요."
라고 그녀는 불쑥 말했다. 눈은 앞만 보면서.

나는 얼른 말을 꺼내지 못했다.

컬럼비아 대학교 근처 가로수 그림자 아래에 그녀는 차를 멈췄다. 나더러 차 안에 그냥 남아 있으라는 뜻으로 내 어깨를 살짝 두드린 그녀는 차에서 내렸다.

보도로 올라가 파킹 미터에 동전을 집어넣은 그녀는 차께로 도로 왔다.

차를 다시 타는 그녀는 차 안 전등을 껐다. 가로등 불만 비치는 어스름한 차 안에서 그녀는 자기의 머리를 내 어깨에 기댔다.

"자, 헨리, 당신 얘길 죄다 들려주셔요."

나는 어리둥절해지고 거북하기 그지없었다.

"왜, 무슨 턱에 내 사생활을 캐려고 드는 거지요? 지금 당장 이 내 마음을 가득 채우고 있는 생각은 다른 무엇보다도 언제쯤 내가 해고 당하는가 하는 공포예요."

"그러세요? 그럼 당신 가족에 관한 얘길 해주세요…… 당신이 어떤 분이란 걸 내게 다 알려주시면…… 당신이 훌륭한 분이라고 생각하게 되면 당신은 그냥 계속 우리 식당에서 일하시도록 제가 붙들겠어요…… 좀 더 좋은 조건 밑에서 …… 내가 그 식당 주인이라는 걸 알고 계시지요."

그녀의 말, 그리고 가까이 느끼는 그녀의 체온, 둘 다 내 신경을 자극시켰다. 언뜻 내 마음에 깊은 상처를 남기고 가버린 미스 송이 날 다시 찾아와 지금 내 품에 안겨 있는 것이 아닌가 하는 착각을 나는 느꼈다―화해하자고 온 것인지, 날 더 괴롭히려고 온 건지는 알 수 없는 노릇이지만.

낸시를 꼭 껴안아주고 싶은 충동을 나는 느꼈다.

나는 군침을 꿀꺽 삼켰다.

"그다지 신경 쓰실 필요는 없어요, 헨리. 고향이 어디지요?"

"북한 평양 근처에 있는 한 촌락에서 태어났지요."

"그래요? 그 동리 이름이 뭐지요?"

"이름 대봤자 당신네 귀엔 치치푸푸로밖엔 안 들릴 텐데 뭘 그러시오."

"그래두 말씀해보세요."

"정 원한다면 내 말 듣고 한번 기억해보려고 애써보세요…… 칠골."

"아…… 칠골…… 북한…… 평양서 가까운 칠골…… 부모님 다 거기 사시나요?"

"몰라요, 난."

그녀는 몸을 떨었다.

한숨을 길게 쉬고 난 그녀는,

"소련군이 그 지방을 점령할 때 당신은 도망쳐 나왔다, 그 말씀이군요."

라고 말했다.

한국에 대한 그녀의 너무나 풍부한 지식에 나는 놀랐다. 미국서 이런 사람을 만난다는 것은 정말 뜻밖이었다.

"낸시, 참 난 놀랐습니다. 당신은 한국에 대해서 아는 것이 참 많은데, 어떻게 그렇게……"

"당신 혼자 남한으로 내려왔나요?"

하고 그녀는 물었다—내 물음은 대답 않고.

"그래요, 참 잘 맞혔어요…… 당신의 한국에 대한 지식 훌륭합니다. 놀랐습니다. 낸시. 호기심을 끄는구려…… 다른 미국인보다 당신은 너무나 다르니까……"

잠시 동안의 침묵이 흘렀다.

"결혼하셨나요, 헨리?"

하고 그녀는 불쑥 물었다.

나는 그녀를 포옹했다. 그녀를 미스 송으로 착각하고.

낸시는 내 포옹에 순순히 응했다.

그녀의 입술에 내 입술을 갖다 댔다.

조용히 그녀는 내 키스를 음미하는 것이었다. 서로 꼭 껴안고 입술을 마주 댄 채 우리들은 오래 앉아 있었다.

"제 집으로 가보실 순 없으세요, 헨리? 우리 할아버지를 좀 만나 보시게."

라고 낸시가 속삭였다.

"왜 하필 할아버지?"

"제가 할아버지 한 분만 모시고 사니까요. 우리 식구는 단둘…… 한국에서 오신 분이 그일 찾아봐주시면 그이는 무척 기뻐하실 거예요."

"왜?"

"할아버지께서 말씀드릴 거예요."

낸시의 아파트먼트 실내 장치에 호되게 놀란 나는 정신을 잃고 그녀가 무얼 하고 있는지 인식하지 못했다.

오동나무로 짠 옛날 한국식 장롱들 — 물론 모조품이었지만 궤를 짠 기술은 진짜 빰칠 정도였다. 자개 박은 나전칠기들. 한국산 인형들 — 장식품인 성춘향과 이몽룡이가 나란히 서 있는 인형.

꿈을 꾸는 것이 아닌가 하고 나는 생각했다. 이 환상이 스러져 없어질 시간적 여유를 주기 위해 나는 오랫동안 눈을 감고 있었다.

"자, 시원한 거 좀 드셔요, 헨리."

하는 것은 낸시의 목소리였다 — 분명. 나는 눈을 떴다. 내 눈앞에는 낸시가 분명 서 있었고, 번지 잘못 찾은 가구도 그대로 엄연히 놓여 있었다.

"조금 기다리시면 우리 할아버지 만나보시게 될 거예요…… 그이 침실로 들어가야 만나볼 수 있어요."

너무 놀란 나는 우뚝 섰다. 침대 머리맡 기둥에 등을 기대고 반쯤 일어나 앉아 있는 노인. 얼굴에는 주름살밖에 남은 것이 없는 것 같은 늙고늙은 할아버지 — 한국인에 틀림없는 늙은이였다.

"자네 날 만나려고 와주어서 참 고맙네."
라고 그이는 한국말로 말했다.

"자, 여기 의자에 앉으라구…… 난 턴디신명께 감사 감사하네…… 내 간절한 소원을 풀어주셨으니꺼니. 내 듣기에 자넨 칠골 출신이라구…… 나로 말하면 칠골에서 오 리 떨어데 있는 조그만 촌에서 나서 거기서 자랐는데…… 헨리, 여보게, 자네 성은 뭔가?"

목소리가 저음이기는 했으나 건강한 음성이었다.

"황가올시다."

"응, 황씨. 칠골에는 황씨가 많이 살고 있디…… 모두 둏은 사람이야. 나는 고가 성을 가진 사람일세…… 칠십여 년 전에 미국으로 왔어."

눈을 가늘게 뜬 그는 얼마 동안 나를 눈여겨봤다 — 마치 내 인품을 저울질해보기나 하는 듯이.

낸시를 보려고 내가 뒤를 돌아봤으나 그녀는 방 안에 없었다.

온통 주름살투성이인 노인의 얼굴이 구겨졌다. 그이 딴엔 미소를 띠는 모양이었다. 그리고 그는 말을 이었다.

"흠, 자네 합격권 내에 들었네. 자네가 우리 낸시를 둏아한대디. 사랑하나? 허긴 자네가 낸시를 사랑하건 말건 그건 상관이 없어. 자네는 개와 결혼해야 되니꺼니…… 그 애는 자네가 둏다구 그랬으니, 턴생연분이디. 턴디신명은 남네 짝지어주는 데 실수를 절대 안 하셔…… 밤이 이미 너무 깊었구. 자네가 피곤할 것두 난 알구 있어. 허지만 내 애길 끝꺼정 들어줘야 되네. 난 언제 죽을지 모르는 몸이니꺼니…… 지금 당장 내가 죽어두 난 한이 없어…… 이 행복한 순간에 죽어문 더욱 둏디……"

이때 노인의 말은 중단됐다.

소반에 찻종과 찻잔 둘을 담아 든 낸시가 방 안으로 들어온 것이었다.

"아, 인삼차!"

라고 노인은 말했다.

'인삼차'라는 말만으로도 그의 생기가 한결 돋우어지는 것 같았다.

"자, 이 차 같이 마시자구. 인삼차 마시문 기운이 소생되디. 나로서도 자초지종 자세히 니야기할 기운이 소생될 거야…… 음, 참 둏군, 뜨끈하구 향기롭구……"

낸시는 밖으로 나갔다.

"어디꺼정 니야기했더라? 응, 그렇디. 내가 미국에 온 건 칠십여 년 전이었어. 낸시는 내 외손녀인데 개 어멈은 한국 네자야…… 내 사랑하는 딸 정옥이, 그리고 낸시의 아범은 흰둥이, 아, 아니디, 뒤늦게 아니꺼니 그 개새끼는 사실 백인과 흑인 간의 튀기였디…… 그놈의 잘못을 바로잡기에는 너무 늦게 사실이 발견됐디…… 칠십여 년 전 나는 처음엔 하와이꺼정 왔어. 거기서 사탕 농당 일을 했디. 십여 년 동안 참 열심히 일했디…… 하루두 쉬딜 않구. 그래 삼천 달러의 미국 돈을 데툭할 수 있었거든…… 그 당시에는 삼천 달러문 큰 부자였디. 그래서, 그래서, 난 한국 네자한테 당갤 들구 싶었어. 오십여 년 전에 소위 사진 결혼이라는 게 성행했었다는 사실은 자네두 아마 들은 적 있을 거야. 미국 한인협회가 주관해서 한국에 사는 체니들과 미국에 와 사는 한국 총각들이 서로 사진을 교환해 보구 피차 똥으문 짝을 지었디. 내가 받아본 첫 체니의 사진에 난 홀딱 반해버렸어…… 칠골 사니 사는 체니. 그리구 그녀도 내 청혼을 데꺽 받아들였거덩…… 물론 내 사진을 보구 나서 결덩지었겠디. 그녀가 미국꺼정 오는 네비와 혼인 비용 전부 다 내가 치렀디. 그때 그녀의 나이가 열여덟이었어. 나보다 십오 년이 젊은. 난 디독히 행복했었디. 그녀가 내 가슴에 못을 박고 떠나가버리기 전까지는 말야. 도무디 두 달밖에 더 안 난 애기, 우리 정옥이, 즉 낸시의 어머니를 버리구 그년이 어떤 놈팽이하구 함께 도망가버린 거야. 그뒤 난 일을 더 열심히 했어…… 나와 또 제 어린 딸을 버리구 도망간 화냥년에 대한 분노감을 억누르려고. 그리구 또 내 눈동자같이 소중하고 귀여운 딸 정옥에게 온갖 사랑을 다 쏟으며 일을 열심히 했어. 하와이가 싫어딘 나는 미국 본토로 이사 와서 조그만 골동품 상점을 개업했디. 돈 참 끔찍이 많이 벌었디…… 재혼은 아니 허구…… 계집들 믿을 수가 없었거든. 내 온갖 정성을 내 딸 정옥이에게만 쏟아 걔는 건강하게 자랐고 학교에 가서는 공부도 무던히 잘했고 또 날 끔찍이 따랐어. 그러는 동안 정옥이는 아주 예쁜 체니가 됐디. 그런데 말이디, 우리 정옥이가 열여덟 나는 해에 그 애가 내 가슴에 또 못을 박아줬단 말이야…… 걔 어미가 박은 못보다 백 배나 더 큰 못을…… 어떤 흰둥이 놈팽이에게 꾀임받은 정옥이가 그 놈하구 나 몰래 도망을 갔단 말이야. 난 미칠 것 같았어. 허지만 이듬 해 봄에 걔가 임신 둥이란 편질 받고는 내 마음의 얼음이 풀렸어. 우리 조상들 풍습에 따라 걔더러 친정에 와서 해산하라는 편지를 띄웠디. 그런데, 그런데 우리 정옥이가 낳은 딸이, 그 딸이 검둥이였어…… 낸시. 내 딸 정옥이가 검둥이를 낳은 걸 본 내 사위 녀석은 제 처가 흑인하구 간통했다는 터무니없는 트집을 잡아 정옥이를 버리구 가버렸어…… 영 가버렸단 말야…… 검둥이 피가 실은 그 녀석의 피인데두 말야…… 아, 나무아미타불, 아, 아……"

노인은 경련을 일으켰다.

놀란 나는 낸시를 부르려고 했다. 그러나 노인이 소리를 질렀다.

"아니야, 아직 낸시는 불러들이나마나 괜찮아…… 인삼차, 인삼차나 한 잔 더 따라주게…… 응, 응, 둏아…… 자넨 참 착해."

인삼차 한 잔을 단숨에 들이켠 노인은 말을 계속했다.

"자, 보라구. 난 아무렇디두 않아. 그 불쌍한 년…… 내 딸 정옥이 말일세…… 그녀는 목매고 자살해버렸어. 자기의 결백을 증명하기 위해. 그걸 본 나는 미칠 것 같았어. 허지만 한편 그녀의 행동이 자랑스러웠어. 한국 여성들만이 감행할 수 있는 떳떳한 일이 아닌가. 그때 낸시는 난 지 두 달밖에 안 된 젖먹이였어. 고아가 된 낸시를 내가 극진히 키웠디…… 긴 니야기를 줄여 말하면 이렇네. 낸시가 무럭무럭 자라나고 있는 모습을 볼 때 어떻게 해서든지 걔는 고향으로 데리고 가 훌륭한 한국 남자와 짝을 지어주고 싶었단 말야…… 내 재산은 몽땅 다 걔한테 물려줄 거니끼니 지참금은 어마어마하디. 허지만 겉으로 보기에는 검둥이에 틀림없는 체니가 내 고향 땅에 가서 우리나라 사람들과 어떻게 어울려 살 수가 있을까 하는 염려가 날 괴롭혔어. 자네도 알다시피 우리나라 사람들은 대개 튀기는 싫어하구 또 자꾸 놀려주디 않는가. 이 생각이 날 여러 해 동안 괴롭혔어. 그러다가 말일세, 천구백사십오년부터 난 새로운 희망을 품기 시작했다네…… 그해 가을에 미군이, 흰둥이와 검둥이의 혼성 부대인 미군이 남한에 진주했디 않나. 해방된 조국에서 오는 신문들을 읽어보니까니 남한에는 흰 피 검은 피가 섞인 튀기들이 많이 생겼다구 했더군…… 그래 검둥이인, 겉으로만 검둥이인 내 손주딸 낸시도 고향에 가문 꽤 어울리리라고 나는 생각하게 됐어. 특히 그녀의 외할아버지인 나를 아는 사람들이 혹시 여태 살아 있으문 그녀 대우를 잘해주려니 하는 생각이 들었어…… 더군다나 그녀가 한국인의 아내가 되는 경우 남편 테면을 봐서라두 그녀를 아껴주리라구 나는 생각했어. 지금 내 수중에 오만 달러가 있네…… 그거 다 낸시의 것, 아니 그녀와 그녀의 남편, 물론 한국 남자의 공동 소유가 되디. 여보게, 헨리, 아니 황군, 명심해 듣게. 자네가 바로 낸시를 아내로 삼아 데리고 고향 땅으로 갈 그 사람이야. 적당한 한국인 남편을 물색하기 위해 낸시는 거의 일 년 간 식당에 나가 일을 했네. 식당을 차리는 게 좋겠다구 생각한 건 바루 나야…… 만국에서 모여드는 각계 각층의 사람들이 데일 자주 들르는 곳이 식당이거덩."

노인은 단추를 눌렀다.

낸시가 들어왔다.

"낸시야, 그 화분 이리 가지고 온!"

하고 노인이 외손녀에게 말했다.

낸시가 들고 오는 조그만 화분에는 파란 풀이 자라고 있었다.

"여보게 황군, 여기 자라난 이게 뭔디 아나?"

나는 머리를 저었다.

"조야, 조. 바루 한국 흙에 심은 한국 조란 말야. 수백 년 동안 우리 선조는 대대손손 한 뙈기 땅에 해마다 조를 심고 거두어왔다네…… 내가 집을 떠나 미국으로 올 적에 그 땅흙 여남은 줌과 좁쌀 씨 여남은 톨을 가지고 왔거덩. 내가 이 미국에서 미국인들의 돈을 긁어모으는 것처럼 이 흙은 미국 거름을 받아가며 해마다 조를 길렀디…… 칠십여 년 내리. 고향 농토의 소유자는 우리 아버지가 아니고 디주였디. 그러나 이 화분에 담긴 흙은 내 거야, 나의 분신. 그런데 말이디, 이 흙과 낸시를 내 고향으로 데리고 가줄 사람은 바로 자네야. 나두 물론 고향으로 가서 뼈를 묻고 싶지만 난 먼 네행을 하기에는 너무 늙었고 몸이 쇠약해. 자네와 낸시와 흙이 지금 당장 고국으로 돌아가더라도 이북 땅으로 곧 갈 수는 없다는 걸 나두 잘 알구 있디. 허지만 난 이렇게 생각해. 너희들이 당분간 남한에 살고 있다가 북한이 해방되는 날 선두에 서서 고향으로 달려갈 사람은 자네 아닌가. 내 고향은 자네 고향에서 오 리 안팎에 있어. 자네 고향으로 가거덩 큰 농장을 사라구. 돈은 물론 넉넉히 있으니꺼니. 그래가지구

이 화분 속에 칠십 년이나 갇혀 있었던 흙을 그 농토에 부어 섞으라구. 이 흙 속에는 내 혼이 깃들어 있으니까니. 농토가 자연 비옥해질 거야…… 자, 너희 둘 다 이리 가까이 오너라. 내 늙은 몸이 이상 더 지탱할 수 있으리라고 생각되지 않아…… 세월은 자꾸 흐르고. 지금 당장 이 자리에서 나 자신이 너희들 짝을 지어주련다. 너희 둘 손을 포개 쥐어라…… 응, 그렇게. 좋다. 자, 너희들의 포개 쥔 손을 내 손이 이렇게 겹으로 포개 쥔다. 아, 잠깐…… 나, 인삼차 한 잔 더."

나는 꼬리 아홉 개 달린 여우에게 홀린 것 같은 기분이었다. 여우의 홀림으로부터 벗어날 수 있는 단 하나의 방도는 날이 새는 데 있다고 우리 할아버지는 말씀하셨었다.

"음, 참 좋다, 그 인삼차…… 자, 너희들 손을 다시 포개 쥐어라. 그렇디, 그렇게."
라고 말하는 노인의 목소리는 떨렸다.

"아, 아, 너희들의 손 참 따스하구나. 너희 둘이 지금 부부가 됐다는 걸 난 턴디신명께 품고한다."

노인의 두 눈에는 눈물이 홍건히 괴었다.

"턴디신명이 너희들의 부부 됨을 인정하고 축복해주실 거다…… 지금 난 죽어도 안심하고 눈을 감겠다. 선조에 대한 나의 임무를 잘 수행하고 나서 죽는 나는 세상에 여한이 없다…… 난 기쁘기만 하다…… 정말 됫새 기뻐……"

노인은 혼수 상태에 들어갔다—주름살투성이인 얼굴에 만족하는 미소를 띤 채.

생각할 문제

1. 노인은 심한 혼란과 고통 속에서 살아왔음에도 불구하고, "선조에 대한 나의 임무를 잘 수행하"였으므로 죽어도 여한이 없다고 말한다. 그가 끝끝내 수행하고자 한 그 선조에 대한 임무란 무엇인가? 노인이 한 주된 행동들, 혹은 이 작품의 핵심적인 사건들을 고려하여 답하시오.

2. 한국인 독자라면 대부분 낸시에 대해 동정심과 애정을 갖게 된다. 그런데 실제로 그녀가 '나'와 결혼하여 한국에 와서 산다고 할 때, 그녀를 자연스럽게 한국인으로 받아들이기 어려운 사람이 많을 것이다. 이러한 다소 모순된 현상이 왜 일어나는가에 대해 나름대로 분석하되, 반드시 '민족'과 '혈통'이라는 단어를 쓰시오.

가족이라는 사회

2

생일 전날
_김남천

돌 다리
_이태준

처 세 술 개 론
_최인호

환 각 의 나 비
_박완서

생일 전날

지은이 이 글을 쓴 **김남천**(1911~ ? , 본명 김효식)은 평남 성천에서 태어났다. 일본 호세이 대학을 중퇴하였고, 카프에 가입하여 계급 문학계의 핵심 인물로 활동하였다. 작품집 『맥』, 장편소설 『대하』 등을 펴냈고, 문학평론가로도 활동하였으며, 노동운동가, 기자 등으로 여러 방면에 적극 참여하였다. 1947년 월북하였고 1953년 북한에서 문학예술총동맹 서기장에 올랐으나 남로당 숙청 때 15년형을 선고받은 후 소식을 알 수 없다. 당대 현실을 사실적·비판적으로 그리는 동시에 매우 짜임새가 있는 작품을 썼다.

발표 『삼천리문학』, 1938. 4.

출전 『맥(麥)』, 을유문화사, 1947.

"농사해 먹는 사람이 그렇디."
하면서 창선(昌善)이는 조롱박 모양으로 가운데가 짤름한 흙물 든 자루와 닭 한 마리를 넣은 종다랭이를 냉큼 들어, 자루는 잔등이에 둘러메고, 종다랭이는 왼손에 들고서, 저만큼 앞서서 소를 세우고 이쪽을 바라보는 최(崔)서방에게로 성큼성큼 뛰어간다.

광목 상침 바지저고리 위에 무명 중의를 껴입고, 푸수수하니 먼지 묻은 상고머리에 수건을 질끈 동인 창선이가, 밤 한 말과 사과 배 섞어서 스무 알, 그리고 살진 암탉 한 마리를 횡하니 지고 들고, 찬 이슬이 눅진하게 내린 밭 샛길을 우쭐거리며 내려가는 것을 토방 위에서 멍하니 바라보던 서분(西粉)이는,

"복손아, 넌두 뗴가 소 기르매 우에 타라."
하고 여섯 살 난 아들을 돌아본다.

가상도리가 떨어져서 누런 말똥지가 드러나 보이는 학생 모자를 뒷데석에 재 쓰고, 이런 때에나 내어 입는 파란 목세루 조끼의 흰 조

개 단추를 만지작거리고 섰던 복손(福孫)이는, 코 흘린 자국이 빨갛게 남아 있는 세수한 낯짝으로 한 번은 어머니를, 그 다음은 문지방에 서 있는 확실(確實)이를 휘끈휘끈 돌이켜보곤, 팔을 뽑아 찬 공기를 휘저으며 아버지의 간 길을 뛰어간다.

"울디 말구 집 잘 봐라."

어머니를 쫓아가고 싶어서 눈물이 글썽글썽하여 문턱 위에 손을 얹은 채 바깥을 바라보고 있는 확실이에게, 이렇게 다시 타이르고, 서분이는 새로 입은 옥양목 치마의 한끝을 쥐어 허리에 꽂고, 닦아 신은 흰 고무신을 토방 밑으로 내려놓는다.

창선이는 지금 최서방의 소 잔등에 짐을 올려 싣고 길마를 판판하게 매만진 뒤에 복손이를 버쩍 들어 그 위에 올려 앉힌다.

"기르매를 두 손으로 꼭 쥐구 앉아라, 또 괘니 나가 뒹굴디 말구."

앞에서 소꿉지를 쥐고 섰던 최서방은, 흰 수염을 너털거리며 소 잔등 위에 올라앉은 복손이를 쳐다본다. 그러더니 가운데가 잘름한 자루를 손가락으로 발근발근 만져보며,

"이건 밤인데 이 우의 치는 먼가?"

한다.

"그건 머 사과알이나 배알인가 부웨다."

하면서 창선이는 닭다랭이 달아맬 곳을 이리저리 찾다가, 그것을 길마 뒤에다 새끼 오리로 매단다.

"머, 최서방넨 배추만 사오믄 됩네까?"

하고 손을 털며 물으니,

"무는 잘되딘 않아서두 쥐꼬랭이만 한 게 서너 이랑 있으니."
하면서 담뱃대를 허리춤에 꽂고 "이라 쩌쩌" 소를 끌기 시작한다. 소는 싸던 오줌을 마저 싸고 네 다리를 움즈적거린다.

"그 행액던(鄕約丹) 목화밭에 심은 게 쥐꼬랭이겉이 되다니 원."

창선이는 혼잣말처럼 입속으로 중얼거리는데 소가 발자국을 옮겨 놓으므로 성큼 쳇둑에서 내려서면서 길을 비킨다. 이윽고 그의 아내인 서분이가 치마폭에 이슬이 묻을까 조심조심하면서 걸어오는 것을 보더니,

"아버지 생일엔 들어가 뵈일랬더니 갈〔秋收〕할 게 밀려서 못 들어 간다구 그러우."

한다. 서분이는 못 들은 척하고 남편의 앞을 지나서 덤덤히 소가 지나간 뒤를 복손이를 보면서 따라가다가, 무엇을 생각하였는지 채 얼굴도 안 돌리고,

"소멩이 닞지 말우."

하고 딴말을 한다.

최서방과 소와 그리고 그 위에 탄 복손이의 머리가 흔들흔들 움직이고, 그 뒤로 새 옷을 입은 서분이가 길을 골라 이편 저편 짚는 대로, 창선이가 서 있는 곳에서 점점 그들은 멀어져갔다. 언덕을 내려가서 그들의 일행이 큰 버드나무를 끼고 산굽이를 돌아 없어질 때까지 그것을 내려다보던 창선이는 담뱃대를 내어서, 기새미 한 대를 피워 물고 씽긋이 웃으며 확실이가 혼자 있는 제 집으로 올라간다.

해는 보이지 않더니 골짜기를 내려와서 앞산이 멀찌감치 물러갔을 때에야 쌀룩한 산허리에서 찬 안개를 휘저으며 불쑥히 치밀어 오른다. 싸늘하여 입김에 부딪히면 찬 물기가 돌던 새벽 공기도 햇살이 퍼지는 대로 포근히 더워올라서 물 마른 흰 개굴을 옆에 끼고 걸을 때엔 꼬드라졌던 손길에도 온기가 생긴다. 째부라진 골짜기는 앞이 트여서, 산굽이를 돌고, 국사당을 지나고, 향약전을 휘도는 대로, 차차 벌판 같은 것이 열리기 시작했다. 처음에는 소리도 안 나던 개굴이 여기까지 오면 제법 돌돌거리며 낙엽을 띄우기도 한다. 고불고불한 삼밭이(麻田) 고개를 넘어서니 해는 쫙 퍼져서 등허리에 따갑고, 소 잔등 위에 탄 복손이는 굳어진 손으로 길마를 쥔 채 졸림에 붙잡혀서 가끔 머리를 내두른다. 소는 개굴을 쩔가닥거리며 뒤채고, 사람들은 돌다리를 골라 닝금닝금 뛸 때에, 복손이는 다시 숨을 들이쉬고 안개 낀 눈을 휘저어보는 것이다.

　서분이는 오 리가 넘도록 사뭇 말이 없이 걸었다. 토방 위에서 막연하게 아버지의 생일날을 생각해보고, 다시 친정에 모일 동기들을 머리 속에 그려볼 때,

　"농사해 먹는 사람이 그렇디."

하면서 자루와 다랭이를 냉큼 둘러메고 소 있는 편으로 뛰어가던 남편의 모양이 서분이에겐 여적 눈앞에서 사라지지 않는다.

　사내 한 몸으로 닷새아리를 자작하기란 여간 힘드는 농사가 아니었다. 그러나 될수록 품을 대지 않으려고 서분이는 갓 낳은 아이가 죽어 홀몸이 되자 확실이와 복손이를 집에 두고는 매일같이 남편을

따라 밭으로 나갔다. 밭이래야 제법 쓸 만하게 평지에 벌어져 있는 것은 도무지 두 뙈기밖에 안 되고, 그외의 것은 화전이나 다름없는 산 밑을 '부대'한 땅 조각이었다. 뙤약볕이 내리쪼이는 산허리에서 김을 맬 때엔 숨이 탁탁 막히고 목구멍에서는 불기운이 내솟는 듯하였으나, 이것을 해야 굶지 않는다는, 가슴을 무뚝뚝이 올라 받히는 욕망에 고을〔邑〕 생활을 그리워하거나 제 신세를 한탄하거나 하는 그런 딴생각은 들지 않았다.

며칠만 날이 가물면, 어서 비가 오기를, 또 연거푸 사흘만 비가 내리면 어서 날이 개기를, 곤하게 들었던 잠귀에 우수수 하는 바람 소리가 들리면 자리를 차고 소스라쳐 깨어, 이 바람이 자라나는 수숫대를 휘몰아치지 않기를—그러므로 모든 신경과 희망이 단 한 줄기의 직선, 그 이외의 것을 따르지 않았다. 잘 먹고 잘 입고 편안하고—이러한 모든 욕망을 어쩌면 그렇게 깜박 잊어버렸었을까 하고 생각하게 되는 순간이, 서분이에게는 더없이 슬픈 시간이었다.

오늘 아침과 같이 친정을 다녀오려고 짐을 차리는 순간이 그러한 쓸쓸하고도 슬픈 시간이었다.

"아니 복손 애비는 무슨 갈을 오눌 한다우? 콩 마당질을 발쎄 할라나."

하두 아무 말 없이 걷기가 무료했던지 최서방이 창선이의 말을 다시 생각해본다.

"글쎄 아마 나무를 좀 빌라는디……"

서분이는 말끝을 흐린다. 나무는 지금 베는 시기가 아니었기 때문이다. 그러나 농사해서 일 년을 돌리지 못하는 창선이 같은 자작농은 겨울 한 철 나무를 고을에 실어다 팔아서 도움을 하였다. 겨울이 오기 전 틈을 보아 비밀히 나무를 좀 베어두려고 창선이는 오늘 집에 붙어 있는 것이다.

"아, 내, 참 들으니 복손이 외삼춘이 나왔다구 하던걸."
하고 서분이가 나무 베는 이야기에 쭈볏거리는 기색을 눈치 채고 최서방은 마침이라는 듯이 서분이의 오빠 이야기를 한다. 그러나 서분이는 가느다랗게 "예" 했을 뿐이다. 서분이의 오빠라면 창선이의 처남이다. 처남이 오래간만에 왔는데 창선이가 갈할 것을 구실로 찾아가 보지 않는다는 것은 더군다나 말이 안 되는 소리인 때문이다. 그래서 그는,

"복손이 아바지는 만젯 당에 들어갔다 봤대요" 하고 거짓말을 할까 했다.

"복손이 많이 상했갔건."
하고 최서방은 혀를 두어 번 차고는 혼자서 생각에 잠긴다.

물론 창선이와 확실이가 서분이와 함께 가지 않고 떨어져 있는 것엔 서로 내놓곤 말하지 않지마는 딴생각들이 있었다. 사실인즉 서분이는 네 가족이 함께 웅게중게 친정집 뜰 안으로 몰려 들어가기를 은근히 꺼렸다.

입을 것도 변변히 못 입고 촌티가 쪼르르 흐르는 초라한 모양을 해가지고 옹졸스럽게 돼지떼같이 몰려 들어가기를 꺼렸다. 창선이 역시 말하지 않아도 아내의 눈치를 못 챌 리가 없다.

얼마나 왔는가? 머리를 들고 앞을 바라보는데 갑자기 소 위에 탄 복손이가 손을 뚜드린다.

"애 굉장하구나, 데거 데거."

하면서 날뛰는 바람에 그의 얼굴 돌린 방향을 보니 피보다도 빨간 단풍나무가 누런 싸리 수풀 속에 유난히 눈부시게 손을 뻗치고 있다.

"단풍을 첨 보네? 촐랑씨 다 떨어딜라구."

그러나 복손이는 어머니의 핀잔에 죽으러지지 않고,

"단풍 말인가, 다람쥐, 다람쥐. 데거 간다, 간다."

하면서 아직도 길마 위에서 야단을 친다. 아닌 게 아니라 재빠르게 다람쥐 두 놈이 까끔선 벼랑 위를 단풍 든 넝쿨을 넘으며 훌훌 날아가듯 하고 있다.

"다람쥔 첨 보네? 망할 놈어 새끼."

앞서서 가는 최서방은 모자간의 다투는 것을 그저 "흥" 하고 가볍게 치워버리고,

"이전 술막에 다아 왔수다."

하면서 머리를 들어 해를 쳐다본다. 비둑바우(鳩岩)다.

"한참 앉아 기대리야 자동차가 오갔군."

신작로 옆 술막집 토방 옆에 소를 세우고 복손이를 안아서 내려 세우더니,

"그럼 짐일랑 내 실어다 올리리다. 차와 거반 함께 들어갈걸."

하면서 소를 앞세워놓고는 다시,

"여보 귀둥이 할마니 있소? 난 삼밭이 최서방이웨다. 여기 방 밖

에 재당네 아즈마니 오셨는데 웃방에 화리나 좀 올려주."

하고 집 안을 바라보며 소리를 지른다. 그리고는 대답도 기다리지 않고 흰 썩베루가 깔린 길 위에 질질 끌고 가는 소꼽지를 닁금닁금 뛰어가서 허리를 굽히고 한끝을 집는다.

   술막집 귀동이 할머니는 방문을 열더니,

"본가에 갑마? 정, 오래비가 왔다구 하더니 오래비 보레 가누만."

하면서 그들을 맞아들인다.

   "아바지 생일두 되구 그래 겸사겸사 갑네다."

   "어, 참, 이때가 생일이갔군. 그래 오래빈 이전 왼통 무사하게 됐습마?"

   "글쎄, 그게 발쎄 사 년이니 인제 그 우에 더, 멀, 고생시키겠소."

   재만 복닥한 화로를 가운데 놓고 유리 쪼박 붙인 창구멍으로 신작로를 내다보면서 그들은 길마리에 쭈그리고 앉았다.

   지금부터 사 년 전 봄, 서분이는 스물여섯 살, 그리고 확실이가 다섯 살, 복손이는 세 살째 먹던 해 봄이다. 창선이와 서분이가 큰집에서 땅조각과 집 한 채를 갈라 가지고, 처음 살림을 벌여놓고 한 돌째 맞는 봄이다. 농량을 댈 길이 없어 고개 넘어 큰집으로 가서 다시 조 두 섬과 팥 닷 말을 얻어다 놓고 햇보리가 날 때까지 견디어야 된다고 궁리를 하다가, 고단한 기절이라 일찌감치 불을 끄고 잠을 이루었었다.

   달도 없는 캄캄한 밤이었다. 수숫대로 얽은 바자 대문에 매단 생철통이 갑자기 덜렁거리는 바람에, 먼저 눈을 뜨고 "이게 먼 소리요?" 한 것은 서분이었다. 창선이도 아마 별안간에 들려오는 이 대문 흔드는 소리에 놀라 깨었을 텐데, 별로 겁내는 기색도 없이 "누가 온 게로군" 하고 낑하니 반쯤 일어나더니,

"거 누구?"

하고 소리를 지른다.

"내웨다."

한 것은 지금은 정녕 동경서 공부하고 있을 터인 서분이의 오빠 인호(仁浩)의 목소리에 틀림없었다. 그러나 그들은 이 목소리를 선뜻 믿어버릴 수는 없어서, 다시 한 번,

"아니 이 밤중에 거 누구요?"

하고 서분이가 재쳐 물었다.

"뉘님, 내애요. 인호야요."

틀림없는 인호였다.

"아니 인호와?"

하고 아직 자리에서 창선이가 우물거리는 동안 서분이는 옷을 걸치고 뜨락으로 나갔다. 밤은 칠흑같이 캄캄한데 바자 밖에서 뻥끗뻥끗 회중전등의 불길이 뜰 안을 엿본다.

"아니, 너, 이게 웬일인가?"

이렇게 말했을 때 인호는 캄캄해서 보이지는 않았으나 확실히 벙글벙글 웃는 모양이었다.

"웨요, 제가 못 올 집이유?"

이러면서 들어서더니 제 손으로 바자 대문을 다시 밀어 닫고 토방으로 올라선다.

"못 올 집이라는 게 아니라 너머 뜻밖이게 말이다."

작은 남포등에 불을 켜놓은 방 안으로 들어서니 인호는 신작로 닦는 데서 늘 보는 십장 모양으로, 감발을 치고 지까다비를 신었다. 낡은 양복에 허름한 외투를 걸치고 도리우찌를 올려놓았는데, 이러한 복색부터 창선이와 서분이에게는 이상스러웠다. 대학 본과생이 됐다고 사각모를 썼던 것을 지난 여름 방학에 보았는데, 이건 전매국 수납계원같이 어인 복색이 이 모양이냐 싶었다. 그렇다고 갑자기 취직을 했다고 믿을 수도 없고. 그래서 서분이는 다짜고짜로 "너 이게 무슨 복색이가?" 하고 물었으나 창선이는 "저녁을 어떻갰나 묻구서 어서 시장끼를 끄게 하야디" 하고 마누라를 나무랐다.

"집에서 저녁은 먹었어요."

"너 그럼 집에서 오는 길이가?"

이 말에 대답은 아니 하나 서분이는 다소 안심하였다. 친정에서 급한 일로 인호를 시킨 것같이 추측되기 때문이다. 몇 해째 우는지 밖에서는 닭이 운다.

"자 그럼 밤두 늦었는데 어서 자리를 잡구 자야디, 니야길랑 내일 하구."

창선이는 자기 자리를 북 윗목으로 잡아끌며 새삼스럽게 방바닥의 온기를 짚어본다. 한참 입을 다문 채 멍하니 앉았던 인호는, 자기

옆에 쭈그리고 앉았는 누이의 눈살을 피하여, 아랫목에서 곤하게 자는 조카 아이들을 바라보며,

"여기서 묵을 수 없어요. 이제 난 원산 쪽으로 가야겠수다."

하고 말한다. 이 말은 두 사람을 동시에 놀라게 하였다. 자리를 어루만지던 창선이는 두 손을 이불 속에 박은 채 아무 말도 못하고 인호의 얼굴과 아내의 얼굴을 황망히 번갈아 본다. 서분이는 뻗히던 상상이 이 한마디에 부딪혀서 그저 쓸개 빠진 사람 모양으로 인호의 입만 바라본다.

인호도 자기가 말한 이 말 한마디가 얼마나 이들을 놀라게 할 것인가를 짐작하지 못함은 아니었다.

"고을은 들릴라다 그만두구, 어두워서 사람을 보내 우시장 옆에서 어머니만 만났습니다. 있는 돈 몇십 원을 받어 줘구 그 발루 예까지 왔는데, 신작로루 나서지 말구 뒷즈림을 해서 양덕으루 돌아, 원산 쪽으루 빠질랍네다."

인호의 설명을 들으며 그들은 인호의 말이 무엇을 뜻함인지 막연하게 알기 시작한다. 그러나 무서움은 점점 더하여갈 뿐이다.

"내가 들린 뜻은 오래간만에 한번 보일 겸 노비를 좀 둘러달라구, 그래서 허둥지둥 찾아왔수다. 어머니께 여쭈었으니까 돈은 있는 대루 절 주구 이 대음에 고을 들어가 집에 가서 찾으시우."

무엇 하러 가는 길인지, 무엇 때문에 하는 여행인지, 무엇 때문에 집에는 들르지도 않고 신작로에는 나서지도 않으면서 산길을 취하여 가는 것인지, 그들에게는 물을 수도 없고 또 묻지 않아도 알 것 같기

도, 또는 모를 것 같기도 하였다.

"글쎄, 원 이게 무슨 일이가."

단지 재산이라고는 금반지를 팔아서 남편도 모르게 꽁꽁 뭉쳐둔 지전 오십 원, 이것을 장롱 한 모퉁이에서 꺼내어 인호의 손에 쥐어줄 때 서분이의 눈에는 눈물이 어리었다.

놀라움과 두려움이 없어지고 슬픔이 찾아온 것이다.

"머, 아무 일두 없어요. 학생들이 늘 하는 무전여행 아니우. 이 길루 금강산 구경이나 갈라우. 학생들은 험한 산이랑 눈구덩이랑 그런 델 늘 탐험하레 안 댄기우, 내가 지금 그걸 하누라다 고만 노비가 궁했수다."

아무도 믿지 않을 줄 아는 소리를 지저분하게 늘어놓으며, 싱글싱글 웃고 일어서는데 서분이는,

"달두 없는 이 밤에 너 산길을 어떻게 갈랴네, 자구 새벽에 가려므나."

하고 졸라본다.

"험한 델 가는 게 이 여행의 본무인데 자구 가믄 되나요, 또 밤이 길 걷긴 의례 좋다우."

인호는 벌써 모자를 쓰고 토방에서 지까다비를 끌어다 길마리에 앉아 신기 시작한다.

"정 가야 될 길이라믄 닭알이나 뒈 알 먹구 가라."

서분이가 밖으로 나가서 들고 들어온 것은 그러나 달걀뿐이 아니었다. 암가루로 쓰려던 찹쌀가루를 한 됫박이나 되게 작은 자루에다

넣어서 인호에게 들려준다. 그리고는 슬겅 위를 뒤지더니 작은 표주박 하나를 꺼내온다.

"길 가다 시당할 땐 물에다 풀어서 마시거라."

인호는 짐이 된다고 사양하다가 결국 절반을 덜고 그대로 안주머니에 두둑하니 넣었다. 앞서서 성큼성큼 산등으로 뻗친 길을 더듬어 올라가는 것을 멍하니 바라보다가, 서분이는 창선이의 잔등에 낯을 묻고 느껴 울었다. 어둠은 완전히 인호를 삼켜버리고 그가 내는 발자국 소리조차 들리지 않는다. 뭇 짐승이 날고 뛰는 무서운 수풀 속에 홀몸으로 내세우는 것 같은 두려움이 갑자기 서분이를 송두리째 잡아버린다. 역시 그를 붙들어 재워 보내는 것이 옳았던 것 같다. 무엇 때문에 하는 여행인지, 샅샅이 캐어보고 이 길을 중지시키는 것이 마땅했을 것 같다..다시 낯을 들어 인호의 간 길을 바라보매 그곳에는 벌써 개똥벌레의 불똥 같은 회중전등의 불조차 보이지 않는다. 아직도 밤이면 산뜻한 바람이 산 위에서 몰아쳐 내려온다. 서분이는 창선이에게 이끌리어 실심히 방 안으로 돌아왔다.

인호가 떠나간 뒤 한 밤을 꼬박 새우고, 이른 아침 대체 어이 된 영문인지를 탐문하러 나무 한 바리를 싣고 고을로 들어가려고 하는데, 그가 집을 떠나기 전에 고을서 그를 모시러 나왔다. 처음 창선이는 "인호구 뭐이구 아무두 온 사람이 없다"고 말했다. 그리고 인호는 지금 동경 있지 않느냐고도 말했다. 물론 집과 집 부근을 뒤져보았으나 그런 사람이 나타날 리는 없었으나 창선이는 그 길로 고을에 가지 않으면 안 되게 되었다.

거진 한 시간 가까이 기다려서 고을로 가는 자동차를 얻어 타니, 비둑바우서 고을까지 시오리나 되는 길을 차는 이십 분 내외에 달아간다. 시오리래야 결국 아홉 번이나 구불구불 돌아서 올라갔다 다시 내려오는 고개 하나에 불과하였으나, 서분이에게는 빠르다고 생각하는 자동차가 다른 손님에게는 느리고 지루한 느낌을 준다. 올라가는 길이나 내려오는 길이나 스무 명 이상을 태울 수 있는 커다란 버스는, 사뭇 고동만을 울리면 소달구지보다도 느리게 가는 것 같다.

좁은 틈을 비집고 앉아서 복손이는 앉히지도 못하고 한편 옆에 붙들어 세워놓으니 '이제는 고을이다' 하는 생각과, 사 년 만에 보는 인호와, 그 새의 동생으로 지금은 바로 이 고을과 연달린 인군 경찰서 사법주임으로 있는 박경부(보)의 부인이 된 인숙(仁淑)이의 얼굴이, 잠깐 눈앞에 아물거렸으나, 이어서 차장이 와서 차표를 찍고 주머니를 풀어 돈을 주고 하는 통에 깊은 생각도 못 하고 높은 고개를 넘었다. 치마폭을 감싸고 자기를 바라보던 뭇 사람의 눈이 다시 저 볼 데를 찾았을 무렵에 가벼운 한숨을 쉬며 밖을 내다보니, 차는 벌써 고개를 다 넘고 판판한 길을 고을 입구를 향하여 달리고 있었다. 잎새가 거진 떨어진 백양목이 휘끈휘끈 지나가고, 소 말뚝이 총총하게 박힌 우시장 마당 가운데를 달리니, 뽕밭과 배추밭이 먼발로 보이고 음식점이라고 쓴 초가 마거리가 자동차 옆에 층층히 나선다. 한번 고동이 까그긍거리고 찌지직 하는 뒷바퀴 지치는 소리가 나더니 차는 전매국 출장소 앞에 와 멎는다. 가운데 탔던 양복쟁이 둘이 내리고 차는 휘발유 냄새를 가득하니 풍기면서 다시 끄긍거리며 대가리를 휘젓고 나지막한 돌집들이 두 줄로 나란히 하여 있는 시가지 가운데를 웃거리로 올라간다.

두 눈을 바로 세우고 영창 밖으로 뛰어넘는 집을 하나 세다가,

"여보 여기 세워주."

하고 서분이는 황급하게 차가 채 멎기도 전에 시트에서 일어서려고 머뭇거렸다. 차가 떠난 뒤에 서분이는 길 가운데 한참 벙하니 서 있다.

안방이 밖 대문, 안 대문을 거쳐, 길거리에서 훨씬 떨어져 들어가 있는 때문일까, 밖에서 우르릉거리는 소리가 한참이나 나고, 다시 뚜뚜 소리를 내면서 먼지를 뽀오얗게 날리고 차가 웃거리로 달려가버린 뒤에도 친정 집에서는 사람 하나 얼씬하지 않았다.

최서방이 짐을 가지고 왔을 터이니까 서분이가 복손이를 데리고 낮 차로 온다는 것쯤은 알고 있을 터이므로, 거리에서 자동차의 기관 소리만 나면 막간 사람이라도 뛰어나올 것인데 낯선 집에나 오는 것같이 서분이와 복손이가 대문 턱에서 머뭇거리고 있을 때에도 안방에서는 누구 하나 마중 나오는 이가 없었다.

밖 대문을 넘어서 중문 가까이 가니 빨간 스웨터에 곤색 스커트를 깡총하니 입은 단발한 명자(明子)가 캐러멜을 씹으면서 아장아장 걸어 나온다. 일 년 전 제 엄마가 아이를 낳으러 왔을 때보다는 엄청나게 컸으나 이 아이가 그의 동생인 인숙이의 딸이라는 것은 서분이로서도 넉넉히 분간할 수 있었다.

"명자 너 언제 왔네? 너, 나 모르간?"

서분이는 그의 머리를 쓰다듬어주려고 하였으나 명자는 살짝 몸을 비키고 쫄랑쫄랑 거리로 뛰어간다. 복손이는 뒤로 돌따서서 명자의 가는 양을 정신없이 바라보고 섰는데 서분이는 중문턱을 넘으며 "애 뭘 정신없이 보내" 하고 핀잔을 주듯 한다.

중문을 들어서니 아직 보이지는 않으나 여인네들이 떠드는 소리가 들려왔다. 인숙이의 웃는 소리가 유달리 높아서 서분이는 짐짓 그러는 것은 아니나 잠깐 그늘 속에 발을 멈추고 귀를 기울여본다.

"거저 촌에 가 살믄 벨수 없어요."

하는 인숙이의 말소리가 움쭉하려던 서분이의 발 위에 다시 못을 박았다. ―역시 인숙이의 말소리다. 그리고 지금 '촌에 가 살믄 벨 수 없다'는 것은 자기를 이름일 게다. ―하고 가슴이 뭉클하는 것을 느끼며 서분이는 생각해본다.

"어떻든 사과나 벤벤한가 한 알 먹어봅세다."

뒤이어 다시 인숙이의 말소리가 들려온다. ― '벤벤한가 먹어보자'는 사과는 정녕 최서방이 소 길마 위에 쳐다 주었을 서분네가 가져온 사과일 것이다. ―서분이는 처음보다는 좀 가라앉은 마음으로 고요히 대문 안 바람벽 뒤에 서 있다.

"농사해 먹는 사람이 그렇디" 하면서 자루와 닭다랭이를 들고 껑충껑충 언덕길을 뛰어가던 창선이의 모양이 획 머릿속을 스쳐간다.

"아니 이거 삼밭이 뉘님 아아이우? 어째 여기 서 있수?"

기겁을 하여 머리를 돌이키니 어느새에 밖에서 뛰어 들어온 인호다. 사 년 전 봄 캄캄한 밤에 산등에서 갈라진 채 처음 보는 인호의 얼굴이다.

"아니 이게 인호로구나."

겨우 이 말 한마디를 얼겁 간에 했을 뿐이다. 영감 모양으로 앞이마가 유난히 벗어진 머리빡을 수그리며 "누님, 인사 디립시다" 하는 것을 두 손을 잡아 일으키고 다시 한 번 인호의 얼굴을 보니 코와 눈에만 옛날의 흔적이 남아 있을 뿐이다.

머리는 중학생 같으나 앞이마가 번번하고, 낯빛은 양초 빛 같은데 볼이 쏙 빠졌다. 얼굴빛에 비하여 좀 발간 듯한 두 눈만이 웃으면 갸름한 채로 옛날의 영채를 남기고 있다.

"아 이눔이 복손이유? 어디 보자. 컸구나. 너 학교에 가니?"

복손이는 점직해서 낯을 돌리니,

"얘 외삼촌에게 인사두 못하네? 지지리 못난 것."

하고 서분이는 핀둥이를 준다.

둘이서 이러고 있으니 그때에야 안방에서는 서분이가 온 줄을 알았는지,

"큰애기가 왔수다."

하는 어떤 여인네의 소리와 함께 어슬렁어슬렁 방을 나오는 기색이 엿보인다.

방 안에 들어앉아 서로 인사들이 끝나매 윗목에 우뚝 선 채 창문 쪽을 바라보던 인호는 약간 굳어진 표정으로,

"그럼 난 이야기하든 게 있어 잠깐 나가보갔수다. 집 앞에서 차가 멎고 어떤 부인네가 내린다는 말을 듣구 뉘님이 오시는 줄 알구 쫓어

왔는데 이야기가 좀 남었서요."

하고 밖으로 나간다.

"아니 큰누이 왔는데 함께 점심 안 먹구 어딜 또 가네?"

하고 어머니가 뒤쫓아 불러보았으나 인호는 대답도 안 하고 종종걸음으로 중문 뒤에 없어진다.

"쟈는 몸두 약한데 마짱을 배왔나?"

하고 인숙이가 방 한 중복판에 도사리고 앉아서 무릎 옆에서 잠이 들어서 자는 한 돌이나 되었을 명순(明淳)이를 슬쩍 눈길해본다.

"이 애 아버지두 한창 마짱에 바뿌더니, 서장이 갈리면서 마짱 취체를 엄하게 해서 이즈막에야 버릇을 뗐는데, 것두 노름이 큰 게 해나면 인이 백이나 봅데."

영창으로 아들이 나간 곳을 멍하니 앉아 내어다보던 어머니는 얼굴도 안 돌리고 작은딸의 말이 못마땅한 듯이,

"인호가 마짱은 무슨……"

하고 변명하듯 한다.

"아이구, 그만두슈. 걸 누가 알우. 이좀 청년치구 마짱 안 하는 이가 있는 줄 아슈? 어머니두 참, 우리 명자 아바지가 술 한잔 안 하는 얌전한 이건만, 반년 간이나 그만 미칠 듯이 밤이면 줄창 마짱판이었다우."

인숙이는 황해도와 인접된 고을로 전근이 되어, 이사 간 지가 두 해가 되므로 그곳 말씨를 본따서 제법 '디'를 '지'로 발음하고, 군데

군데 서울말도 애써 섞어보는 것이 한방 안에 앉아 있는 여인네들의 이목을 끌었다.

"아바지는 또 산에 가셨나요?"

하고 한참 동안이나 묵묵히 앉아 인숙이의 말만 듣고 있던 서분이가 비로소 어머니에게 묻는다. 산이란 광산을 이름이다. 이 집 주인은 인호가 학교를 그만두게 되면서부터 관청을 나온 뒤에는, 이 고을서 한 오 리 가량 되는 금광에 가서 분광을 하며 소일거리를 삼았다.

"응, 이좀 쇳줄을 하나 잡아서 해가 기울으야 오신다."

이렇게 대답하더니 겨우 정신이 든 듯이 윗목 구석에 쭈그리고 앉은 막간 여편네를 보며,

"어서 국수 내렸나 가보구 닷 냥어치만 받아 오시게, 냥푼 가지구."

하고 재촉한다. 말이 떨어지자 아궁이에 그슬려서 군데군데 구멍이 뚫린 꺼먼 치마를 두른 막간집 젊은이는 부스스 일어나서 부엌으로 나간다. 이 바람에 옆집 쌀장수집 노파는,

"이 애 외삼촌은 마짱은 안 질례요, 손에 대디두 않는데. 늘쌍 윤초시네 집 사랑에 가서 놀아요."

하고 아까 하던 마짱 이야기를 한 번 되풀이하면서 훌쩍 일어선다.

"아니 점심 사오거들랑 잡숫구 가라구요."

하며 어머니가 붙잡는 바람에 마지못해 앉으면서 "난 기침이 나서 국술 먹나" 한다.

"아니 윤초시 아들은 백화점을 벌였다는데 사랑에 가면 누구하구

노는가요?"

인숙이는 대들기나 하듯이 싸전집 노파에게 파고 묻는다.

"디내가멘 봐야 가게 사무실에두 없구 안사랑에 있는가 보든."

"그러게 마짱이죠, 것덜이 마짱 하누라구 안방에들 몰려 있는 게유."

"마짱두 단둘이서 하나, 원 내가 알게 말이디."

늙은이는 버럭 화를 내듯 한다. 이 바람에 이야기는 좀 중단이 된다.

서분이는 무릎 옆에 쭈그리고 앉은 복손이와 함께, 꾸어온 보릿자루 격으로 댕그렁하니 앉아 있다. 너무 인숙이 혼자 떠벌리고 들까부는 바람에 이야기 참례는커녕 정신도 걷잡을 수 없어, 낯선 집에 온 것처럼 벙떼한 채 앉아 있었으나, 말이 중단되고 잠시 침묵이 방 안을 점령하매, 그는 차근히 방 안을 둘러 살핀다. 얼마 전에 최서방이 실어다 주었을 밤 자루는 입을 헤에하니 벌린 채 아랫목 발치 구석에 가로놓여 있고, 쭈그렁바가지에 과일을 담다가 남은 것이, 모랭이에 너덧 알 당구는데 아까 인숙이가 먹어보다 놓은 것인지 잇자리가 벌겋게 변색한 사과 하나가 내동댕이쳐 있다.

푸대접을 받은 밤과 사과알이 제 주인을 건너다보는 것 같아서 서분이는, 이 방 안에 들어앉은 이들의 입심을 금시에 면당하는 거나 같이 낯이 화끈했다. 그런 데다가 '마짱'판에서 이야깃줄을 잃은 인숙이가,

"참, 형님이 가지구 온 사과는 내가 먼저 맛있게 맛보았수다."

하는 바람에 나이 보람도 없이 서분이는 귀밑까지 발개져버렸다.

"저 사과 종류가 아마 왜금이지, 지금은 저런 대루 먹어두 겨울이면 소개 방맹이 씹는 맛이지, 사과는 무얼무얼 해두 홍옥허구 국광이야."

금시 일 분도 되기 전에 빤히 고 입으로 맛있게 먹었노라고 한 인숙이가 뒤이어서 하는 말이다. 서분이는 아랫동생한테 우롱을 당하고 업수임을 당하고 있는 자기를 아까보다도 더 심하게 느끼면서, 그러나 성질이 고현 년이거니 하고 놀아나려는 제 마음을 붙잡기에 애를 썼다. 이러고 있는데 유리창으로 내다보니 마침 인호가 중문으로 들어오는 것이 하반신만 보인다. 그의 두 다리는 기운 나간 사람처럼 터덕터덕 걸어오더니 이 방으로 들어오지 않고 뜰 앞 가운데서 제 방으로 된 맞은 마루 위로 올라간다. 털썩 주저앉으며 그의 전신이 서분이의 눈에 나타난다. 인호는 아까와는 달리 낯이 질린 듯이 해쓱해져서 가을 해를 반듯이 쪼이다가 담배를 꺼내어 태워 문다. 파란 연기를 혹 내뿜고 그는 담배 든 손으로 머리를 고인다. 이때에 중문 밖에서,

"리상, 인호 리상."

하며 부르는 소리가 나며 이윽고 상점 마크가 달린 잠바를 입은 소년이 들어온다.

"쥔님이 빨리 좀 나오시래요."

그러나 인호는 일어나지 않는다.

"머리 아퍼 못 나가겠단다구 그래라."

소년은 무슨 말을 더 하려다 인호의 태도가 너무 엄숙하고 단정적

인 데 눌리어서 그대로 나가버린다.

"아니 그 애가 윤초시네 전방에 있는 아인데."

창문 하나에 유리창 하나씩을 붙인 때문에 얼굴을 숙이고야 뜰 안에 온 사람을 볼 수 있었다. 싸전집 노파는 목을 꾸부리고 밖을 내다보면서,

"술을 먹자는가 부건, 안 나가는 걸 보네껜."
하고 뒤로 물러앉는다.

부엌 문 소리가 나고 국수 사온 인기척이 들리니 서분이는 팔을 걷고 부엌으로 내려간다. 그는 친정에 오면 항상 부엌일을 맡아 보았다. 냉면을 듬뿍이 말아 인호의 방으로 들여놓으면서,

"오래비, 국수 먹으시게 자리 잡네."
하고 말하는 것을 듣고 인호는 마지못해 하는 듯이 아무 대답도 않고 방 안으로 들어온다. 그러나 그릇을 가시려고 인호의 상 물린 것을 보니 냉면 그릇이 절반이나 먹은 둥 만 둥 하다. 인호 방으로 쫓아 올라가 방문을 열고,

"어데 몸이 말쨈마, 국수를 절반두 안 자셨으니."
하였으나 허리를 꾸부리고 뻐끔뻐끔 담배만 빨던 인호는 낯을 들어 맥없이 씩 웃으며,

"그렇게 많이 먹나요."
하고 다시 낯을 돌린다. 어인 영문을 몰라 서분이는 방문을 열어젖힌 채 한참 동안 인호의 등골을 내려다보고 서 있었다.

내일—음력으로 시월 스무여드렛날은, 서분이, 인숙이, 인호의 아버지, 이 고을 사람들이 항용 이주사라고 부르는 이의 쉰 번째 맞는 생일이다. 환갑도 아닌데 돈 만 원이나 실히 되느니 못 되느니 하는 집 형세로 생일 잔치란 엄두도 못 둘 일이건만, 인호가 없는 동안 생일이라고, 국 한 그릇 변변히 못 끓이게 해오던 터이고, 아들이 사 년 만에 밝은 날을 보게 되는 기쁨을 겸하여, 그리 굉장하지는 않아도 갈비 두 채와 살치, 나부등, 엉치등의 뼈다귀를 들여다 곰국이나 끓이고, 떡말어치나 치고, 부침개질이나 해서 가까운 친지와 문중끼리 술잔이나 나누고 아침밥을 먹기로 하였다. 그래서 오늘은 일갓집 막간 여편네도 둘이 붙어서 부엌은 아침부터 웅성웅성하니 바삐 돌아간다. 도끼로 뼈다귀를 패는 사람, 큰 솥에 무를 삶는 이, 빈대떡 할 녹두 맷돌질을 하는 부인네, 달걀을 깨뜨려 밀가루에 개는 이, 또는 뒤뜰 안에서 숯불을 피우는 이,—이러한 가운데서 서분이는 이 일 저 일을 두루 살피며 건넌방 부뚜막 옆에서 떡가루 절구를 찧고 있고, 이 집 주인 어머니는 닭의 죽지를 쥐고 후간으로 들락날락하고, 인숙이는 제 고장서 전근되어 이곳에 온 지 달포가 넘는다는 안순사부장의 처와 방 안에서 이야깃보를 터치고 있었다. 인호는 어젯밤 저녁과 오늘 아침밥도 어인 일인지 시원히 먹지 않고 지금도 제 방에 번뜻이 누워서 담배만 피운다. 그리고 이주사는 "생일이구 뭐구" 하는 듯이 밥술을 놓자 곧장 산으로 달려갔다.

생각해보면 서분이의 신세는 타고난 팔자같이도 보이었다. 그는 세상에 나오던 첫날 그가 아들이 아니었기 때문에 가족에게 실망을 주어 이름이 서분이가 되었다. 보통학교가 생겼건만 그가 학령이 될 무렵엔 여자의 교육이란 마땅치 않은 풍습이었다. 집도 가난하여 물려받은 반날갈이론 겨우 녹량이나 되었다. 호적이 정비되면서 인숙이는 제법 항렬을 따라 신식 이름을 붙이면서도 어찌 된 판국인지 그는 그대로 서분이로 있었다. 학교 교장과 교장 부인이 조선 선생을 앞세우고 생도 모집을 다닐 때에 이주사는 군청 고원이었고 인숙이는 바로 열한 살이었다. 이렇게 하여 인숙이는 사년제 보통학교를 나왔고 인호가 보통학교를 졸업할 무렵엔 이주사도 속관이 되었고 집안도 제법 펴서 그는 순서대로 평양을 거쳐 동경 유학을 하였다.

밑도 없는 월급쟁이에게 주는 것보다 시골이라도 반날갈이나 가지고 있는 풍성한 농가에 시집보내는 것이 낫겠다고 하여 서분이는 삼밭이 경주 김씨네 둘째아들에게 시집을 보냈다. 그러나 지내보니 농가에보다는 역시 월급쟁이가 낫겠다고 하여 그 다음엔 고보 삼학년을 중도 폐지하고 순사를 다니던 박씨에게 인숙이는 출가시켰다. 이 결과가 서분이를 가난한 자작농의 처로 만들고, 인숙이를 박경부의 부인으로 만들었다. 그리고 다시 이 결과가 친정에 오면 으레 서분이는 부엌으로 내려 쫓고, 인숙이는 방 안에 그대로 도사리고 앉아 입방아를 찧게 만들었다고 서분이는 막연하게나마 생각한다.

그러나 이것이 조금도 부자연한 현상이 아니라고 마음에 거리끼지 않을 만큼 서분이의 생각은 굳어져 있었다. 그러므로 그는 자기가 할 의무를 다하듯이 아침부터 부엌일을 휭 둘러보고 뒷문 밖에서 불을 피우는 여인네한테로 가더니 닭을 먹을 따서 더운물에 퇴라고 시

키고 그는 다시 들어왔던 문으로 나간다. 그러더니 인호의 방문 여는 소리가 나고 이어서,

"너 동무들 청할 사람이 몇이나 되는디, 종에자박에 적어서 안 하네?"

하는 어머니 소리가 샛문 넘어서 들려온다.

"난 청할 사람 없어요."

퉁명스러운 인호의 대답에 약간 놀라며 서분이는 절굿공이를 절구통에 박은 채 멈칫하였다.

"아니 왜? 채린 건 없어두 너 동무덜이야."

하고 어머니도 뜻밖의 말에 주춤거린다.

"먹일 사람 없다는데 그럽네다."

인호의 말소리엔 역증의 기세까지 보인다. 서분이는 마음이 두끈하였다. 무슨 까닭일까? 무엇이 불만하여 저러는 것일까?

어머니는 아들의 마음을 이해할 길이 없어 그의 머리맡에 들어와 앉는 것 같다.

"아니 왜 이러네? 멀 맘에 안 드는 일이 있네?"

목소리는 한층 낮고 부드러워 아들의 마음을 어루만지려는 듯하다. 그러면서도 어딘지 아들을 노엽게 한 죄가 자기의 불찰에 있지나 아니한가 하는 듯한 어름거리는 기색이 엿보이는 목소리였다. 아들의 대답이 없으매 어머니는 정녕 아들이 간 것은 아들의 동무들을 푸대접한 탓이라고 생각했던지,

"다른 손님 겪기 전에 그럼 오늘 밤에 미리 주안이나 하구 술을 멕

이게 하려무나."

하고 새로이 아들의 마음을 풀려 한다.

인호가 일어나 앉은 기색이 들린다.

"어머니 그런 게 아니야요. 이 고을 안엔 옛날같이 친히 지낼 친구가 이전 하나두 없어요. 장사하구 관청 댄긴다구야 나무래겠수, 해두 그 사람들 모두 도박이나 하구……"

하더니 제 하는 말이 싱거운지, 말끝을 채 여미지 않고 만다. 다시 또 방 가운데 드러눕고 마는 모양이다. 불충분하게나마 이 한마디를 듣고 나니 어제 낮부터 이상스럽게 굴던 인호의 행동이 좀 이해할 수 있는 것같이 서분이에게는 생각되었다. 그러나 어머니는 아직도 아들이 무엇 때문에 그러는지를 이해하지 못한다.

"그래두 너 없을 땐 길에서 볼 적마다 뭐, 소식이나 있나요, 하군 늘 묻구 그러든걸."

인호는 그 말엔 아무 대답도 안 하고 한참 있다가,

"전두 몸이 말째 술 한잔 못하겠는데 며칠 지내거든 한잔들 멕이지요."

한다. 어머니는 끝끝내 아들의 마음을 이해할 길이 없어 실심하여 밖으로 나가버린다.

서분이는 이상한 감정이 가슴속에 서리는 것을 호저어 버리려는 듯이 다시 절굿공이를 들어 쿵 하고 쌀을 찧는다. 바로 이 절굿공이 소리와 함께 안방에서 인숙이와 안부장 부인의 웃음 소리가 요란히 들려온다.

"설마 아무러믄 그랬을라구."

하는 것은 웃음을 털면서 다시 이야기를 거두는 인숙이의 목소리다.

"하기는 우리 명자 아부지두 발써 경부가 됐을 걸 우리 인호 때문에 시험엔 들구두 일 년이 훨씬 넘어서야 임관이 됐다우. 인호가 삼밭이 형네 집엘 들렀다가 원산으루 밤길을 떠날 그 당시에 우리 명자 아부지는 여기 순사루 있었구려. 그때 경부 시험에 합격해가지굴랑 이제 어데 사법주임으루 나간다는 판인데 그 일이 생기구, 또 게다가 우리 형부가 시굴띠기라 쓸데없는 가저뿌리를 해가지구 이렁저렁 일이 늘어지다가…… 그러니 새에 끼어서 우리 명자 아부지만 죽을 욕을 보셨지. 우에서는 우리 인호가 집이 왔든 걸 알구 있었다구 의심허구, 또 우리 형부 일두 무사허게 해줄라구, 여보 범인 은익죄가 성립되지 않수."

하고 제법 법률까지 펼쳐놓으니 부장 부인도 지지 않고,

"아니 위증죄두 구성되지우."

한다. 인숙이는 맞장구를 쳐주는 것만 고마워서 위증죄가 어떤 것인지도 생각할 겨를이 없이,

"그러게 말이유. 그래 그만 일 년 반이나 돼서 의심이 훌쩍 풀려서야 임관이 됐구려."

하고 다시 말을 받는다.

서분이는 이야기 소리를 듣지 않으려고 애써 두 손으로 힘을 넣어 절구질에 열중하나 자꾸만 인숙이의 말소리가 들려와서 어쩔 수가 없었다. 미친 사람 모양으로 연거푸 눈을 감고 절구질을 하고 나니

땀이 잔등이에 내발리는데 가만히 귀를 기울이니 화제가 바뀌었는지 자기 있던 고을의 경치 이야기를 하고 있다. 그래서 서분이는 절굿공이를 내려놓고 부뚜막 옆에 한 다리를 올려 세우고 멍하니 뜰 앞을 내다보았다. 뜰, 저쪽 후간 앞에서는 복손이와 명자와 또 한 아이가 셋이서 마주 서서 무슨 장난들을 하고 있었다.

별로 눈 붙이지 않고 아이들 노는 것을 보고 있으려니까 빨간 스웨터를 입은 명자가 뭐라뭐라 씨부렁거리며 그 앞에 조끼에 두 팔을 넣고 서 있는 복손이를 쿡 찌른다. 그리고는 또 한 아이의 얼굴을 쳐다보며 해해 하고 웃는다. 다시 또 주먹을 제법 오므려가지고 두 팔로 권투하듯이 복손이의 퍼런 조끼를 향하여 마주 쳐들어간다.

모자를 뒷데석이에 재쳐 쓰고 아무 말 없이 서 있던 복손이는 명자가 주먹으로 찌르는 바람에 자꾸만 뒤로 밀려간다. 그러나 그는 넘어질 듯 넘어질 듯하면서도 손을 조끼에 박은 채 무표정에 가까운 낯짝으로 비실비실하기만 한다. 서분이는 다소 가슴이 설레는 것을 느꼈으나 그대로 천연한 표정으로 이것을 보고만 있다.

명자는 복손이가 비실비실 피하면서 아무 말도 못하는 것이 재미나서 옆에 선 아이와 연실 웃어가며 자꾸만 대든다. 드디어 손가락으로 복손이의 볼 편을 찌르고 또 눈깔을 찌르려고 하는 순간이다. 여태껏 아무 말 없이 죽은 듯이 서 있던 복손이가 두 손을 조끼에서 뽑아 홱 둘러치는 바람에 눈알을 찌르려던 명자는 허리를 까풀 하고 마당에 엎어진다. 명자의 "앙" 하고 우는 소리와 방문을 차고 "아, 왜 이러니?" 하면서 뛰어나오는 인숙이의 목소리가 거지반 한시에 났다. 버선발로 쪼르르 뜰을 뛰어 건너더니 엎어진 명자를 부둥켜 세우고 이어서 주먹으로 복손이의 머리를 쿡 찌르며,

"촌 아새낀 미욱스레 어린아인 왜 때리네? 기 애가 너 같은 거한테 맞을 아이가."

하며 고함을 지른다.

서분이는 저도 모르는 새에 부엌 가운데 일어서 있었다. 그는 낯이 해쓱하게 질리어서, 그러나 조금도 덤비지 않고 문지방을 넘어 토방을 지나 뜰 안을 걷는다. 그의 심상하지 않은 모양에 부엌에서 일하던 여인네들이 그의 뒷모양을 바라본다.

서분이는 아무도 돌아보지 않고 세 사람 사이를 헤치더니 복손이의 멱살치를 잡아 끌어낸다. 울음보가 터지려다 겨우 참고 있던 복손이의 울음이 "앙" 소리를 치기 전에 서분이의 주먹은 그의 볼 편을 난장치듯 짓갈기고 있었다. 이 소란스런 풍파를 인호는 불안스러운 마음을 누르고 담배가 다 탄 줄도 모른 채 멍하니 창문을 넘어 바라보고만 있다.

생각할 문제

1. 이 작품은 반세기 이전의 가족 혹은 집안의 풍속을 보여주고 있다. 그 가운데 오늘날까지도 그다지 달라지지 않았다고 생각되는 점을 눈에 띄는 대로 나열해보시오.

2. 서분과 인숙이 대립 관계에 놓인 것은, 기질적인 원인도 있지만 배후의 사회적 원인도 중요하다. 그 사회적 원인을 두 가지 이상 지적하시오.

3. 서분과 인숙은, 지식이라든가 행동 면에서 인호와 큰 차이가 있다는 점에서 보면, 비슷한 면이 있다. 한 형제인데도 이처럼 둘의 사회적 성격이 인호와 달라지게 된 것은 무엇 때문일까?

4. 인호는 이 집안에 큰 풍파를 가져왔던 인물인데, 현재는 무력감에 빠져 있다. 이 책에 수록된 「탈출기」의 '나'와 비교하면서, 그가 그렇게 된 원인을 말하시오.

돌다리

지은이	이 글을 쓴 **이태준**(1904~?)은 강원도 철원 출생으로 일본 상지대학을 중퇴하였다. 조선중앙일보 학예부장, 문예 잡지 『문장』 주간 등을 지냈으며, 1933년 설립되어 계급 문학 이후의 새로운 문학적 경향을 형성한 '구인회' 동인이었다. 해방 직후 조선문학가동맹 중앙집행위원회 부위원장을 지내다가 월북하였다. 단편집으로 『달밤』, 『까마귀』, 『돌다리』, 『복덕방』 등이 있고, 『사상의 월야』, 『제2의 운명』 등 여러 편의 장편소설을 썼으며, 문장 작법 책으로 이름 높은 『문장강화』를 지었다. 단아하고 잘 짜인 형식 속에 당대 사람들의 모습을 생생하게 그려서, 한국 근대 단편소설의 완성자라는 평을 듣는다.
발표	『국민문학』, 1943. 1.
출전	『돌다리』, 박문서관, 1943.

정거장에서 샘말 십 리 길을 내려오노라면 반이 될락 말락 한 데 서부터 샘말 동네보다는 그 건너편 산기슭에 놓인 공동묘지가 먼저 눈에 뜨인다.

창섭은 잠깐 걸음을 멈추고까지 바라보았다.

봄에 올 때 보면, 진달래가 불붙듯 피어 올라가는 야산이다. 지금은 단풍철도 지나고 누르테테한 가닥나무들만 묘지를 둘러, 듣지 않아도 적막한 버스럭 소리만 울릴 것 같았다. 어느 것이라고 집어낼 수는 없어도, 창옥의 무덤이 어디쯤이라고는 짐작이 된다. 창섭은 마음으로 '창옥아' 불러보며 묵례를 보냈다.

다만 오뉘뿐으로 나이가 훨씬 떨어진 누이였었다. 지금도 눈에 선―하다. 자기가 마침 방학으로 와 있던 여름이었다. 창옥은 저녁 먹다 말고 갑자기 복통으로 뒹굴었다. 읍으로 뛰어 들어가 의사를 청해 왔다. 의사는 주사를 놓고 들어갔다. 그러나 밤새도록 열은 내리지 않고 새벽녘엔 아파하는 것도 더해갔다. 다시 의사를 데리러 갔으나 의사는 바쁘다고 환자를 데려오라 하였다. 하라는 대로 환자를 데리고 들어갔으나 역시 오진(誤診)을 했었다. 다시 하루를 지나 고름이 터지고 복막(腹膜)이 절망적으로 상해버린 뒤에야 겨우 맹장염(盲腸炎)인 것을 알아낸 눈치였다.

그때 창섭은, 자기도 어른이기만 했으면 필시 의사의 멱살을 들었을 것이었다. 이런, 누이의 허무한 주검에서 창섭은 뜻을 세워, 아버지가 권하는 고농(高農)을 마다하고 의전(醫專)으로 들어갔고, 오늘에 이르러는, 맹장 수술로는 서울서도 정평이 있는 한 권위가 된 것이다.

'창옥아, 기뻐해다구. 이번에 내 병원이 좋은 건물을 만나 커지는 거다. 개인 병원으론 제일 완비한 수술실이 실현될 거다! 입원실 부족도 해결될 거다. 네 사진을 크게 확대해 내 새 진찰실에 걸어놓으마……'

창섭은 바람도 쌀쌀할 뿐 아니라 오후 차로 돌아가야 할 길이라 걸음을 재우쳤다.

길은 그전보다 넓어도 졌고 바닥도 평탄하였다. 비나 오면 진흙에 헤어날 수 없었는데 복판으로는 자갈이 깔리고 어떤 목은 좁아서 소바리가 논으로 미끄러져 들어가기 십상이었는데 바위를 갈라내어서까지 일매지게 넓은 길로 닦아졌다. 창섭은, '이럴 줄 알았더면 정거장에서 자전거라도 빌려 타고 올걸' 하였다.

눈에 익은 정자나무 선 논이며 돌각담을 두른 밭들도 나타났다. 자기 집 논과 밭들이었다. 논둑에 선 정자나무는 그전부터 있는 것이나 밭에 돌각담들은 아버지께서 손수 쌓으신 것이다.

창섭의 아버지는 근검(勤儉)으로 근방에 소문난 영감이다. 그러나 자기 대에 와서는 밭 하루갈이도 늘리지는 못한 것으로도 소문난 영감이다. 곡식 값보다는 다른 물가들이 높아졌을 뿐 아니라 전대(前代)에는 모르던 아들의 유학이란 것이 큰 부담인 데다가,

"할아버니와 아버지께서 나를 부자 소린 못 들어도 굶는단 소린 안 듣고 살도록 물려주시구 가셨다. 드럭드럭 탐내 모아선 뭘 허니, 할아버니께서 쇠똥을 맨손으로 움켜다 넣시던 논, 아버지께서 멍덜을 손수 이룩허신 밭을 더 건 논으로 더 기름진 밭이 되도록, 닦달만 해가기에도 내겐 벅찬 일일 게다."

하고 절용해 쓰고 남는 돈이 있으면 그 돈으로는 품을 몇씩 들여서까지 비뚠 논배미를 바로잡기, 밭에 돌을 추려 바람맞이로 담을 두르기, 개울엔 둑막이하기, 그러다가 아들이 의사가 된 후로는, 아들 학비로 쓰던 몫까지 들여서 동네 길들은 물론, 읍길과 정거장길까지 닦아놓았다. 남을 주면 땅을 버린다고 여간 근실한 자국이 아니면 소작을 주지 않았고, 소를 두 필이나 매고 일꾼을 세 명씩이나 두고 적지 않은 전답을 전부 자농(自農)으로 버티어왔다. 실속이 타작(打作)만 못하다는 둥, 일꾼 셋이 저희 농사 해가지고 나간다는 둥 이해만을 따져 비평하는 소리가 많았으나 창섭의 아버지는 땅을 위해서는 자기의 이해만으로 타산하려 하지 않았다. 이와 같은 임자를 가진 땅들이라 곡식은 거둔 뒤 그루만 남은 논과 밭이되, 그 바닥들의 고름, 그 언저리들의 바름, 흙의 부드러움이 마치 시루떡 모판이나 대하는 것

처럼 누구의 눈에나 탐스럽게 흐뭇해 보였다.

이런 땅을 팔기에는, 아무리 수입은 몇 배 더 나은 병원을 늘리기 위해서나 아버지께 미안하지 않을 수 없었다. 그러나 잡히기나 해가 지고는 삼만 원 돈을 만들 수가 없었고, 서울서 큰 양관(洋館)을 손에 넣기란 돈만 있다고도 아무 때나 될 일이 아니었다.

'아버지께선 내년이 환갑이시다! 어머니께선 겨울이면 해마다 기침이 도지신다. 진작부터 내가 모셔야 했을 거다. 그런데 내가 시굴로 올 순 없고, 천생 부모님이 서울로 가시어야 한다. 한동네서도 땅을 당신만치 못 거둘 사람에겐 소작을 주지 않으셨다. 땅 전부를 소작을 내맡기고는 서울 가 편안히 계실 날이 하루도 없으실 게다. 아버님의 말년을 편안히 해드리기 위해서도 땅은 전부 없애버릴 필요가 있는 거다!'

창섭은 샘말에 들어서자 동구에서 이내 아버지를 뵐 수가 있었다. 아버지는, 가에는 살얼음이 잡힌 찬물에 무릎까지 걷고 들어서서 동네 사람들을 축추겨 돌다리를 고치고 계시었다.

"어떻게 갑재기 오느냐?"

"네 좀 급히 여쭤봐야 할 일이 생겼습니다."

"그래? 먼저 들어가 있거라."

동네 사람 수십 명이 쇠고삐 두 기장은 흘러 내려간 다릿돌을 동아줄에 얽어 끌어올리고 있었다. 개울은 동네 복판을 흐르고 있어 아래위로 징검다리는 서너 군데나 놓였으나 하룻밤 비에도 일쑤 넘치어 모두 이 큰 돌다리로 통행하던 것이었다. 창섭은 어려서 아버지께

이 큰 돌다리의 내력을 들은 것이 아직도 기억에 남아 있다.

"너이 증조부님 돌아가시어서다. 산소에 상돌을 해오시는데 징검다리로야 건네올 수가 있니? 그래 너이 조부님께서 다리부터 이렇게 넓구 튼튼한 돌루 노신 거란다."

그후 오륙십 년 동안 한 번도 무너진 적이 없었는데 몇 해 전 어느 장마엔 어찌 된 셈인지 가운데 제일 큰 장이 내려앉아 떠내려갔던 것이다. 두께가 한 자는 실하고 폭이 여섯 자, 길이는 열 자가 넘는 자연석 그대로라 여간 몇 사람의 힘으로는 손을 댈 염두부터 나지 못하였다. 더구나 불과 수십 보 이내에 면(面)의 보조를 얻어 난간까지 달린 한다하는 나무다리가 놓인 뒤에 일이라 이 돌다리는 동네 사람들에게 완전히 잊혀진 채 던져져 있던 것이었다.

집에 들어가니, 어머니는 다리 고치는 사람들 점심을 짓느라고, 역시 여러 명의 동네 여편네들과 허둥거리고 계시었다.

"웬일인데 어째 혼자만 오느냐?"

어머니는 손자 아이들부터 보이지 않음을 물으셨다.

"오늘루 가야겠어서 아무두 안 데리구 왔습니다."

"오늘루 갈 걸 뭘 허 오누?"

"인전 어머니서껀 서울로 모셔갈 채빌 허러 왔다우."

"서울루! 제발 아이들허구 한데서 살아봤음 원이 없겠다."

하고 어머니는 땅보다, 조상님들 산소나 사당보다 손자 아이들에게 더 마음이 끌리시는 눈치였다. 그러나 아버지만은 그처럼 단순히 들떠질 마음이 아니었다.

아버지는 아들의 뒤를 좇아 이내 개울에서 들어왔다. 아들은, 의사인 아들은, 마치 환자에게 치료 방법을 이르듯이, 냉정히 차근차근히 이야기를 시작하였다. 외아들인 자기가 부모님을 진작 모시지 못한 것이 잘못인 것, 한집에 모이려면 자기가 병원을 버리기보다는 부모님이 농토를 버리시고 서울로 오시는 것이 순리인 것, 병원은 나날이 환자가 늘어가나 입원실이 부족하여 오는 환자의 삼분지 일밖에 수용 못하는 것, 지금 시국에 큰 건물을 새로 짓기란 거의 불가능의 일인 것, 마침 교통 편한 자리에 삼층 양옥이 하나 난 것, 인쇄소였던 집인데 전체가 콘크리트여서 방화 방공으로 가치가 충분한 것, 삼층은 살림집과 직공들의 합숙실로 꾸미었던 것이라 입원실로 변장하기에 용이한 것, 각층에 수도·가스가 다 들어온 것, 그러면서도 가격은 염한 것, 염하기는 하나 삼만 이천 원이라, 지금의 병원을 팔면 이만 오천 원쯤은 받겠지만 그것은 새 집을 고치는 데와, 수술실의 기계를 완비하는 데 다 들어갈 것이니 집값 삼만 이천 원은 따로 있어야 할 것, 시골에 땅을 둔대야 일 년에 고작 삼천 원의 실리가 떨어질지 말지 하지만 땅을 팔아다 병원만 확장해놓으면, 적어도 일 년에 만 원 하나씩은 이익을 뽑을 자신이 있는 것, 돈만 있으면 땅은 이담에라도, 서울 가까이라도 얼마든지 좋은 것으로 살 수 있는 것……아버지는 아들의 의견을 끝까지 잠잠히 들었다. 그리고,

"점심이나 먹어라. 나두 좀 생각해봐야 대답허겠다."

하고는 다시 개울로 나갔고, 떨어졌던 다릿돌을 올려놓고야 들어와 그도 점심상을 받았다.

점심을 자시면서였다.

"원, 요즘 사람들은 힘두 줄었나 봐! 그 다리 첨 놀 제 내가 어려서 봤는데 불과 여남은이서 거들던 돌인데 장정 수십 명이 한나잘을 씨름을 허다니!"

"나무다리가 있는데 건 왜 고치시나요?"

"너두 그런 소릴 허는구나. 나무가 돌만 허다든? 넌 그 다리서 고기 잡던 생각두 안 나니? 서울루 공부 갈 때 그 다리 건너서 떠나던 생각 안 나니? 시쳇사람들은 모두 인정이란 게 사람헌테만 쓰는 건 줄 알드라! 내 할아버니 산소에 상돌을 그 다리로 건네다 모셨구, 내가 천잘 끼구 그 다리루 글 읽으러 댕겼다. 네 어미두 그 다리루 가말 타구 내 집에 왔어. 나 죽건 그 다리루 건네다 묻어라…… 난 서울 갈 생각 없다."

"네?"

"천금이 쏟아진대두 난 땅은 못 팔겠다. 내 아버님께서 손수 이룩허시는 걸 내 눈으루 본 밭이구, 내 할아버님께서 손수 피땀을 흘려 모신 돈으루 장만허신 논들이야. 돈 있다고 어디가 느르지논 같은 게 있구, 독시장밭 같은 걸 사? 느르지 논둑에 선 느티나문 할아버님께서 심으신 거구, 저 사랑마당엣 은행나무는 아버님께서 심으신 거다. 그 나무 밑에를 설 때마다 난 그 어룬들 동상(銅像)이나 다름없이 경건한 마음이 솟아 우러러보군 헌다. 땅이란 걸 어떻게 일시 이해를 따져 사구 팔구 허느냐? 땅 없어봐라, 집이 어딨으며 나라가 어딨는 줄 아니? 땅이란 천지 만물의 근거야. 돈 있다구 땅이 뭔지두 모르구 욕심만 내 문서쪽으로 사 모기만 하는 사람들, 돈놀이처럼 변리만 생각허구 제 조상들과 그 땅과 어떤 인연이란 건 도시 생각지 않구 헌 신짝 버리듯 하는 사람들, 다 내 눈엔 괴이한 사람들루밖엔 뵈지 않드라."

"……"

"네가 뉘 덕으루 오늘 의사가 됐니? 내 덕인 줄만 아느냐? 내가 땅 없이 뭘루? 밭에 가 절하구 논에 가 절해야 쓴다. 자고로 하눌 하눌 허나 하눌의 덕이 땅을 통허지 않군 사람헌테 미치는 줄 아니? 땅을 파는 건 그게 하눌을 파나 다름없는 거다."

"……"

"땅을 밟구 다니니까 땅을 우섭게들 여기지? 땅처럼 응과(應果)가 분명헌 게 무어냐? 하눌은 차라리 못 믿을 때두 많다. 그러나 힘들이는 사람에겐 힘들이는 만큼 땅은 반드시 후헌 보답을 주시는 거다. 세상에 흔해빠진 지주들, 땅은 작인들헌테나 맡겨버리구, 떡 도회지에 가 앉어 소출은 팔어다 모다 도회지에 낭비해버리구, 땅 가꾸는 덴 단돈 일 원을 벌벌 떨구, 땅으루 살며 땅에 야박한 놈은 자식으로 치면 후레자식 셈이야. 땅이 말을 할 줄 알어봐라? 배가 고프단 땅이 얼마나 많을 테냐? 해마다 걷어만 가구, 땅은 자갈밭이 되니 아나? 둑이 떠나가니 아나? 거름 한번을 제대로 넣나? 정 급허게 돼 작인이 우는소리나 해야 요즘 너이 신의들 주사침 놓듯, 애꿎인 금비(藥品肥料)만 갖다 털어넣지. 그렇게 땅을 홀댈 허군 인제 죽어서 땅이 무서서 어디루들 갈 텐구!"

창섭은 입이 얼어버리었다. 손만 비비었다. 자기의 생각은 너무나 자기 본위였던 것을 대뜸 깨달았다. 땅에는 이해를 초월한 일종 종교적 신념을 가진 아버지에게 아들의 이단적(異端的)인 계획이 용납될 리 만무였다. 아버지는 상을 물리고도 말을 계속하였다.

"너루선 어떤 수단을 쓰든지 병원부터 확장허려는 게 과히 엉뚱헌 욕심은 아닐 줄두 안다. 그러나 욕심을 부련 못쓰는 거다. 의술은 예로부터 인술(仁術)이라지 않니? 매살 순탄허게 진실허게 해라."

"……"

"네가 가업을 이어나가지 않는다군 탄허지 않겠다. 넌 너루서 발전헐 길을 열었구, 그게 또 모리지배(謀利之輩)의 악업이 아니라 활인(活人)허는 인술이구나! 내가 어떻게 불평을 말허니? 다만 삼사 대 집안에서 공들여 이룩해논 전장을 남의 손에 내맡기게 되는 게 저윽 애석헌 심사가 없달 순 없구……"

"팔지 않으면 그만 아닙니까?"

"나 죽은 뒤에 누가 거두니? 너두 이제두 말했지만 너두 문서쪽만 쥐구 서울 앉어 지주 노릇만 허게? 그따위 지주허구 작인 틈에서 땅들만 얼말 곯는지 아니? 안 된다. 팔 테다. 나 죽을 임시엔 다 팔 테다. 돈에 팔 줄 아니? 사람헌테 팔 테다. 건너 용문이는 우리 느르지 논 같은 건 한 해만 부쳐보구 죽어두 농군으로 태났던 걸 한허지 않겠다구 했다. 독시장밭을 내논다구 해봐라, 문보나 덕길이 같은 사람은 길바닥에 나앉드라두 집을 팔아 살려구 덤빌 게다. 그런 사람들이 땅 임자 안 되구 누가 돼야 옳으냐? 그러니 아주 말이 난 김에 내 유언(遺言)이다. 그런 사람들 무슨 돈으로 땅값을 한몫 내겠니? 몇몇 해구 그 땅 소출을 팔아 연년이 갚아나가게 헐 테니 너두 땅값을랑 그렇게 받어갈 줄 미리 알구 있거라. 그리구 네 모가 먼저 가면 내가 묻을 거구, 내가 먼저 가게 되면 네 모만은 네가 서울루 그때 데려가렴. 난 샘말서 이렇게 야인(野人)으로나 죄 없는 밥을 먹다 야인인 채 묻힐 걸 흡족히 여긴다."

"……"

"자식의 젊은 욕망을 들어 못 주는 게 애비 된 맘으루두 섭섭허다. 그러나 이 늙은이헌테두 그만 신념쯤 지켜오는 게 있다는 걸 무시하지 말어다구."

아버지는 다시 일어나 담배를 피우며 다리 고치는 데로 나갔다. 옆에 앉았던 어머니는 두 눈에 눈물을 쭈르르 흘리었다.

"너이 아버지가 여간 고집이시냐?"

"아뇨, 아버지가 어떤 어룬이신 건 오늘 제가 더 잘 알았습니다. 우리 아버진 훌륭헌 인물이십니다."

그러나 창섭도 코허리가 찌르르하였다. 자기가 계획하고 온 일이 실패한 것쯤은 차라리 당연하게 생각되었고, 아버지와 자기와의 세계가 격리되는 일종의 결별의 심사를 체험하는 때문이었다.

*

아들은 아버지가 고쳐놓은 돌다리를 건너 저녁차를 타러 가버리었다. 동구 밖으로 사라지는 아들의 뒷모양을 지키고 섰을 때, 아버지의 마음도, 정말 임종에서 유언이나 하고 난 것처럼 외롭고 한편 불안스러운 심사조차 설레었다.

아버지는 종일 개울에서 허덕였으나 저녁에 잠도 달게 오지 않았다. 젊어서 서당에서 읽던 백낙천(白樂天)의 시가 다 생각이 났다. 늙은 제비 한 쌍을 두고 지은 노래였다. 제 뱃속이 고픈 것은 참아가며 입에 얻어 문 것은 새끼들부터 먹여 길렀으나, 새끼들은 자라서 나래에 힘을 얻자 어디로인지 저희 좋을 대로 다 날아가버리어, 야위고 늙은 어버이 제비 한 쌍만 가을 바람 소슬한 추녀 끝에 쭈그리고 앉았는 광경을 묘사하였고, 나중에는, 그 늙은 어버이 제비들을 가리켜, 새끼들만 원망하지 말고, 너희들이 새끼 적에 역시 그러했음도 깨달으라는 풍자(諷刺)의 시였다.

'흥!'

노인은 어두운 천장을 향해 쓴웃음을 짓고 날이 밝기를 기다려 누구보다도 먼저 어제 고쳐놓은 돌다리를 보러 나왔다.

흙탕이라고는 어느 돌 틈에도 남아 있지 않았다. 첫곬으로도, 가운뎃곬으로도 끝엣곬으로도 맑기만 한 소담한 물살이 우쭐우쭐 춤추며 빠져 내려갔다. 가운뎃장으로 가 쾅 굴러보았다. 발바닥만 아플 뿐 끄떡이 있을 리 없다. 노인은 쭈르르 집으로 들어와 소금 접시와 낯수건을 가지고 나왔다. 제일 낮은 받침돌에 내려앉아 양치를 하고 세수를 하였다. 나중에는 다시 이가 저린 물을 한입 물어 마시며 일어섰다. 속에 모든 게 씻기는 듯 시원하였다. 그리고 수염에 물을 닦으며 이렇게 생각하였다.

  '비가 아무리 쏟아져도 어떤 한정을 넘는 법은 없다. 물이 분수없이 늘어 떠내려갔던 게 아니라 자갈이 밀려 내려와 물구멍이 좁아졌든지, 그렇지 않으면, 어느 받침돌의 밑이 물살에 궁굴러 쓰러졌던 그런 까닭일 게다. 미리 바닥을 치고 미리 받침돌만 제대로 보살펴준다면 만년을 간들 무너질 리 없을 게다. 그저 늘 보살펴야 허는 거다. 사람이란 하눌 밑에 사는 날까진 하루라도 천리(天理)에 방심을 해선 안 되는 거다……'

생각할 문제

1. 땅에 대한 아버지와 아들(창섭)의 생각 혹은 가치관은 어떻게 다른가?

2. 이 작품에서 아버지가 하는 주된 행동은 '돌다리를 고치는 행동'과 '아들의 청을 거절하는 행동'이다. 둘의 관계를 염두에 두면서, '돌다리를 고치는 행동'이 함축하고 있는 의미에 대해 적으시오.

3. 이 작품에 그려진 현실은, 이미 '돌다리를 별로 사용하지 않게 된' 상황이다. 그 상황에서 아버지는 땅을 팔고 도시로 가자는 아들의 요청을 받아들이지 않는다. 그러자 아들은 "아버지와 자기와의 세계가 격리되는 일종의 결별의 심사" 즉 세대 차이를 경험하면서도, 아버지의 결정에 따른다. 아들의 이런 행동에 대해 자기는 어떻게 생각하는가? 600자 내외의 분량으로, 두 가지 이상의 근거를 들며, 설득력 있게 '논술'하시오. (별지 사용)

4. 같은 작가의 단편소설 「꽃나무는 심어놓고」(1933) 역시 한 가족을 제재로 당대의 삶을 그리고 있다. 하지만 다른 점이 많다. 그려진 현실, 그에 대한 작가의 태도 등을 중심으로 비교하고 평가하시오. (별지 사용)

처세술 개론

지은이 이 글을 쓴 **최인호**(1945~   )는 서울에서 출생하였고 연세대학교를 졸업하였다. 작품집 『타인의 방』 『지구인』 『가족』 등과 장편소설 『내 마음의 풍차』 『겨울 나그네』 『상도』 등 많은 작품을 발표하였다. 산업화되고 도시화된 사회에서 물건처럼 되어가는 인간의 모습을 우화적으로 그린 작품들이 높은 평가를 받고 있다.

발표 『현대문학』, 1971. 3.

출전 『다시 만날 때까지』, 나남, 1993.

노(老)할머님이 아흔한 살로 돌아가셨다. 그날은 어찌나 더운 날이었는지 거리엔 사람이 하나도 없었고, 기온은 35도를 가리키고 있었다. 그것은 수년 내 최고의 기온이라고 아나운서가 말을 했다.

"삼십오 도라면 실감이 오지 않으시겠지만……"

우스갯소리 잘하는 재담가가 만담 시간에 익살을 부렸다.

"우리 체온이 삼십육 도 가량이니 이런 날씨에 거리를 나다닌다는 것은 여편네 속살을 종기에 고약 붙이듯, 피부에 밀착시키고 다니는 셈이니까요. 운운."

그래서 그 노할머님이 돌아가셨다는 전보를 받았을 때 나는 왜 하필이면 이처럼 무더운 날씨에 돌아가실 게 뭐냐고 투덜거렸지만, 투덜거리긴 노할머님이 신선한 가을 날씨에 돌아가셨다 해도 마찬가지였을 것이다. 왜냐하면 아흔한 살이란 나이는 좀 너무하다 싶은, 거의 일 세기에 걸친 나이였기 때문이었다. 그러나 그것보다도 내가 투덜거렸던 이유는 다른 곳에 있다. 그 노할머님의 죽음을 알리는 전보로 내 어린 날의 기묘했던 추억담이 생각나서 씁쓸해졌기 때문인 것이다.

나의 아버지는 키가 크고, 거인(巨人)이었던 술주정뱅이였다. 술만 먹으면 우리들 형제를 때리거나 공술이나 얻어먹은 날이라야 그 껄끌껄끌한 수염의 감촉을 누이들 얼굴에 비비곤 했으므로, 우리들은 어려서부터 아버지의 표정을 판독(判讀)하고 아버지의 발걸음 소리를 듣기만 해도 그날이 과연 아버지가 기분 좋은 날인가 기분 나쁜 날인가를 점치는 데 익숙해져 있었다. 그에 비하면 어머니는 키가 아주 작아 두 분이 서 있는 모습은 그 모습으로부터 웃기려는 싸구려 쇼 코미디언처럼 회화적이었는데 성격도 아주 달라서, 어머니는 그래도 일요일이면 예배당에도 나가시고 주기도문도 외우고 그러다가는 가끔 훌쩍훌쩍 울다가 이내 깔깔 웃기도 잘하는 여인이었다.

두 분은 다산성 동물처럼 기회만 있으면 아이를 낳았기 때문에 어머니는 늘 뱃속에 됫박을 차고 있는 것처럼 애를 배고 있어서 지금은 옛말 하듯 우스개 얘기지만, 그 한창 시절에 무려 열두 명의 아이들을 순산하셨던 것이다. 연필을 한 다스 사면 꼭 한 개씩 돌아갔고, 축구팀을 짜도 한 명의 후보 선수쯤은 낼 수 있는 여유도 있었다. 그러나 축구팀이란 좀 무리인 게 열두 명 중에서 일곱 명은 여자였고 다섯 명만 남자였기 때문이었다.

만약에 그 열두 명이 몽땅 살아서 집 안에 같이 있었다면 정말 무슨 식용 동물 기르는 축사 같은 기분이 들었을 것이지만, 다행인 것은 참으로 다행인 것은, 그 열둘 중에서 다섯 명만 남아 있다는 것이다. 열두 명 중에서 다섯 명만 살아남아 있다는 것은 참 어처구니없는 거짓말 같지만 그것은 사실이다.

전란이 있을 때마다 으레 둘, 셋은 죽었고, 제일 멋쩍게 죽은 편이라면 내 동생으로 겨우 걸음마를 배울 무렵 우물에 빠져 죽었다. 죽음이란 체에 용케 걸려 남은 사람 다섯 명을 나는 뭐 새삼스레 신의 가호가 두터운 편이라고 변명하고 싶지는 않다.

물론 죽은 사람은 죽은 사람들대로의 이유가 있다. 전쟁 통에 전사한 형으로부터, 아기를 낳다 죽은 누이로부터, 무슨 몹쓸 유행병이 돌 때 자꾸 설사를 하다 죽은 동생으로부터, 나는 죽음만을 보아왔고 죽음에 익숙해져 있었다.

어린 나이에 죽음에 익숙해져 있다는 것은 우울한 일일 것이다. 나는 죽은 형의 옷을 줄여 입고, 죽은 누이의 책가방을 들고 학교에 가야 했고 그리고 자라왔다. 때문에 나는 투명한 죽은 이의 혼, 보이지 않는 죽은 이의 감촉과 체취, 언제나 어디서나 조용히 속삭이는 죽은 이의 언어 이런 모든 것에 익숙해져 있었다. 그래서 나는 어린 나이였지만, 크게 웃는 일도 없이 언제나 과묵하였고 행동이 신중하였으며, 교회에서는 어린이 합창대의 가장 높은 테너 고음을 내는 성가대원이었다.

아버지는 술을 마신 후 간혹 동리 망나니 같은 유행가를 흥얼거리며 길거리에서 시비를 하고 아버지의 반 뼘만큼이나 작은 사내들을 때리고 욕지거리하는 일이 왕왕 있었는데 으레 그때엔 내가 나갔었고, 그 떠들썩한 군중들 틈에 끼어 서 있노라면 아버지는 이내 나를 발견하고는,

"여어 되련님, 되련님. 저 같은 놈두 죽으면 천당에 갈 수 있을까요. 회개해주세요. 꼬마 신부님, 꼬마 신부님" 하고 사람들이 보거나

말거나 무릎을 꿇고 눈물을 두어 방울 흘리는 시늉을 하다가 그리고는 느릿느릿 집으로 돌아오곤 하는 것이었다. 그래 동리 사람들은 아버지가 술이 취하기만 하면 남의 집 부부 싸움 구경하는 것 이상으로 재미있어하였고, 심지어 동네 조무래기들은 졸졸 따라다니기까지 하였다. 그러나 아버지가 나를 꼭 그럴 필요가 없는데도 사람들이 구경하는 가운데 목말을 태우고 신부님 도련님 어쩌구저쩌구 해가며 집으로 왔다 해도, 그것은 형제 중에서 누구보다 나를 사랑하고 있기 때문은 아니었다. 오히려 내가 아버지를 미워하고 있듯이 아버지도 나를 미워하고 있는 것은 사실이었다. 아버지가 진실로 사랑한 아들이라면 우리 형제들 가운데 첫째형으로서 나는 그 얼굴도 본 적이 없는 친구였지만 거의 전설에 가까운 일화를 남기고 있다. 그 이야기인즉 힘이 세어서 씨름 대회에 나가 곧잘 황소도 끌고 오던 사람이었던 모양으로 그 한창 나이에 도박판에서 칼침 맞고 죽었는데, 죽은 지 사흘이 지났는데도 심장이 펄떡펄떡 뛰더라는 관우, 장비 같은 일화가 구전으로 전해오고 있었다.

나는 어릴 때 남자답지 않게 예쁘게 생겨서 국민학교 거의 졸업할 때까지 어머니를 따라 여자 목욕탕에 가곤 했었는데 그래서 가끔 차라리 여자로 태어날 걸 그랬지 하고 생각할 때도 있을 정도였다. 나는 어머니를 빼다 박은 듯 닮아 키는 작았으나 살결이 희었고 입술은 연지를 바른 듯 붉었으며 행동도 예의 발라 거리를 지나노라면 동리 사람들이, "아아 고 녀석 지 애비하구는 영 딴판으로 생겼네" "거 지 엄마 닮아서 그렇지 않나" 하는 소리를 듣는 적이 많았다. 그래서 나는 항상 모범생 같은 표정을 짓고 다녔으며, 어머니의 광적일 정도로 강한 애정을 받고 성장했다. 어머니는 언제나 조산원같이 사근사근하셨었고 아버지한테 큰 목소리를 한 번도 낸 적이 없으셨지만 내 문제만 나오면 어머니는 큰 소리로 아버지에게 덤벼드셨고, 그럴 때마다 아버지는 좀 어정쩡한 얼굴이 되어 물러서곤 하는 것이었다.

한번은 아버지가 술이 취해서 집 안에 들어와서 고래고래 창가(唱歌)를 하고, 지금은 아기 낳다 죽은 누이를 붙들고 쌍소리로 욕을 하다간 무슨 생각이 났던지 구석진 의자에 얌전히 앉아 있는 나를 보더니 갑자기,

"여어 도련님, 꼬마 신부님, 찬송가 좀 불러주세요. 거 왜 있지 않아요. 나의 사랑하는 책 비록 해어졌으나, 어머니의 무릎 위에 앉아서 어쩌구저쩌구 하는 노래 말이에요."

하고 노래를 청하였는데 내가 쉽사리 응하지 않자, 좀 화가 났던지,

"임마, 애비가 자식새끼한테 노래 좀 듣자는 게 아니꼽냐."

하고 언성을 높였다. 그러나 그때 어머니가 들어오시면서,

"뭐라구요. 노래를 불러보라구요. 이거 어따 대구 술주정이에요."

하며 소리를 지르시기에 나는 그 광경을 쳐다보며 무슨 일이 벌어지지나 않을까 불안해하고 있었지만, 이상하게도 아버지는 풀 덜 먹인 빨래처럼 시선을 피하며,

"난 그저 노래 한번 불러보라구 했을 뿐이오."

하고 수그러지는 것이었다. 그러자 어머니는,

"이 애에게 악을 배워주지 말아요, 그 더러운 손으로."

하고는 갑자기 울기 시작하셨는데 오히려 아버지는 술이 일순에 깬 사람처럼 멀쩡해져서,

"난 그저 노래 불러보라구 했을 뿐인데 거 왜 울구 야단이오. 제기랄, 내가 또 잘못했지. 그저 내가 죽일 놈이지."
하고 거실로 사라져버리는 것이었다. 그때 나는 어머니의 품에 안겨서 그 의미 모를 눈물을 볼에 받으며, 대체로 아버지란 좀 거추장스런 존재여서 차라리 일찍감치 죽어버리고 어머니를 내가 아버지 대신 차지해버리면 어떨까 하는 생각을 하고 있었던 것이다.

어머니의 큰이모가 미국에서 오셨는데 대충 얘기를 들으면 구한말 하와이에 사진 결혼으로 이민 간 후 갖은 고생 끝에 무지무지 돈을 벌어, 말년에 고향에 뼈나 묻힐까 하고 그 많은 재산을 모조리 정리하고 오신 모양으로, 그때 나이는 일흔여섯인데도 아주 정정하시며, 더구나 재산이 그처럼 많으시면서도 슬하에 자식이 한 명도 없다는 얘기가 우리들 가족들 간에 무슨 예수님의 재림같이 떠들썩하게 대두된 것은 바로 그 무렵이었다. 어머님의 생각은 일찍이 남편을 여의고 자기 자식도 없고 오직 있는 친척이라면 그녀 동생의 두 딸, 즉 어머님과 어머님 동생 두 명뿐으로, 더구나 이모는 품행이 나빠 벌써 네 번씩이나 결혼했다가 겨우 나만 한 나이 또래의 계집애를 하나 가지고 있을 뿐, 그래도 대부대의 식솔을 거느리고 군림하는 어머니 편에 고무적인 무엇이 있을 게 아니냐는 공론으로 아버지는 단연 술도 끊고, 수염도 깎았으며 하루아침에 밭 가운데서 유전을 발견한 앞니 빠진 시골뜨기 같은 좀 얼떨떨한 미남자가 되어버렸던 것이다. 며칠

동안 집 안은 붐비기 시작했다. 일 년에 한 번 볼까 말까 하는 이모는 자주 집에 드나들면서 같이 공항에도 나가고 아주 붙임성 있게 놀았다. 그 노할머님은 거처가 마땅치 않아 우선 간단한 살림처를 하나 얻고, 연신 들락거리는 아버님 부부와 이모의 접대를 받으며 노후를 즐기고 계신 모양이었는데, 어느 날 밤 바로 그 노할머님 댁에 다녀오신 이후로 아버지와 어머니는 대판 싸움을 하기 시작했다. 대충 얘기를 들으면 식사 중에 아버지가 좀 주책없게 자식을 열두 명 낳았지만 ― 그것은 아버지의 유일한 자랑거리였고, 빨강 머리 이모에 대한 유일한 우월성이었다 ― 그 중 다섯 명만 살아 있는 경위를 자세히 설명했던 모양인데, 그까짓 얘기를 왜 하느냐는 어머니의 반론과 하면 어떠냐는 아버지의 변명으로 모처럼 엄숙하게 실연했던 모범 부부의 묘가 깨뜨려지기 시작했던 것이다. 어머님 말에 의하면 그때 노할머님은, "에그, 그렇다면 자네가 어디 사람인가. 짐승이지" 하고 낯을 찡그리시자 아버지는 아버지대로, "건 모르시는 말씀입니다요. 애 많이 낳았다고 어디 꼭 짐승인가요" 하고 껄껄거렸다는 것인데 바로 그것이 더욱 아버지의 주책이었다는 것이 어머니의 주장인 것이었다. 차라리 가만히 있을 것이지 무슨 장한 일이라고 말대꾸는 말대꾸냐 하고 핀잔을 주자, 아버지는 아버지대로, "그건 내 잘못 때문만은 아니야. 당신도 책임이 있어. 좀 건드렸다 하면 뒷박을 차던 것은 바로 당신이었어" 하고 덤벼들어 별수 없이 어머니는 또 그 예의 눈물을 터뜨리셨고, 아버지는 에잇 모르겠다. 찬장에서 소주병을 꺼내 들고 잔에 따라 마실까 말까, 며칠 간의 금주를 깨뜨릴까 말까 아주 위태위태

하였다. 그러나 곧 잠잠해졌고 형제들은 자리에 들었었는데 어머님이 상냥하게 거의 잠이 들어 있는 나를 깨웠고, 나는 눈을 비비며 아버지가 한결 기분이 좋아서 껄껄거리고 있는 마루로 나갔었다.

"쟤가 해낼 수 있을까?"

아버지는 침착한 목소리로 귀를 새끼손가락으로 쑤시기도 하고, 또 그것을 톡톡 털어버리는 불결한 행동을 반복해가며 나를 쳐다보았다.

"왜요. 애가 어때서요?"

어머니는 뜨개질을 하시면서 그러나 정확히 그 올 사이사이로 대나무 바늘을 찔러 넣으면서 반문을 했다.

"우리 정아가 어때서요?"

"글쎄."

아버지는 손으로 배를 긁으면서 하품을 했다.

"워낙 그 계집애가 별종이라고 하니 말이야."

"그래두 애라면 문제없어요."

어머니는 강하게 대답하셨다.

"그 계집애가 지 에미를 닮아서 별난 애라 해두 우리 정아는 문제없어요."

나는 무슨 소린지는 몰랐지만 약간 부끄러움을 느끼면서 얌전히 앉아 있었다.

"얘야, 어디 일어서봐라."

아버지는 부드럽게 늙은 간호부 같은 소리를 냈다. 그래서 나는 일어났는데 아버지는 미술 감상이나 하듯 눈을 가느다랗게 뜨고 이

모저모로 나를 훑어보았고, 심지어는 몸까지 만져보더니,

"됐다. 그만 하면 충분하다. 아주 잘생긴 도련님인데. 그만 하면 할머님이 너한테 홀랑 빠져버리실 게다."

하고는 껄껄 웃었고, 어머니도 자못 대견하다는 듯 내 머리를 자신의 무릎 위로 껴안아 올려놓으시며,

"애야, 오늘은 푹 자두렴. 내일 아침엔 노할머님한테 가야 하니까."

하고는 내게 입을 맞추시는 것이었다.

나는 왜 내가 우리집 형제들을 대표해서 다음날 아침 그 노할머님 집을 찾아가야 했었는지 모른다. 그리고 그날 하루 종일 할머님 집에서 저질렀던 실수는 지금도 내 얼굴을 뜨겁게 한다.

물론 부모님들이 다섯 형제 중에서 나를 골라내었던 것은 그 중 내가 제일 예쁘게 생기고, 공부도 잘하고, 주기도문을 잘 외우는 모범 소년이라는 것 때문이었지만, 할머님의 환심을 사야 하는 일 같은 것에 관해서는 오히려 나는 무자격자였던 것은 숨길 수 없는 사실이었다. 차라리 그것이 목사님 앞에서 예수님의 행적에 대해 교리 문답을 하는 것이었다면 모른다. 아니면 노래를 부르는 경연 대회였다면 나는 적격자였겠지만, 거의 반백 년 가량 외국에서 고생을 해온 질기고 편협하고 단순한 할머님의 환심을 사야 하는 일에는 말주변이 없는 나로서는 영 젬병이었던 것이다.

어쨌든 나는 다음날 아침 죽은 누이가 입던 옷을 줄여 갑자기 남성용으로 변조시킨 빨강 색깔에 흰 무늬가 물방울처럼 점점이 있는 옷을 입고 할머님 집으로 갔다. 아버지가 다 큰 애한테 그게 무슨 망

할 놈의 옷이냐고 한마디 하셨지만 어머니는 모르는 소리 말아요, 이 애는 이런 색깔이 어울려요 하고 아버지에게 핀잔을 주셨다.

그리고 우리는 출발하였다. 다음날은 일요일이었으므로 우리는 마땅히 교회에 가야 했던 것이다. 그러나 우리는 밀수업자 같은 단단한 복장을 하고, 찬송가가 울려 퍼지는 교회를 지나 할머님 집으로 향하였다.

우리가 할머님 집에 당도하였을 때 할머니는 노인답지 않게 노란 원피스를 입고 안락의자에 앉아서 주스를 마시고 계셨다. 그 곁에는 갈색 머리를 한 계집애가 앉아 있었는데 나는 그 애가 행실 나쁜 이모의 딸인 것을 알아차렸다. 그 계집애는 참으로 이상한 몸매를 하고 있었다. 나이는 내 나이하고 동갑으로 열 살 가량이었으나 몇 살은 족히 더 먹어 보였다. 푸른색 원피스를 입고 있었는데 앞쪽엔 희고 큰 단추가 점점이 달려 있었기 때문에 마치 배추벌레 같은 옷차림이었다. 등 뒤에는 큰 리본을 매고 있었고 머리는 굉장히 파마를 해서 토인용 가발을 쓴 것처럼 보였다. 얼굴은 붉었는데 그것은 원래 붉어서라기보다는 연극 배우용 화장품을 너무 발랐기 때문이었다. 매우 말라빠져서 할머님이 마시는 주스에 꽂힌 밀짚대같이 보였지만, 그러면서도 이상하게 얼굴만은 살이 쪄 있었다. 손가락에는 모조 반지가 빛나고 있었고 손톱엔 붉은 매니큐어가 칠해져 있었다. 한마디로 말해서 그 계집애는 어미를 닮아서 예쁘고 매혹적이긴 했지만 그러나 제 어미를 닮아서 속되어 보였다.

계집애는 방금 양지바른 황톳길에서 말똥을 굴리는 곤충처럼 재빠른 손짓으로 빵 조각을 뜯어 조그맣게 둥근 알을 만들어내고 있는 중이었다. 나는 매우 점잖게 앉아 있었다. 하지만 그 계집애가 나이 먹은 사람들이 하듯 손으로 입을 가리며 웃는다든지, 무용을 하듯 리본을 팔랑거리며 걷는다든지, 한시도 쉬지 않고 곁눈질을 살짝살짝 하거나 할머님이 묻는 말에 아주 진지한 태도로 대답하는 것을 보노라면 어쩐지 슬그머니 겁이 나는 것은 사실이었다.

할머니는 나를 굉장히 반갑게 맞아주셨고 나를 제 어미를 닮아서 아주 예쁘고 착하게 생겼다고 칭찬을 한 다음, 내게 몇 살이냐고 물었는데 나는 그만 조심했던 나머지 내 이름을 큰 소리로 대답해버렸다. 그러나 조금 후에는 할머님에 내게 물으신 것이 이름이 아니고 나이라는 것을 깨닫자, 곧 수정해서 나이를 대고는 눈을 내리깔았다. 그 순간 할머님 곁에 앉아 있던 계집애가 킥킥거리면서 웃는 것을 나는 보았다.

"넌 이제 보니 늬 에미를 빼다 박은 듯 닮았구나."

할머니는 서너 번이나 그런 얘기를 했고, 그럴 때마다 아버지는 좀 무안해서 헛기침을 큼큼 했다.

"교회에 갔다 오는 길이에요."

어머니는 조용히 거짓말을 하셨는데 하등 이상스레 보이지 않았다. 그러자 아버지도 거짓말을 하기 시작했다.

나는 어른들 얘기에 귀를 기울이지 않고 얼핏얼핏 내게 적의의 눈빛과 또 한편으로 이상야릇한 유혹의 눈빛을 보내고 있는 계집아이를 쳐다보고 뜨거운 침을 삼키고 있었다. 그 계집애는 참 이상한 계집애였다. 할머님이 얘기 도중에, 애야 저기 가서 담배 좀 가져온 하고 말을 시키자 그 계집애는 그 넓은 초록색 원피스를 펄렁거리며 발끝으로만 서는 발레리나처럼 탁자 옆으로 가더니 담배를 한 개비 입에 물고, 싸악 성냥을 그어서 자기가 두어 모금 빨아 그 불티를 확인한 다음 할머님께 주는 것이었다.

어머니와 아버지는 그냥 얘기를 계속하고 계셨지만, 그것은 일부러 못 보는 척하는 것뿐으로 공연히 아버지는 애꿎은 담배만 연신 피우고 있었고 어머니는 아직 그런 철이 아닌데도 콧등에 땀이 솟아 있었다.

거의 한낮이 다 되었을 때 어머니와 아버지는 볼일이 있다고 자리를 일어나셨고 나는 그냥 집에 남아 있기로 했다. 저녁때쯤 아버지가 나를 데리러 오겠다고 말하고는, 할머님이 안 보시기를 기다려 내게 잘해보라는 듯 눈을 두어 번 끔쩍끔쩍했다.

집은 넓었고 따뜻한 봄 햇살이 정원의 잔디밭을 비추고 있어 실내는 좀 무더운 감이 들었다.

그래서 우리는 정원으로 향한 유리문을 모두 열고 안락의자에 앉아 있었다. 꿀벌의 닝닝거리는 소리가 정원 쪽으로부터 들려오고 조춘(早春)의 햇살 속에서 꽃들은 유리 제품처럼 투명하게 빛나고 있었다. 계집애가 내게 주스를 타주었는데, 나는 그것을 흘리지 않으려고 매우 조심스럽게 조금씩 빨아먹었다.

할머니는 아주 기분이 좋아 보였다. 햇볕을 가리려고 챙이 큰 모자를 쓰고 앉아 있었고 움직일 때마다 넓은 블라우스 위로 늘어진 젖가슴이 푸댓자루처럼 흔들거리고 있었다. 손과 발이 몸집에 비해 너무 커서 거의 남자의 그것처럼 보일 때도 있었다. 계집애는 앉아서 할머님에게 얘기를 해주고 있었다. 매우 카랑카랑하고 높은 목소리

로 얘기를 했는데, 그러자 할머니는,

"애야, 이 할미는 아직 귀가 먹지 않았으니까 좀 조용히 얘기해라, 애야."

하고 웃으셨다. 계집아이는 평판이 나쁜 자기 어머니에 대해서 얘기를 하고 있었다. 할머니는 때때로 눈을 감고 있거나 주스를 마시면서 꽤 열심히 얘기를 듣고 있었다.

"세상 사람들이 우리 어머니를 무어라고 욕하는 것쯤은 나두 알아요. 하지만 세상 사람들이 우리 어머니를 망친 거예요."

계집아이는 연극 배우처럼 강하게 말을 했다.

"어머니는 늘 할머니를 생각하고 있었어요. 건 정말이에요."

"늬 에미 두번째 남편은 뭘 하던 사내였지?"

"밴드 마스터였대요."

계집애는 손으로 나팔 부는 시늉을 했다.

"트럼펫을 불었는데 매일같이 술만 마시구 어머니를 때렸대요. 건 정말이에요. 그래서 어머니는 참다 참다 못해서 나를 안고 도망쳤대요. 나는 지금도 그날 밤을 잘 기억할 수 있어요. 그날은 흰 눈이 펑펑 쏟아지는 밤이었어요. 어머니는 나를 껴안구 끝없이 우셨어요."

"애야, 꼭 영화 같은 얘기로구나."

할머님은 높은 소리로 웃었다.

"정말이에요. 꼭 영화 같은 얘기예요. 어머니가 고생한 얘기는 책으로 열 권 엮어두 모자랄 지경이에요."

갑자기 계집애 눈에서 눈물이 굴러 떨어졌다. 그것은 아주 사실 무근한 눈물이어서 마치 안약처럼 보였다. 계집애는 그것을 닦을 염도 하지 않고 내버려두었다가 좀 후에 원피스에 꽂혀 있던 손수건을 꺼내 꼭꼭 집어서 눈물을 닦아냈다. 그것은 참으로 알맞게 흘린 눈물이었고, 그래서 나는 아주 감동을 하면서 그 계집애에게 일종의 존경심을 느끼게까지 되었다. 하지만 할머니는 여전히 카이카이 웃으시었다.

"애야, 꼭 넌 늬 에미를 닮았구나. 어떻게 꼭 그렇게 닮아버렸냐. 얘기하는 투도 꼭 같구나 얘야. 도대체 넌 이 다음에 뭐가 될 테냐?"

할머니는 손녀의 큰 눈을 쳐다보며 부드럽게 물으셨다. 그러자 계집애의 얼굴은 아주 진지한 얼굴로 변해버렸다.

"전 발레리나가 되겠어요."

계집애는 언제 울었냐는 듯이 아주 생생한 얼굴로 대답했다.

"우리 이쁜이는 뭐가 될 테냐?"

이번엔 할머님이 나를 쳐다보셨다.

"전, 전."

나는 당황해져서 볼 안에 가득 사탕을 문 것 같은 어정쩡한 대답을 했다.

"소설가가 되겠습니다."

"소설가라구?"

할머니는 순간 쿡쿡 어깨로만 웃으셨다.

"애야, 왜 하필이면 배고픈 소설가가 되겠다는 말이냐? 건 아주 헐 일 없는 사람들이나 하는 게란다. 수염이나 기르구 침이나 탁탁 뱉어내는 사람들 말이다."

나는 얌전하게 앉아 있었다. 나는 차라리 의사가 되겠다고 말할 걸 그랬다 후회를 하고 있었다. 하지만 그런 내색은 하지 않았다. 나는 무언가 골똘히 생각하는 듯한 표정을 짓고 앉아 있었다.

"얘, 늬 아버진 아직두 그렇게 술 많이 마시냐? 동리에서 소문났더라."

이번에는 계집애가 아주 지나가는 말 비슷하게 그러나 날카로운 목소리로 내게 물어왔고, 나는 좀 어리둥절했던 나머지 정직하게 얘기해버렸다.

"전에는 조금 마셨지만 할머님이 오신 후부터 끊어버리셨다."

"애야, 늬 엄마한테 너희 애비가 좀 과했지. 그게 무슨 소린지 아느냐?"

"……모르겠는데요."

나는 대답했다.

"난 늬 엄마를 굉장히 귀여워했었단다. 난 늬 엄마가 거의 걸음마를 배우고 났을 때 미국으로 떠나버렸었지만 그때 벌써 늬 엄마는 동리에서 첫째가는 미인이었지…… 그런데 얘기를 듣자니까, 늬 아버진 뭐랄까, 늬 아버진 거 술만 마시는 알부랑당이라던데……"

"아닙니다."

나는 조금 분개에 차서 할머님의 말을 막았다.

"아버지는 술을 마시지만 지금은 끊어버렸습니다. 그리구 저희들 두 아버지를 사랑하고 있습니다."

"허기야."

할머님은 떴던 눈을 다시 감으시면서 말을 이으셨다.

"부부 사이가 나쁘다면 새끼를 열둘이나 낳았겠느냐."

나는 그 순간 계집애를 쳐다보았는데 계집애는 내게 손톱을 물어뜯으면서 유쾌한 웃음을 보내고 있었다.

우리는 그 이외에 여러 가지 얘기를 많이 하였다. 하지만 주로 이야기는 계집애가 하는 편이었고, 할머니는 듣거나 듣지 않거나 하고 있었다. 얘기에 지치자 할머니는 내게 노래 한 곡 부르라 하셨고, 나는 찬송가 한 곡을 불렀는데, 원래 고음에 자신 있던 나는 일부러 높은 음으로 노래를 불렀지만 흥분했던 탓인지 고음에서 삐익거리는 비낀 음을 발하고 말았다. 하나 할머니는 아주 흡족해하시면서 박수를 치셨다. 그러자 계집애는,

"전 무용을 할 줄 알아요."

하고는 혼자서 마루에 있는 전축에 레코드를 걸더니 이윽고 춤을 추기 시작했다. 그것은 굉장한 춤이었다. 지금 생각하면 그 춤은 서부 개척 시대에나 추었을 그런 폴카 조의 경쾌하고 날렵한 뜀박질 같은 춤이었다. 하지만 어린 내가 보기에도 그 춤은 좀 야한 춤이어서 간혹 다리를 번쩍번쩍 들 때마다 붉은 내의가, 넓적다리가 들여다보였고, 그 춤은 어찌나 요란했던지 탁자 위에 놓였던 꽃병이 울림에 떨어져 깨어졌을 정도였다. 그것뿐만은 아니었다. 노래를 부르다가 계집애는 간혹 기묘한 함성을 질렀고, 그럴 때마다 더욱 이상한 것은 할머니도 따라 교성을 지르며 마루를 구르고 박수를 쳐대는 꼬락서니였다. 나는 한심했으나 얌전하게 앉아서 세상이 점점 내가 어릴

때하고 많이 달라져가는구나 하는 격세지감을 느끼고 있었다.

"넌 늬 에밀 닮아서 그저 사내를 홀리는 것이라면 무엇이든지 잘하는구나."

춤이 끝나자 손수건으로 땀을 닦으시며 할머니는 명랑한 목소리로 말씀하셨다.

그리고 또 우리는 여러 가지 하면서 많이 놀았다. 점심도 먹었고 주기도문도 외웠는데 나는 좀 느릿느릿하게 외울 참이었으나 계집애가 책상 밑을 통해 손톱으로 내 넓적다리를 슬쩍 꼬집어서 빨리 끝내고 말았다. 기도가 끝나 눈을 뜨고 보니 계집애가 아주 천연덕스러운 낯짝으로 아멘 하고 중얼거리면서 나를 보고 웃었다. 나는 원래 포크질을 할 줄 몰랐으므로 할머님이 일일이 가르쳐주셨고 계집애는 혼자서 나이프와 포크질을 썩 잘하면서 이인분이나 먹어치웠다. 하지만 나는 하나도 남기지 않고 먹었음에 비해 계집애는 반 이상 남겨놓았다.

점심을 먹고 난 후 우리는 목욕탕에서 목욕을 했다. 원래 목욕을 하려던 것은 아니었다. 그런데 웬일인지 계집애가,

"할머니, 제 몸 좀 씻겨주시겠어요?"

하고 청을 했는데, 그러자 할머님은 의외로 천천히 응시하면서 계집애를 목욕탕으로 끌고 가셨다.

그러나 문을 꼭꼭 잠갔는데도 계집애는 내게 뒤로 돌아서 있으라고 목욕탕 안에서 신경질적으로 소리를 질렀고, 내가 좀 무안해서 뒤로 돌아서 있자, 이번엔 거실에 있지 말고 잔디밭에 나가 있으라고 떼를 썼으므로, 나는 우울해서 햇살이 가득한 잔디밭으로 나와 천천히 앉았다.

잔디밭은 아주 아름다워 생생한 생명감이 넘쳐흐르고 있었다. 무슨 꽃일까, 담 밑에 가득한 꽃 사이로 꿀벌들이 닝닝거렸고, 햇빛이 찬란한 잔디밭 위에 핀 꽃의 순색은 눈이 부시게 눈을 찌르고 있었다. 나는 넓은 정원 속에 혼자 앉아 있었다. 온 정원은 꽃의 향기로 충만되어 있었다. 나는 차라리 작문을 짓느니보다는 그림을 그리는 화가가 되고 싶다고 생각하고 있었다. 그러나 나는 형제가 많은 집에서 자라난 애들 특유의 우울한 비애감으로 그 꽃잎을 뜯어버리고 싶은 충동감과, 누이의 옷을 줄여 입어야 하는 소년 특유의 고집, 질긴 인내를 동시에 느끼고 있었다. 목욕탕에서 유쾌한 물장난 소리가 들려왔다. 또 할머님이 계집애의 엉덩이를 때리는지 찰싹찰싹하는 소리가 났고, 그 소리에 맞춰 높은 계집애의 비명 소리가 들려왔다. 그리고는 옷을 입는지 좀 조용해지더니 곤충의 날갯짓 같은 수상스런 옷깃 소리가 들려오고 있었다.

나는 참 오랫동안 앉아 있었다. 초봄의 따가운 햇살을 몸 가득히 받으면서, 초조하게 조용히 귀를 기울이고 있었다. 나는 땀을 흘리고 있었다.

"들어와도 좋아요."

한참 후에 유리창 사이로 고개가 밀려지더니 우윳빛처럼 환한 얼굴을 하고 계집애가 말했다. 그러나 나는 조금 더 앉아 있었다. 흰나비 한 마리가 햇빛 속을 열대어처럼 비상하더니 꽃 사이로 사라져가는 모습을 쫓으면서.

"들어오라니까."

다시 계집애의 고개가 나왔을 때야 나는 천천히 마루로 들어갔다. 햇볕에 앉아 있었으므로 어둠에 눈이 익숙지 않았는데 갑자기 계집애가 내게 등을 내어밀더니,

"얘, 지퍼 좀 올려줘."

하고는 천연덕스럽게 아직 마르지 않은 머리에서 뚝뚝 듣는 물방울을 함부로 뿌리면서 말을 했다. 내가 좀 우두커니 서 있자 할머니는 카이카이 웃으시면서,

"얘야, 동생 지퍼 좀 채워줘라."

하고 재촉하셨다. 나는 비누 냄새를 맡으면서 쑥스럽고 분한 기분으로 계집애의 지퍼를 올려주었다.

"넌 어쩔 테냐. 목욕할 테냐?"

"싫어요."

나는 대답했다.

"목욕하지 않겠어요."

"얘야."

할머니는 열린 목욕탕 저편에서 욕조의 물을 뽑으시면서 나를 쳐다보셨다.

"난 손주새끼 목욕시켜주고 싶은데. 자, 부끄러워 말구 이리 들어오라니까."

나는 별수 없이 목욕탕으로 들어갔다. 그러나 할머님은 목욕탕 문을 안에서 잠그시면서 손으로 찬물과 더운물을 알맞게 조종하신 다음, 옷을 벗기기 시작했다. 할머니는 아주 오랫동안 그런 일에 익숙

해오신 듯 조금도 주저하지 않으시며 내 단추를 끄르고 옷을 벗기셨는데 할머님의 차디찬 손길이 내 몸에 닿을 때마다 나는 깜짝깜짝 놀라곤 했다. 나는 곧 발가벗기었고 할머니는 내가 옷을 입었을 때보다 발가벗을 때 더욱 기분좋으신 모습으로 내 몸을 찰싹찰싹 가볍게 때리시며 우선 나를 뜨거운 물 속에 집어넣고는 향기 나는 비누를 물속에 가득 풀었고 그 속에 향수를 반 병 넘어 뿌리시었다. 그리고 거품이 자꾸 일어나 이윽고 내가 온통 햇솜 같은 비누 거품 속에 파묻히게 되자, 천천히 거품 속으로 손을 뻗어 노인 특유의 완만한 몸짓으로 내 몸의 때를 벗기기 시작했고, 나는 할머님의 손이 겨드랑이나 목덜미나 아랫배 부분을 스칠 때마다 간지럽기도 하고 즐겁기도 하고 또 한편 부끄럽기도 해서 몸을 비틀었는데, 할머니는 아주 자상하게 내 몸 구석구석을 문지르고 긁어내리고 그리고는 아주 정성 들여 아랫부분을 닦아주시는 것이었다.

"애야, 넌 꼭 늬 에미를 닮아서 아주 살결이 부드럽구나."

할머니는 내 몸을 문지르시며 몇 번이고 같은 말을 반복하셨다.

목욕탕의 젖빛 유리창으로 스며들어온 회색의 빛 속에서 묵직하게 가라앉아, 나는 점점 배포가 유해져 이미 수치심도 상실하고, 할머니가 요구하실 때마다 몸을 뒤로 젖히거나 옆으로 비켜주고 있었다. 아주 오랜 후에 목욕이 끝나고 나는 샤워를 했는데 할머니는 갑자기 찬물을 내게 끼얹어주시면서,

"애야, 저기 마른 타월이 있으니까 그걸로 닦은 후에 옷을 입어라."

하시고는 문을 열고 나가셨다.

나는 벌겋게 상기해져서 욕탕 거울을 쳐다보았다. 수증기 어린 부연 거울 위에 아주 예쁘게 생긴 소년이 부표처럼 떠 있었다. 그것은 참으로 뻔뻔스런 얼굴이었다. 나는 충분히 물기를 닦으면서 그 모범생 같은 모습으로 단아하게 서 있는 자신의 모습에 혀라도 내보이고 싶은 혐오감을 느끼고 있었다. 나는 이미 알고 있었다. 어린아이가 아니다. 그러나 그들은 내게 어린아이이기를 요구하고 있다. 나는 실제로 모든 것에 대해 곁눈질하고 있었지만 겉으로는 모르는 체하고 있을 뿐이었다. 아아. 저 예쁘게 생긴 소년은 나쁜 자식이다. 나쁜 자식. 형편없는 자식인 것이다.

우리는 좀 더 이야기를 하였다. 어느덧 짧은 봄의 햇살은 뉘엿뉘엿 사라지려 하고 정원의 푸른 잎들은 사라지려는 잔영 속에서 날카롭게 빛나고 있었다. 해질녘의 푸른 잎들은 한결 생생한 빛깔로 불타오르고, 짙은 향기를 풍기고 있었다. 계집애는 다시 자기 어머니 얘기를 하기 시작했다. 그 목소리는 사라져가는 빛을 후광으로 받고 앉아 있는 우리들의 분위기를 매우 천연덕스럽게 가라앉히고 있었다. 할머니는 눈을 감고 계셨는데 아마도 우리 둘을 손수 목욕시킨 후 매우 피로해지신 것 같았다. 우리 셋은 거의 아무런 움직임도 없었다. 나는 의자에 단정히 앉아서 목욕 후의 나른함을 손끝으로 느끼고 있었다.

"어머니가 고생하던 얘기는 이것뿐이 아니에요."

소녀는 마치 솜씨 좋은 외무사원처럼 말과 말 사이에 화제를 풍부하게 하는 침묵도 배치할 줄 알았다. 그러다가는 발작적으로 손을 흔들며 목소리를 높였고 그럴 때마다 일몰하는 빛 속에서 계집애의 모조 반지는 둔중하게 번득이고 있었다.

"어머니는 패션 모델도 했었으니까요. 그것뿐인 줄 아세요. 노래도 부르고, 춤도 추고, 할 수 있는 것이라곤 모조리 했었으니까요."

계집애는 말을 끊었다. 나는 거의 수면 상태 속에서 계집애의 얘기를 듣고 있었는데 갑자기 계집애는 말을 끊더니 소파에 누워 있는 할머님의 표정을 살폈다. 할머님은 안락의자에 몸을 파묻고 잠이 든 것처럼 보였다. 그러자 소녀는 살금살금 몸을 떼어 할머니 곁으로 가더니 조심스럽게, "할머니, 할머니" 하고 불러보았다. 그러나 할머니는 조금도 움직이시질 않으셨다. 이번엔 소녀는 손끝으로 할머님의 눈썹을 건드려보았다. 그래도 할머님은 움직이시지 않으셨다.

"잠이 들었군."

할머님이 잠에 완전히 빠지신 것을 확인하자, 계집애는 무언가 즐거운 듯 몸을 크게 움직이면서 중얼거렸다.

"지독한 할망구 같으니라구."

소녀는 이를 악물며 어리둥절해서 앉아 있는 나를 쏘아보았다. 커튼 사이를 통한 우울한 빛 속에서 계집애의 눈은 짐승처럼 빛나고 있었다.

"얘, 넌 참 바보 얼간이같이 생겼구나 얘. 거짓말 잘하는 사기꾼같이 생겼어."

소녀는 갑자기 소파 위에 놓여 있는 스펀지를 내게 던졌다. 나는 피할 길 없이 그 스펀지를 얼굴에 얻어맞았다.

"얘, 너무 젠체하지 마라. 난 다 알구 있다. 이 뻔뻔스런 바보 자식아."

이번엔 계집애가 던져도 깨어지지 않을 플라스틱 접시를 내게 던졌다. 하나 나는 이번에는 주의를 했으므로 맞지 않았다. 플라스틱 접시는 벽에 부딪힌 후 마룻바닥에 굴렀다.

"네가 내 친척이라니. 애, 더럽다, 더러워. 가서 그 애 많이 낳는 늬 엄마한테 가서 얘기해라. 이 할망구는 곧 죽을 테니까 염려 말라구."

계집애는 아주 성이 난 듯 보였다. 얼굴은 발갛게 달아올랐고, 목은 성난 뱀의 그것처럼 부풀어 있었다.

나는 주춤주춤 일어났다.

"애, 너 미쳤니?"

나는 될 수 있는 한 나지막하게 얘기했다.

"미쳤다, 미쳤어. 왜, 고소하니?"

계집애는 이번엔 던지는 것을 중지하고 숫제 몸째로 덤벼들었다. 나는 계집애의 손을 피해 슬슬 뒷걸음질을 쳐서 거실로 밀려 들어갔다. 계집애의 힘은 무척 강했고 독이 올라 있었으므로 마치 쌈닭처럼 사나워 보였다. 계집애는 방 한구석에 쌓아놓은 방석을 차례차례 던지기 시작했다. 나는 얼떨떨해져서 그러나 용게 피하며 그 방석이 벽에 걸린 액자를 깨거나 꽃병을 깨뜨리는 것을 멍하니 바라보고 있었다. 계집애의 행패는 그뿐만은 아니었다. 처음엔 깨어지지 않는 물건만을 던졌으나 좀 후엔 손에 집히는 대로 마구 내던지고 있었다.

레코드가 날아와서 깨어졌고 스푼이 번득이며 물고기의 흰 배처럼 날았다. 그 바람에 유리창이 깨어졌다. 참으로 어처구니없는 일이었다. 나는 조금 무서워져서 엎질러진 꽃병을 바로 세우고 흘러나온 물을 걸레로 훔치려고 했다. 그러나 이러한 나의 성의의 시도는 계집애의 다음번 행동으로 말미암아 무참하게 좌절되었다. 구석으로 몰린 내게 이번엔 계집애의 몸이 달려와서 내 얼굴을 할퀴기 시작했던 것이다. 아주 사나운 기세였다.

정말이지 나는 참을 수 있는 데까지는 참아보려 했다. 그것은 사실이다. 그것을 꼭 이해해주길 바란다. 나는 결단코 형제 많은 집에서 자라난 특유의 질기디질긴 인내심으로 참아나가려 했던 것을 꼭 기억해주길 바란다. 그러나 참는 것에도 한계가 있었다.

나는 유약하고, 신중하고, 주기도문을 외우는 소년이었지만, 비록 처음엔 무슨 영문인지 잘 몰라서 뒷걸음질치는 소년이었지만 계집애의 손톱이 내 얼굴을 할퀴고 후비고 주먹이, 발길질이 내 몸을 향해 돌격해올 때엔 분명히 분노할 수 있는 남자임을 이해해주길 바란다. 그것은 비단 그 계집애뿐만 아니라 온 세상 여자에 대한 최소한도의 우월감 때문이었다.

나는 순간 계집애를 때리기 시작했다. 계집애의 머리칼을 쥐고 머리통을 벽에 두어 번 쾅쾅 부딪쳤다. 그것은 아버지가 가끔 술에 취해서 집에 왔을 때, 누이에게 했던 것으로 구태여 그 방법을 모방했던 것은 아니었다. 그러나 역시 남자가 여자에게 타격을 가할 때는 그같이 하는 것이 제일 손쉬운 방법이라는 것은 내가 실제로 실행해보니까 증명되었다.

"사람 살려요. 이 자식이 날 죽여요."

계집애는 갑자기 소리를 지르기 시작했다. 그래서 손을 늦추어주었더니 계집애는 엉엉 울면서 마루로 뛰어나갔다. 그녀는 잠들어 있는 할머니를 흔들어 깨우기 시작했다.

"할머니, 할머니."

할머님은 아주 늦게야 눈을 떴다. 그리고는 머리를 풀어헤치고 얼굴이 멍이 든 채 울고 있는 손주딸을 의아하게 쳐다보았다.

"저 오빠가 날 때렸어요."

"뭐라구?"

할머님이 일어서서 아직 방 안에 서 있는 내게로 다가오셨다.

"얘들아, 이게 무슨 꼴이냐. 유리는 누가 깨었니. 꽃병은 누가 엎질렀구."

그러나 계집애는 대답하지 않았다. 나도 변명하지 않았다. 그러나 내가 매우 못된 난폭한 소년처럼 방 한가운데 서서 엎질러진 꽃 몇 송이를 들고 있었기 때문에, 범인으로 보여질 것이라는 것은 의심할 여지가 없었다.

"까뎀."

할머님은 아주 젊은 여자 같은 비명 소리를 내셨다.

"얌전한 줄 알았더니 이제 보니 지 애빌 닮았군. 저 자식이 왜 널 때렸는지 아느냐, 아가야."

"모르겠어요."

계집애는 서럽게 울면서 대답했다.

"할머님이 잠이 드신 바로 직후였어요. 저는 조용히 앉아서 얘기를 하고 있었는데, 갑자기 저 오빠가 듣기 싫다고 하면서 날 때리기 시작했어요."

"미친 자식. 꼴두 보기 싫다. 얼른 내 눈앞에서 없어져버려."

할머니는 고래고래 소리를 지르셨다. 그때 우리는 초인종 소리를 들었고 좀 후엔 아버지가 월부 책 팔러 온 외판원 같은 표정으로 정원에 서 있는 것을 볼 수 있었다. 아버지는 할머님께 드릴 생과자를 손에 들고 있었다.

"이리로 들어와보라구."

할머니는 무서운 기세로 아버지께 대들었다.

"무슨 일입니까?"

"애를 똑똑히 교육시키라구, 부랑배 만들지 말구."

"뭐, 뭐라구요?"

아버지는 좀 얼버무리는 듯한 웃음을 웃으려고 했다.

"저 자식이 이 애를 때렸단 말야. 보라구. 이 생채기를 보라구."

"글쎄요."

아버지는 애매하게 대답하며 나를 쳐다보셨다. 나는 서글퍼져서 고개를 숙인 채 서서히 몇 방울의 눈물이 흘러내리는 것을 느끼고 있었다.

"빨리 데리구 가. 이 주정뱅이야."

나는 눈물 어린 눈으로 아버지를 바라보았는데, 아버지는 갑자기 결심했다는 듯 뚜벅뚜벅 내게로 오더니 좀 우악스럽게 내 손을 거머쥐었다.

"이 생과자두 가지구 가라구."

할머니는 소리를 질렀다.

"안녕히 계십시오."

아버지는 정중하게 큰 목소리로 인사를 했지만 할머니는 인사를 받지도 않으셨다.

"안녕이구 굿바이구, 이젠 얼씬두 하지 말아라."

"알겠습니다."

아버지가 대답했다.

"이젠 다시 오지 않겠습니다."

우리는 거리로 나왔다. 거리엔 어둠이 내려 있어 거리의 상가는 불을 밝히고 있었다. 나는 이미 눈물을 흘리고 있었으므로 거리의 불빛은 번질번질 윤택이 흐르고 있었다.

"울지 마라."

아버지는 무뚝뚝하게 말씀을 하셨다.

"사내 녀석이 울긴."

나는 어머니와 많은 동생들과 누이들과 형들이 기다리고 있는 저편의 우리집을 생각해냈다.

"아버지."

나는 변명을 하기 위해서 입을 열었다.

"난 정말 때리려고는 하지 않았어요. 정말이에요, 아버지."

"다 알구 있다니까."

아버지는 갑자기 웃기 시작하셨다. 어찌나 크게 웃으셨는지 지나가는 사람들이 쳐다봤을 정도였다.

"그래, 그 계집앨 네가 때렸니? 컄컄컄. 정말 네가 그 계집앨, 컄컄컄, 때렸니?"

나는 눈치를 보며 대답했다.

"……때리긴 때렸어요."

"어떻게 때렸니. 캴캴캴. 주먹으로 말이냐?"

아버지는 자기의 커다란 주먹을 들어 보였다.

"……주먹으로두 때렸어요."

"아주 힘껏 때렸니?"

"……예."

나는 무언가 즐거워져서 아버지와 같이 웃었다. 유쾌한 공범 의식이 서서히 가슴에 충만되기 시작했다.

"발루두 찼어요."

"자알했다. 망할 계집애."

아버지는 내 머리를 쓰다듬어주셨다.

"네가 이제부터 진짜 남자가 되는가 보다. 팽이하구 북어하구 여자란 자고로, 캴캴캴, 좀 맞아야 되는 게다. 이제부터 넌 진짜 내 아들 자격이 있다."

길거리에 술집이 있었는데 아버지는 조금도 망설이는 것이 없이 내 손을 붙들고 그 술집으로 성큼성큼 들어가셨다. 내가 약간 주저주저하며 아버지의 손을 잡아끌자, 아버지는 크게 웃으시면서 나를 내려다보시는 것이었다.

"아니다. 오늘같이 즐거운 날은 술 한잔 먹어야 한단다. 제기랄. 젠상. 애, 거 술 며칠 끊었더니만 어디 사람 살겠디? 캴캴캴. 술이나 먹구 노래나 부르자."

생각할 문제

1. 이 작품에서 어른들 ── '나'의 아버지, 어머니, 할머니(어머니의 큰이모) ── 은 우리가 이상적으로 생각하는 집안의 어른과 거리가 있는 인물들이다. 이 작품은 그들을 다소 우스꽝스럽게 그리고 있다. 그 가운데 하나인 '나'의 아버지의 그 '어른답지 않은' 점을, 앞에 수록된 「돌다리」의 아버지와 비교하면서 말해보시오.

2. 이 작품에서 어린 '나'(정아)가 살아가는 가정 환경 혹은 사회는, '계집애'(이종 형제)의 경우가 그렇듯이, 다소 특이하다. '나'는 그런 환경 속에서 어떻게 살아가고 있는가? 또 그런 모습으로 미루어 볼 때, '나'는 어떤 사람으로 성장할 것 같은가?

환각의 나비

지은이 이 글을 쓴 **박완서**(1931~)는 경기도 개풍에서 태어났다. 서울대 국문과에 입학한 해에 한국전쟁이 나서 중퇴하였다. 1970년 여성동아 장편소설 공모에 『나목』이 당선되면서 작가 생활을 시작하였다. 장편소설 『휘청거리는 오후』, 『도시의 흉년』, 『미망』, 『그 많던 싱아는 누가 다 먹었을까』 등과, 소설집 『엄마의 말뚝』, 『저문 날의 삽화』, 수필집 『꼴찌에게 보내는 갈채』 등 많은 작품을 발표하였다. 한국전쟁의 상처를 깊이 파헤치는 한편, 생활 현실을 생생하게 서술하면서 안이한 삶의 태도를 날카롭게 비판하고 풍자한다.

발표 『문학동네』, 1995년 봄호.

출전 『너무도 쓸쓸한 당신』, 창작과비평사, 1998.

1

그 집에는 느낌이 있었다.

그 느낌은 그 집을 지은 자재나 규모 또는 그 집에 사는 사람이 집 간수를 어떻게 했느냐에 따라서 달라지는 보통 집의 표정 같은 것하고는 달랐다. 사람으로 치면 성깔이나 교양, 옷차림 따위에 의해 수시로 변할 수 있는 인상 말고 저 깊은 중심에 숨어 있는 불변의 것, 임의로 할 수 없는 것으로부터 풍겨나오는 예감 같은 거였다. 그 느낌 때문에 동네 사람들은 그 집에 이끌리기도 하고 그 집 앞을 돌아가기도 했다. 그 집은 동네에서 떨어진 외딴집이었지만 약수터 가는 길목이기도 했고, 전철역으로 통하는 지름길 가이기도 했다. 행정 구역상으로 그 집이 속한 동네는 서울의 위성 도시 중의 하나인 Y시 안에 있었지만 Y시 사람들은 그 동네를 원주민 동네라고 불렀다. 그렇다고 초가집이나 조선 기와집이 남아 있는 건 아니었다. 육십년대에 유행한 슬래브집들이 수리를 안 해 퇴락한 데다가 좁고 더러운 골목길 때문에 실제의 나이보다 훨씬 더 낡고 흉흉해 보일 뿐이었다.

아마 Y시에 새로 들어선 아파트 단지 아이들은 원주민 동네라는 말을 곧이곧대로 믿고 슬래브집을 마치 남태평양의 섬이나 아프리카 오지에 남아 있다는 미개한 종족이 선사 시대부터 오늘날까지 헤아릴 수 없는 세월을 변화시킬 줄 모르고 유지해온 동굴이나 오두막과 유사한, 우리 본래의 주거 양식으로 여기고 있을지도 모를 일이었다. 그러나 생긴 지 기껏해야 삼십 년이 조금 더 된 동네였다. 땅 임자와 집장수의 합작으로 허허벌판에 새로운 동네가 들어섰을 때만 해도 그 일대는 밭농사와 과수원을 주로 하는 농촌이었고 농사짓는 사람들은 그 동네를 양옥집 동네라고 불렀었다. 그때만 해도 지붕도 없이 두부모를 잘라놓은 것처럼 네모 반듯한 집에다가 벽에는 번들번들한 타일까지 입힌 집이 신기하고 부러운 나머지 그렇게 한껏 높여 부른 거였다. 양옥집 동네가 원주민 동네가 되는 데는 삼십 년도 채 걸리지 않았다.

그 집은 양옥집 동네가 생겨나기 전부터 있었다. 그 일대의 농촌이 감쪽같이 사라지기 차마 아쉬워 떨군 일점 혈육처럼 여러 번 개조하고 증축한 흔적에도 불구하고 골수에 밴 시골티는 변할 줄 몰랐다. 대청마루가 널찍한 ㄷ자 집이었고, 기둥과 서까래는 육송이었지만 지붕은 회색빛 슬레이트였다. 때에 전 육송 뼈대와 슬레이트 지붕의 부조화는, 문살이 많이 빠진 창호지 덧문과 마루에 새로 해 단 유리 분합문과의 부조화와 묘한 조화를 이루었다. 원주민 동네에 오래 산 사람이라면 그 집이 골함석 지붕이었을 적을 기억할지도 모르겠다. 그전에 이엉이나 양기와 지붕이었을 터이니 삼십 년은커녕 오 년 이상을 눌러 산 집도 희귀한 동네에서 목격자를 찾는다는 것은 불가능한 일일 것이다. 원주민 동네라는 별명은 집뿐 아니라 주민에게도 해당되지가 않는 게 전출입이 잦기가 아파트 사는 사람들보다 훨씬 더했다. Y시에서 낸 통계에 의하면 평균 거주 기간이 아파트보다 1년 6개월이나 짧다고 했다. 중개업자의 농간이겠지만 곧 재개발에 들어가리라고 외부에 소문난 것과는 달리 막상 집을 사가지고 들어와보면 그런 기미가 전혀 없는 이상한 동네였다. 재개발이라는 게 나서서 추진하는 사람 없이 저절로 되는 게 아니라는 걸 알고 나서도 앞장설 만한 주변머리도 방법도 모르는 사람은 다시 집을 내놓았고 그래서 혹시나 하는 미련을 못 버린 사람도 세를 놓고서라도 빠져나가고야 말았다. 눈독을 들인 유일한 장점이 가짜였다는 걸 알고 나면 정떨어질 일밖에 없었다.

원주민 동네가 Y시의 섬이라면 그 집은 원주민 동네의 섬이었다.

아파트 아이들이나 원주민 동네 아이들이나 같은 학교에 다녔다. 그러나 아파트 아이들 보기에 원주민 동네 아이들은 어딘지 달라 보였다. 다른 줄 모르다가도 원주민 동네 아이라는 걸 알고 나면 어제까지 같이 신나게 얘기하던 컴퓨터 게임 얘기가 그럴 리가 없다는 느글거리는 배신감이 되어 그 아이를 뜨악하게 만들었다. 만일 그 집에 아이가 있었다면 그 동네 아이들도 그렇게 뜨악해져서 따돌렸으련만 그 집에 아이가 있었던 적은 한 번도 없었다. 그 집이 농가였을 때는 혹시 아이가 있었을지도 모르지만 그건 아무도 증거할 수 없는 그 집의 선사 시대였다.

2

그 시간에 주차할 자리가 마땅찮은 건 어제오늘의 일이 아닌데도 영주는 지겹다는 소리를 연거푸 중얼거리고 나서 어린이 놀이터 쪽으로 핸들을 거칠게 꺾었다. 아파트 뒤쪽은 어린이 놀이터이고 놀이터와 녹지대를 타원형으로 둘러싼 아스팔트길은 아이들이 자전거나 롤러를 타던 길이어서 원래는 주차 금지 구역이었다. 거기까지 주차선을 그어봤댔자 언 발등에 오줌 누기였다. 당장은 숨통이 트이는가 싶더니 며칠이 못 가 도로아미타불이었다. 다행히 새벽에도 빼기 쉬운 명당 자리가 남아 있었다. 옆자리에 수북한 짐들을 챙기면서 영주의 입에서 지겹다는 소리가 다시 한 번 새어나왔다. 짐이래야 별것도 아니었다. 벗어놓은 윗도리, 구럭 같은 핸드백, 책 몇 권은 보따리장수 적부터 익숙한 짐이고 오늘은 호박이 두 덩어리 더 있었다. 시골길에 피라미드형으로 쌓아놓고 파는 늙은 호박이 하도 보기 좋아 벼르다가 산 것이었다. 호박장수는 죽을 쑤면 꿀맛이라고 묻지도 않았는데 쑤는 법까지 가르쳐주려 들었지만 귀담아듣지 않았다. 어머니는 틀림없이 호박범벅을 만드실 것이다.

호박범벅을 만들면서 어머니가 신바람을 내셨으면 좋으련만. 영주는 좀 망연해진다. 어머니는 아직도 호박범벅을 만드실 수가 있을까. 이까짓 호박 따위로 어머니를 시험하려 들지 말아야 한다. 이해해야 한다. 푸성귀를 다듬어 반찬을 만들고, 생선 비늘을 긁어 절이거나 조리고, 국이나 찌개 간을 보는 일을 반백년이 넘게 허구한 날 되풀이하면서 그때마다 새로운 신바람이 나서 한다면 그게 오히려 이상한 거지, 그 일이 진력이 나서 매사를 시들해하는 걸 이상한 눈으로 볼 게 뭐였을까. 영주는 챙기던 짐을 스르르 밀어놓고 핸들에다 이마를 얹었다. 망연한 불안은 그러나 어머니보다 자신을 향하고 있었다. 보따리장사 육 년 만에 학위 딴 지 삼 년 만에 얻은 전임 자리였다. 수도권 대학은 아니었으나 찬밥 더운밥 가릴 계제가 아니었다. 밥줄을 매단 처지도 아니었는데 그렇게 허둥댄 것은 아마 나이 때문이었을 것이다. 대전까지 출퇴근을 한다는 것은 쉬운 노릇은 아니었으나 불가능하지는 않은 게 그나마 다행이었다. 운전 솜씨도 능숙의 도를 넘어 노숙했고, 중고차만 물려받다가 이 년 전 처음으로 만져본 새 차는 지금 그녀의 몸의 일부분처럼 길들여져 있는 것도 원거리 출퇴근을 겁내지 않을 수 있는 좋은 조건이었다. 그러나 마흔 고개 마루턱에 와 있었다. 쉰까지는 미끄럼 타듯 신속할 터였다. 그 나이에 그것도 여자가 대학에 자리를 얻을 수 있었다는 건, 그 바닥의 사정에 아주 무식한 사람만 아니라면 감지덕지할 행운으로 여겨 마땅했다. 영주도 처음 한 학기 동안은 마침내 해냈다는 성취감에 도취해서 힘든 줄을 몰랐다. 그러나 요새 그녀는 박사나 교수 값이 그동안 너무 싸진 걸 자기만 모르고 있었던 것 같아 차츰 열없어지고 있었다. 왜 이제야 그런 생각이 들게 되었을까. 진작만 알았어도 그런 고생은 안 했을걸, 싶다가도 이런 게 바로 공부한답시고 날치던 여자의 한계인 것도 같아 혐오스러워지곤 했다. 싸도 너무 싸졌다고 느끼는 게 그동안 들인 공과 시간에 비해 보수가 너무 낮다는 경제성보다는 존경도에 있었기 때문이다. 겨우 지방 대학 가려고 뼛골 빠지게 박사를 했냐? 이렇게 노골적으로 무시하는 친구도 있었다. 그래 너 따위가 아는 지식의 값이란 평생 서울에 붙어먹고 살면서, 적당히 즐기고, 품위 유지할 수 있는 자격과 같은 것일 테니까, 이렇게 치지도외할 수도 있으련만 그래지지가 않았다. 앙심까지 품어지도록 속이 아렸던 것은 바로 자격지심을 건드렸기 때문일 것이다. 가르치는 일, 지식을 풀어먹는 일은 생각보다 보람 있지 않았다. 그 재미없음의 핑계를 학생들의 질이나 자신의 실력 부족으로 돌릴 수도 있으련만 그녀는 지식이라는 것을 통틀어서 비하하느라 허탈해지기도 하고 울적해지기도 했다. 한마디로 아니꼽기 짝이 없는 정서 불안증이었다.

영주가 학위 논문으로 허난설헌의 시 연구를 택한 것은 허난설헌의 시에 끌렸기 때문이고 끌리게 된 까닭은 난설헌의 짧은 생애에 대한 애틋한 감동 때문이었다. 허난설헌에 감동하기 위해 많은 지식이 필요했던 건 아니다. 그 시대 배경이나 집안 환경에 대해서도 보통 사람 수준의 상식이 전부였다. 물론 그녀의 한문 실력으로 난설헌의 한시와 직관적으로 만나지는 건 불가능했다. 그녀가 매혹당한 것은 시 자체의 뛰어남보다는 한 뛰어난 여자를 못 알아보고 기어코 요절토록 한 시대적 사회적 요인들에 대한 자유로운 상상력이었다. 그러나 논문이 필요로 하는 것은 상상력이 아니라 출처가 분명하고 실증할 수 있는 지식이었다. 중학교에서 교편을 잡고 있던 그녀로 하여금 대학원서부터 다시 시작할 수 있도록 충동질한 지도 교수는 그녀의 상상력을 가장 경계했다. 영주가 제일 자주 들은 듣기 싫은 충고는 논문을 쓰면서 소설을 쓰고 있는 것처럼 착각하지 말라는 거였다. 그녀는 박사 학위에 걸맞은, 난설헌에 대한 지식을 쌓기 위해 연구라는 걸 하는 동안 난설헌에 대한 매혹과 감동은 온데간데없이 사라지고 난설헌이라면 넌더리가 났다. 난설헌에 대한 감동을 잃은 대신 얻은 것은 난설헌을 그럴듯하게 본뜬 수많은 제웅을 무자비하게 난도질한 한 무더기의 검부러기와 그리고 학위였다.

차 안에 얼마나 그러고 있었을까, 아들이 와서 유리를 두드리는 소리에 비로소 머리를 들었다. 충우는 허름한 트레이닝복 차림에 슬리퍼를 끌고 있었다.

"웬일이냐? 네가 산책을 다 나오구."

"산책이 아니라 할머니 찾아 나온 거예요."

영주는 가슴이 철렁했지만 충우는 대수롭지 않게 말했다.

"어쩌다 혼자 나가시게 했냐? 잘 보라고 그렇게 일렀는데."

"요기 어디 계시겠죠, 뭐. 들어가 계세요. 제가 모시고 들어갈 테니까요."

그리고는 휘적휘적 걸어갔다. 부랴부랴 짐을 챙겨가지고 창에서 내린 영주는 아들의 아무렇지도 않아 뵈는 뒷모습에 문득 화가 나서 큰 소리로 불러 세웠다.

"언제 나가셨는데 인제 찾아 나선 거냐?"

"얼마 안 됐어요."

아들이 머뭇거리는 걸 영주는 그냥 봐 넘기지 못했다.

"정확하게 언제냐니까."

"정확하게 언젠 줄 알면 붙들었지 나가시게 내버려뒀겠어요."

영주가 깐깐하게 굴자 충우도 지지 않고 도전적으로 나왔다.

"나가시는 것도 못 봤구나? 도대체 뭘 하구 있었길래."

"전화 걸구 있는 동안 없어지셨어요."

"누구하고? 계집애하고 전화질하느라 정신이 팔렸었던 게지? 그치?"

아들은 대꾸하지 않고 휙 돌아서서 가버렸다. 영주는 들입다 쫓아갈 것처럼 몇 걸음 내딛다 말고 집 쪽으로 돌아섰다. 별로 고약하게 군 적이 없는 아들이건만 상습적으로 고약하게 군 것처럼 취급한 게 금방 후회스러웠다. 정말 왜 이런지 모른다고, 그녀는 요즘 자꾸만 아슬아슬해지는 자신의 자제력을 돌이켜보며 위기 의식 같은 걸 느꼈다. 정수리에서 한 움큼이나 되는 흰머리가 억새풀처럼 힘차게 들고일어나는 게 엘리베이터 속 거울에 비쳤다. 반사적으로 박사 학위가 남루처럼 민망하게 느껴졌다. 화장대나 콤팩트의 거울보다 엘리베이터 속의 거울은 인정사정이 없었다. 특히 퇴근길에 볼 때 그러했다. 어깨도, 볼의 살도, 눈썹도, 아침에 드라이해서 한껏 곤두세운 머리도 기진맥진 축 처져 있을 때일수록 그놈의 흰 머리칼은 올올이 들고일어나는 것이었다. 기회 있을 때마다 동생이 비아냥거리는 '언니의 박사 티'였다. 박사 아니라도 오십을 바라보는 나이에 머리가 세기 시작하는 건 흔한 일인데 동생은 볼 때마다 그렇게 놀렸고 영주는 그 소리를 들을 때마다 모욕감을 느꼈다. 집은 비어 있건만 문은 그냥 열렸다. 집 안은 뒤숭숭했다.

지난번 같은 소동 없이 돌아오셔야 할 텐데. 어머니가 건망증이 심상치 않다고 느끼기 시작한 것은 어제오늘의 일이 아니었다. 이 아파트로 이사 온 게 작년인데 그전부터였으니까. 슈퍼에 갔다가도 동호수를 잊어버려서 헤매는 일이 가끔 있었다. 그러나 워낙 오래 살던 단지라 누군가가 데려다주기도 했고 수위 아저씨가 알아보고 인터폰을 넣어주기도 했다. 또 늘 그런 것도 아니고 다시 멀쩡해져서 당신이 그랬었다는 걸 믿지 못해하거나 화를 낼 적도 있었다. 그러나 이 아파트로 이사하고 나서 미처 집정리도 안 됐을 적에 있었던 일은 그런 일상적인 것하고는 달랐다. 새벽에 아무도 일어나기 전에 집을 나간 어머니를 찾은 건 그날 밤 자정이 넘어서였다. 찾고 보니 어머니는 그냥 나간 게 아니라 계획적인 가출이었다. 놀랍게도 조그만 보따리와 그동안 어디다 꿍쳐놓았던지 꼬깃꼬깃한 용돈까지 챙겨 갖고 있었다. 더욱 기가 찬 것은 고속도로 순찰대가 노인을 발견한 곳이 의왕터널이었다는 것이다. 영주네가 이사 온 아파트는 둔촌동이었다. 거기까지 걸어서 간 것인지 무엇을 타고 간 것인지를 어머니한테 상기시키는 건 불가능했다. 그냥 횡설수설했다. 연락을 받고는 너무 기뻐서 식구들이 몽땅 정신없이 달려갔다. 특히 정이 많은 경아는 보따리를 가슴에 부둥켜안고 텅 빈 시선으로 식구들을 바라보는 할머니 품에 뛰어들어 엉엉 울음을 터뜨렸다. 충우도 할머니의 어깨를 뒤에서 안으면서 볼을 비볐고 남편은 윗도리를 벗어서 가을밤 기온에 으스스 떨고 있는 노인의 어깨에 걸쳐주면서 순찰대한테 몇 번이나 고개를 숙여 고맙다는 인사를 했다.

영주는 좀 비켜서서 움직이지 않았다. 마음이 차갑게 얼어붙는 걸 그녀 자신도 임의로 할 수 없었다. 아이들이 엉겨붙자 텅 빈 어머니의 얼굴에 차차 표정이 돌아왔다. 그리고 "아이고 내 새끼들, 쯧쯧 어디 갔다 이제야 왔누" 하면서 마주 엉겨붙었다. 어머니의 얼굴이 점점 곱게 펴졌다. 충우 경아 남매는 어려서부터 할머니한테 그렇게 엉겨붙기를 잘했다. 엄마라고 줄창 맞벌이를 하느라 집에서 아이들한테 어리광을 부릴 만한 기회를 줄 새가 없어서이기도 했지만 할머니가 그걸 좋아한다는 걸 아이들은 저절로 알고 있었기 때문이다. 이제 그만 데면데면하게 굴어도 될 만큼 머리가 커진 후에도 아이들은 할머니가 만든 반찬이 특별히 맛있다든가 저희들이 늦게 들어올 때 안 자고 기다리다가 문 열어주고 먹고 싶은 것까지 챙겨줄 때면 답례처럼 서비스처럼 으레 할머니한테 엉겨붙는 장난을 치곤 하는 것이었다. 그렇다고 아이들에게 계산된 간교함이 있는 건 아니었다. 아이들에게도 노인에게도 행복한 장난 이상도 이하도 아니어서 보고 있으면 절로 미소가 떠오르곤 했다. 남 보기에도 여실히 느껴지는 상호 간의 완벽한 행복감 때문에 슬그머니 샘이 날 적도 있었지만 섣불리 흉내를 내보고 싶어한 적은 한 번도 없었다. 영주는 낳기만 했지 아이들은 순전히 할머니 손에서 자랐다. 노인에겐 그 어렵고도 장한 일을 한 이의 특권이랄까, 침범할 수 없는 당당함이 있었고, 아이들하고의 자연스러움은 거의 동물적이었다. 여북해야 셋이서 그렇게 정답게 굴고 있는 것을 볼 때마다 영주는 어머니의 붉고도 부드러운 혀가 아이들을 핥고 있는 것처럼, 세 몸뚱이 사이를 따숩고 몽실몽실한 털이 감싸고 있는 것처럼 느끼곤 했을까.

그러나 이번엔 달랐다. 가슴이 뭉클해져오는 것까지 자제해야 한다고 생각할 만큼 토라져 있었다. 의왕터널 때문이었다. 노인네를 반기는 태도가 식구들끼리도 이렇게 다른 걸 젊은 순찰대원은 성급하게 고부 갈등으로 짐작한 듯했다.

"이런 효자 아드님 효자 손자들을 두고 왜 집은 나오고 그러세요. 설사 좀 섭섭한 일이 있더라도 노인네가 참으셔야 해요. 세상이 달라졌단 말예요. 이렇게 손자들이 득달같이 달려온 걸 보면 할머닌 복 좋은 줄 아셔요. 알아들으셨죠? 이눔의 세상이 어떻게 된 놈의 세상인지 일부러 부모 내다버리는 자식도 많답니다. 그런 자식이 우리가 연락한다고 찾아오겠어요? 못 믿으시겠지만 연락도 헐 수 없게스리 즈이 살던 데를 싹 옮기는 자식도 있으니까요."

영주는 남편하고 시선이 마주치자 고개를 떨구었다. 나쁜 며느리가 된 것보다 더 면목이 없었다. 순찰대원은 일이 순조롭게 풀린 게 기분좋은 듯 계속해서 명랑하게 떠벌렸다.

"할머니도 꼭 그런 할머닌 줄 알았다니까. 아들네 집에 가야 한다고 보채기는 꼭 고집쟁이 어린애처럼 막무가낸데 아들네 전화번호는커녕 동네 이름도 모르는 척하는 게 영락없이 버림받고 양로원밖에 갈 데가 없는 노인네들이 하는 짓 고대로더라구요. 그러다 어찌어찌 전화번호를 하나 생각해내시길래 걸어보긴 했어도 기대는 안 했어요. 아니나 다를까 그 집엔 그런 분 없다면서 이사 온 지 얼마 안 된다길래 역시나 했지요. 그래도 그 번호가 단서가 되어 어렵사리 댁의 전화를 알아낸 건데 이런 좋은 결과를 맺었으니 참말로 보기 좋습니다."

역시 그랬었구나, 어머니의 목적지는 영주가 짐작한 대로였다. 영주는 말없이 그 자리를 피해 먼저 차로 가서 기다리기로 했다. 그렇게 하는 게 못된 며느리에게 어울릴 것 같아서이기도 했지만 진실이 탄로나는 것을 피하고 싶어서이기도 했다. 남편도 그 점을 이해하고 아들 노릇을 잘해주려니 믿거라 하기로 했다. 어머니도 그걸 바랄지도 모른다고 생각하며 영주는 쓸쓸하게 웃었다.

영주하고 어머니는 고부간이 아니라 모녀간이었다. 그러니까 남편은 어머니의 아들이 아니라 사위였다. 어머니가 언제부터 딸하고 사는 걸 굴욕스럽게 여기게 되었는지 영주도 잘 안다고 할 수는 없었다. 아마 그녀의 남동생이 장가를 들고 나서부터일 것이다. 그때부터 친척이나 친지들이 어머니가 아들네로 안 가는 걸 이상한 눈으로 보기 시작했으니까. 특히 이모들은 딱하게 여기다 못해 불쌍해하려는 낌새까지 드러낼 적이 종종 있었다. "딸네 밥은 서서 먹고 아들네 밥은 앉아서 먹는다는데……" 이러면서 이모들이 쯧쯧 혀를 찰 때마다 영주는 이모들의 우월감에 침을 뱉어주고 싶도록 속이 끓곤 했다. 아들네한테 죽자꾸나 붙어 산다는 것밖엔 어머니보다 나을 것이 조금도 없는 이모들이었다. 소녀 적부터 영주는 장차 화려한 성공을 거두어 어머니를 호강시킬 것을 꿈꿀 때가 가장 살맛이 나고 즐거웠다. 그렇게는 못 되었지만 그렇게 되었다고 해도 어차피 어머니의 행복과는 상관이 없었을 것이라는 생각이 그녀를 참담하게 했다. 그녀는 어머니를 누구보다도 잘 알았다. 자식 밥을 얻어먹기 위해서가 아니라 당신 손으로 자식을 벌어 먹이기 위해 일생 서서 일하면서 터득한 당당함은 어머니만의 자존심일 터였다. 그걸 함부로 능멸한다는 것은 아무리 어머니의 동기간이라 해도 용서할 수가 없었다.

남동생 영탁이는 막내이자 유복자였고 그녀하고는 열세 살이나 나이 차이가 났다. 어머니는 영주 낳은 지 십 년 넘어 아이를 못 갖다가 아우를 본 게 영숙이었고, 영숙이가 돌도 되기 전에 또 아이가 들어서고 그 아이가 태어나기 전에 과부가 되었다. 아버지의 유산이라고는 집 한 채가 다였다. 당시엔 시골 같은 변두리 동네였지만 다행히 대학이 가까워 어머니는 하숙을 쳤다. 그때부터 영주는 하숙집 딸로 불리었고, 하숙집 딸 노릇을 마치 그렇게 태어난 것처럼 잘해냈다. 반찬가게 심부름은 물론 숭늉 심부름을 입에 혀처럼 잘하다가 방방의 연탄도 꺼뜨리지 않고 갈 수 있게 되었고, 고등학교 적부터는 밤늦도록 어머니와 무릎을 맞대고 가계부를 쓰면서 다음날 식단을 짜고 한 달 예산을 세우고 동생들 장래를 걱정하곤 했다. 입시 철이면 메뚜기도 한철이라고 동생들을 독려해가면서 집 안의 방이란 방은 안방까지 내주고 온 식구가 다락에서 새우잠을 잤다. 어머니에게 영주는 딸이라기보다는 동지였다. 함께 일하고 함께 걱정했다. 어머니의 무거운 책임을 덜어주고 싶다는 일념으로 영주는 동생들에게 어머니하고 똑같이 엄하고 짜게 굴긴 했지만 샘을 내거나 경쟁하는 마음은 가져보지 못했다. 여북해야 동생들한테 제까짓 게 뭔데 아버지처럼 군다는 불평까지 들었겠는가.

충우는 혼자서 들어왔다. 풀이 죽어 있었다. 영주는 그럴 줄 안 것처럼 실망하진 않았지만 속에서 불덩어리 같은 게 치밀어 올라와서 벌떡 일어났다.

"엄마 죄송해요."

아들이 놀란 듯이 영주의 어깨를 잡으며 사과를 했다.

"너한테 화내고 있는 게 아니야."

영주는 어머니가 또 의왕터널에 가 있을 것 같고 그게 그렇게 화가 났다. 의왕터널은 남동생네 가는 길이었다. 어머니가 아들네 갈 일은 일 년에 서너 번도 안 됐지만 그때마다 영주의 차로 모시고 갔고, 전에 살던 과천에서도 여기 둔촌동에서도 의왕터널을 거쳐야 했다. 어머니가 아들네에 이르는 길 중 가장 기억할 만한 특징이 있다면 의왕터널밖에 없었다. 과천터널과 의왕터널이 생긴 건 영주네가 과천에 입주한 지 몇 년 돼서였다. 하숙을 치던 넓은 집에서 처음 이사한 아파트였지만 어머니는 잘 적응했다. 일층이어서 마당을 가꿀 수 있는 재미 때문이었는지 이십 평 남짓한 아파트도 답답해하지 않았다. 어머니의 활동 무대는 마당으로부터 청계산으로, 관악산으로, 점차 그 영역을 넓혀갔다. 약수를 하루에도 몇 번씩 길어 날랐고 산나물 하는 데도 선수여서 도시물만 먹은 이웃 노인들이 줄줄이 어머니를 추종했다. 어머니는 약수터 배드민턴 회원이었고 관악 에어로빅 회원에다 청계 노인회원을 겸하고 있었다. 어머니는 당신이 놀던 마당에 굴이 두 개나 생기는 걸 여간 못마땅해하지 않았다. 특히 의왕터널은 당신이 발음이 잘 안 되니까 더 싫어했다. 그 무렵에 마침 의왕터널 지나서 새로 생긴 단지에 영탁네가 입주하게 되었기 때문에 영주는 어머니가 아들네 가고 싶을 때 질러 가라고 생긴 굴이라고 일러드리곤 했다. 그러면 어머니는 활짝 웃으며 편안해지곤 했는데, 실은 어머니의 건망증이 심해져서 집도 잘 못 찾게 된 게 터널이 생길 무렵부터여서 그 소리는 수도 없이 반복되었을 터였다.

"그랴 그랴, 나더러 영탁이네 휘딱 가라고 그 굴을 뚫어줬다구? 시상에 누가 내 마음을 그리 잘 보살펴줬을꼬."

모녀는 그런 소리를 아마 골백번도 더 주고받았을 것이다. 그러나 어머니에게 영탁이네 갈 일은 자주 생기지 않았다. 아무리 아들네라도 초대받지 않고 불쑥 가는 게 아닌 세상이 된 것은 가르쳐주지도 않았건만 알고 있었다.

그날 어떻게 해서 거기까지 이르게 되었는지는 어머니는 끝내 말하지 않았다. 안 한 게 아니라 못 했을 것이다. 의왕터널 외에는 아무 것도 확실하게 입력된 게 없었을 테니까. 둔촌동에서 의왕터널까지 걸어갔다는 게 믿어지지 않았다. 걷기도 하고 타기도 했으리라. 영주는 밖으로 뛰쳐나가려다 말고 들어와서 차 키를 찾았다.

"어디 가시게요?"

"의왕터널."

"또 거길 가셨을라구요."

"그 너머가 바로 외삼촌네니까. 그날 할머니가 거기 계셨다는 건 우연이 아니었잖니?"

"알아요. 그렇지만 과천에서 가깝기 때문일 수도 있어요."

충우가 영주 눈치를 보느라 조심스럽게 말했다. 영주는 과천 소리만 나오면 화를 내기 때문이다. 과천을 향한 노인네의 집착은 영주를 혼란스럽게 했다. 별안간 드러내기 시작한 아들의 보호 밑에 있고 싶다는 갈망은 어쩌면 예정된 것이었다. 이상하다면 그게 너무 늦게 왔다는 것뿐. 이 땅의 모든 어머니들의 유구한 전통이었으니까. 그러나 십 년 넘어 살았다고는 하나 고작 아파트 단지에 지나지 않는 과천에 대한 어머니의 이상한 애착을 영주는 이해할 수가 없었고, 설명할 수 없기 때문에 인정하기도 싫었다.

"할머니가 과천을 좋아하신다면 그건 여기보다 외삼촌네하고 훨씬 더 가깝기 때문이니까 그게 그거야."

영주는 필요 이상 차갑게 잘라 말했다.

"그렇게 외삼촌한테 신경을 쓰실 거면 모셔오긴 뭣 하러 모셔오셨어요?"

"얘 좀 봐. 너 말하는 투가 할머니를 꼭 남의 식구처럼 여기고 있잖아."

"어머니 고정하세요. 그렇게 생각하는 건 오히려 어머니 쪽이에요. 정말 왜 그러세요. 어머니답지 않게."

"괜히 모셔왔나 봐. 아니 모셔온 것만 못해. 또 거기 가 계신다고 해도 이번엔 외눈 하나 까딱 안 할 거야."

"아무튼 나가신 지 한 시간도 안 됐어요. 그동안에 무슨 수로 거길 가셨겠어요."

"설마 그때 할머니가 걸어서 거기까지 가셨겠니?"

"그날 할머니 발 생각 안 나세요?"

충우가 약간 이맛살을 찌푸리며 말했다. 온통 으깨지고 물집이 잡힌 발을 더운물에 담그게 하고는 운 생각이 났다. 분하긴 또 왜 그렇게 분했던지. 어머니에게 아들네 집은 얼마나 요원했을까? 그 아득함과 그러함에도 불구하고 이르고야 말겠다는 어머니의 집념이 그 무참하게 으깨진 발가락에 고스란히 드러나 있었다. 그게 안쓰럽고도 징그러워 영주는 잠을 이루지 못했다. 그날 밤을 뜬눈으로 샌 영주는 다음날 영탁이를 불러 어머니를 모셔갈 수 있나를 타진했다. 타진이라기보다는 애원이었을 것이다. 영탁이는 장가들기 전부터 어머니는 자기가 모실 거라고 큰소리를 쳤었다. 영주도 그럴 것 없다고 못 박지는 않았지만 내심 대견했었다. 언젠가는 어머니를 모셔갔으면 해서가 아니라 내 어머니만은 이 자식 저 자식에게 치이는 천덕꾸러기가 안 될 것 같은 게 고마워서였다. 그 정도면 어머니는 충분히 귀하신 몸일 터인데도 왜 애원 조로 굴고 있는지, 영주는 자신의 태도가 못마땅했지만 바로잡아지지가 않았다. 처음부터 그녀가 기대한 것하고는 전혀 다르게 나오는 영탁이의 태도 때문이었을 것이다. 감정을 드러내지 않고 듣기만 하고 나서도 한참 동안이나 우물쭈물하다가 겨우 한다는 소리가 "누나도 별수 없구려"였다. 야유하는 투였다. 무슨 뜻인지 모를 소리였다. 그러나 여간 불쾌하지가 않았음에도 불구하고 한마디도 반박을 못했다. 노후를 아들에게 의탁하지 못하는 것을 제일 불쌍하고 떳떳지 못하게 여기는 사회적 통념에 결국은 동의하고 만 자신이 싫었기 때문에 불쾌한 꼴을 당해도 싸다 싶었나 보다.

"애 엄마하고 의논해보고 연락 드릴게요."

그렇게 나오는 데는 한마디 안 할 수가 없었다.

"네 생각을 말해. 난 그게 듣고 싶어."

"노인네를 모시는 건 여자 아뉴? 나도 명령은 할 수 있어요. 그렇지만 그러고 싶지 않아요."

영탁이는 몇 해 연애하던 여자와 결혼해 아들딸 낳고 재미나게 살고 있었다. 어머니가 군더더기가 될 건 뻔했다. 군더더기를 받아들이려면 마음의 준비뿐 아니라 실제적 준비도 필요하다는 것을 이해해야 한다고 생각하면서도, 그러고 간 후 함흥차사인 동생을 괘씸하게 여기느라 영주의 심사는 내내 불편했다. 명색이 장남이 어쩌면 그럴 수 있을까? 용서할 수 없는 심정은 내가 어쩌면 이럴 수 있을까 하는 자책과 오락가락해서 자신도 누굴 탓하고 있는지 종잡을 수 없을 지경이었다. 더 참기 어려운 것은 어머니의 달라진 모습이었다. 듣기 좋으라고 그랬는지, 정말 그럴 작정이었는지 영탁이가 어머니한테 곧 모시러 오마고 약속하고 떠난 게 화근이었다. 어머니는 이제 공공연히 보따리를 싸놓고 안절부절을 못했다. "우리 아들이 데리러 온댔는데, 야아가 왜 이렇게 늦나" 걸핏하면 이렇게 중얼거리면서 대합실에 발을 묶인 사람처럼 초조하게 창밖만 내다보기도 하고, 강하게 밀어내는 시선으로 집안 식구를 대하기도 했다. 참다못해 영주가 먼저 올케하고 직접 담판을 해서 어머니를 모셔가도록 했다.

그러나 어머니는 영탁이네서 석 달도 못 버티고 둔촌동으로 돌아오고 말았다. 실은 버티고 말 것도 없었다. 어머니는 하루하루 자신의 의지라는 걸 상실해갔으니까. 못 버틴 건 어머니가 아니라 영주였다.

어머니를 그렇게 떠맡기다시피 한 영주는 매일매일 문안 전화를 안 할 수가 없었고 어머니는 그럴 적마다 야아, 나 과천 갈란다. 과천 좀 데려다주려무나. 그 말밖에 안 했다. 그 말이 그렇게 애절하게 들릴 수가 없었다. 과천은 영주네가 둔촌동으로 오기 전에 살던 동네였기 때문에 영탁이나 그의 처는 그 말을 딸네로 가고 싶다는 소리와 같은 뜻으로 알아듣는 듯했다. 그러나 두 내외가 다 영주한테 모셔가란 소리는 죽어도 안 할 것처럼 깔끔하게 굴었다. 동생 내외한테서 모셔가란 소리가 안 나오는 게 오히려 야속할 만큼 영주는 어머니가 거기 계신 게 불안했다. 어머니를 동생네로 보내고 하루도 마음 편한 날이 없었던 것은 영주도 어머니의 과천 상성을 딸네 집으로 다시 오고 싶다는 소리로 알아들었기 때문이었다. 장녀로서 동지로서 어머니와 함께해온 수많은 세월을 잊지 않고서는 차마 못 들은 척할 순 없는 애소였다. 그러나 영주는 주리 참듯 참았다. 너희들이 다시 모셔가라고 빌면 모를까, 내 입에서 먼저 모셔오겠다는 소리가 나올 줄 알구, 하는 영주의 앙심과, 한번 모셔온 이상 누나가 애걸복걸하면 모를까 다시 어머니를 내주는 일이 있어서는 안 된다는 영탁이의 고집은 상반된 것 같으면서도 실은 같은 것이었다. 그들이 모시고자 한 것은 어머니가 아니라, 아들이 있는데도 딸네에 의탁하거나 거기서 죽는 것은 절대로 해서는 안 되는 치욕이라는, 관념이었으니까.

아들과 딸의 이런 보이지 않는 버티기를 아는지 모르는지 어머니의 여기 있으면 저기 있고 싶고 저기 있으면 여기 있고 싶은 증세는 하루하루 더해갔다. 어머니에게는 이미 아들이냐 딸이냐는 그닥 중요하지 않았다. 여기도 아닌 저기도 아닌 데가 과천이었다. 어머니는 겉으로는 지능이 퇴화하는 것처럼 보였지만 발달하고 있는지도 몰랐다. 치사하게 아들네서 딸네로, 딸네서 아들네로 보따리처럼 옮겨다니느니 여기도 아닌 저기도 아닌 과천이란 완충 지대를 만들어놓고 거기 보내달라고 보채고 있으니 말이다. 아들네서도 마침내 가출이 시작됐다. 그러나 영탁이 처가 어떻게 사전 조치를 철저히 해놓았는지 어머니의 탈출은 번번이 그 단지 안을 벗어나지 못했다. 그녀는 그 단지의 부녀회장이어서 발이 넓을 뿐만 아니라 지능적이었다. 그녀는 어머니에게 도저히 외출할 수 없는 옷을 입혀놓았는데 멀리 못 가게 하기 위해 그럴 수밖에 없다는 것이었다. 잠옷이나 고쟁이 바람의 어머니의 외출은 아이들 눈에도 즉각 띄게 돼 있었고, 눈에 띄었다 하면 경비 아저씨한테 즉시 연락이 가도록 돼 있었다. 그런 모습으로는 그 단지는커녕 아마 자기네 동(棟) 경비 눈도 벗어나본 적이 없었을 것이다. 그래도 어머니의 탈출 시도가 계속되자 영탁이네 현관문엔 자물쇠가 하나 더 달리게 되었다. 보통 아파트 현관문은 밖에서 잠가도 안에서 여는 데는 지장이 없이 돼 있건만 그 집에는 나가는 사람이 밖에서만 잠그고 열 수 있는 장치가 추가된 것이었다. 영주가 그걸 보고 언짢아하자 식구들이 다들 외출할 때는 그럼 어쩌란 말이냐고, 영탁이 처는 유리알처럼 정 없이 빠안한 시선으로 대드는 것이었다. 하긴 노인네를 지킬 사람을 따로 고용하지 않는 한 그런 장치는 불가피할지도 몰랐다. 영주 보기에 영탁이 처가 하는 일은 나무랄 데 없이 완벽했다. 영주는 그녀의 완벽함이 무서웠고, 영주보다 몇 배 더 무서워하며 왜소하고 황폐해지는 어머니의 비명이 들리는 듯하여 섬뜩해지곤 했다. 거기까지는 그래도 참아줄 수가 있었지만 며칠 만에 자물쇠가 하나 더 추가되었는데 어머니를 방 안에만 계시도록 하기 위한 방 자물쇠였다. 집 밖에 절대로 나갈 수 없다는 걸 납득하고 난 어머니는 혼잣말을 중얼대며 온종일 집 안의 문이란 문을 있는 대로 열어보면서 왔다 갔다 하는 게 일이니 어쩌겠느냐는 것이었다. 열어본 문을 화장실이나 광문까지 열고 또 열어보면서 이 방 저 방을 기웃대려니 어머니 눈엔 그 집엔 헤아릴 수 없이 많은 방이 있는 것처럼 보였을 것이다.

"여기도 방이 있네, 여기도 방이잖아? 무슨 집이 이렇게 방이 많담, 비워두다니 아까워라. 망할 놈의 여편네 같으니라구, 세나 주지 않구."

이렇게 중얼대면서 온종일 쏘다니는 걸 참다 못한 동생의 댁이 마침내 어머니를 방 안에 가둔 것이다.

"저도 오죽해야 그랬겠어요. 신경이 써져서 살 수가 있어야죠."

그 노릇이 얼마나 못 할 노릇이었나는 그녀의 여위고 스산해진 모습만 봐도 알 수가 있었다. 그러나 영주는 서로의 인격을 죽자꾸나 부정하는 이 무서운 싸움을 짐짓 신경이 써질 뿐이라는 식으로 대수롭지 않게 표현하는 동생의 댁을 가증스러워하는 것만으로도 숨이 찼다. 이제 영주는 그들이 사이가 나아지길 기대하기보다는 빨리 그쪽에서 더는 못 모시겠다고 두 손을 번쩍 들기를 이제나저제나 바라고 있는 형국이었다. 그러나 그것조차 여의치 않았다.

영주가 어머니를 뵈러 간 날이었다. 언제나처럼 동생의 댁은 감정을 드러내지 않는 냉정한 얼굴로 맞이하고 영주는 너무 자주 드나들어 미안하다는 표정을 만면에 띠고 들어갔다. 동생의 댁은 차까지 끓여 오면서도 어머니 방 문을 열어주지 않았다.

"어머니는 낮잠을 주무시나?"

"궁금하시면 베란다 쪽으로 나가셔서 창문으로 들여다보시죠?"

"아니 그게 무슨 소리야? 이젠 방문 열어주기도 귀찮아? 해도 너무하는구먼."

"저도 어머님한테 배웠어요."

동생의 댁이 처음으로 눈물을 보이면서 푸념을 했다. 어머니의 증세는 요새 부쩍 더 심해져서 낮에는 물론 밤에도 창문을 통해 베란다로 나와서 아들 며느리 방을 들여다본다는 것이었다.

"그러다 저하고 눈이라도 마주치면 댁은 뉘시우? 하고 물으실 때 제 기분이 어떤 줄 아세요?"

그녀는 그 기분이라는 것을 더는 설명하지 않았다. 그래도 영주에겐 그녀가 얼마나 진저리를 치고 있나 여실히 느껴졌다. 분노와 모멸감으로 심장이 옥죄는 듯했다. 이윽고 영주는 베란다로 나가서 어머니의 방을 엿보았다. 어머니는 벽에 걸린 거울 속의 늙은이를 노려보면서 "댁은 뉘시우? 응? 저리 비켜요. 썩 물러나지 못할까" 연방 발을 구르고 있었다. 어머니가 거울의 노파가 누군지 못 알아보는 것처럼 영주는 방 안에 갇힌 늙은이가 어머니라는 걸 인정할 수가 없었다. 그동안 더 야위거나 추비해진 건 아니었다. 노인네에 어울리는 편안한 옷을 입고 있어서 속고쟁이 바람으로 있을 때보다 오히려 더 단정해 보였다. 그러나 영주는 어머니의 눈빛이 그렇게 방어적인 걸 본 적이 없었다. 문 열어놓고 사는 집처럼 편안한 어머니였는데…… 눈빛뿐만 아니었다. 그 조그만 몸이 누가 툭 건드리기만 해도 당장 물어뜯으며 덤벼들 것처럼 긴장해서 털끝까지 곤두서 있다는 걸 자기 몸처럼 느낄 수가 있었다. 어머니 혼자서 대항하기에는 이 세상은 얼마나 끔찍한 세상이었을까.

　영주는 동생의 댁한테 문을 열어달랄 것 없이 베란다로 난 문을 통해 안으로 들어갔다. 어머니는 뉘시오? 묻지도 않고 덤비지도 않고 방구석에 가서 붙어 섰다. 혼자 갈고 닦은 적개심만으로는 도저히 대항할 수 없는 거인을 만난 것처럼 어머니는 두려워하고 있었다. 영주는 어머니를 안았다. 나쁘지 않은 비누 냄새가 났다. 방 안도 간소하지만 정결했다. 벽에는 풍경화까지 두어 점 걸려 있었다. 화장실까지 딸린 방이면 아파트에선 안방에 해당할 터였다. 처음부터 동생네가 어머니에게 그 방을 내준 걸 영주는 여간 고맙게 여기지 않았었다. 그 기분을 유지해야 된다고 생각했다. 영주는 품안에 들게 작은 어머니의 등을 토닥거리다가 살살 쓰다듬기 시작했다. 영주가 지금 쓰다듬고 있는 건 어머니가 아니라 자신 안에서 곤두서려는 분노일 수도 있었다. 어머니를 자기 집으로 모셔가야 한다고 생각했지만 동생의 댁한테 좋은 말로 그 얘기를 해야지 절대로 얼굴을 붉히거나 해서는 안 된다고 생각했다. 동생은 지금 거기 없었지만 괘씸한 생각이 별로 안 들었다. 어머니와 아내 사이에서 겪었을 그의 마음 고생이 어떠했으리라는 것은 헤아리고도 남았다. 나이 차이 때문만이 아니라 태어날 때부터 아버지 없이 태어난 불쌍한 것을 남부럽지 않게 길러내야 한다는 중책을 어머니와 함께 나눠 졌던 세월 때문에 그녀의 동생에 대한 느낌은 동기간의 우애라기보다는 모성애에 가까웠다. 영주는 어머니가 답답해할 때까지 오래 어머니를 쓰다듬고 있었다. 자신의 분심을 억제하기가 그만큼 어려웠던 것이다.

　그렇게 해서 다시 둔촌동으로 모셔온 어머니는 믿을 수 없을 정도로 빠르게 그전의 모습을 회복해갔다. 돌아오는 차 속에서 벌써 남을 무조건 의심하고 경계하는 방어적인 눈빛과 몸짓은 사라진 뒤여서 식구들은 아무도 할머니가 더 나빠졌다고 생각하지 않고 나들이에서 돌아오는 분 맞듯이 했다. 영주도 내가 혹시 잘못 본 게 아닐까, 동생의 댁을 덮어놓고 밉보려는 고약한 시누이 근성 때문에 그리 보였던 건 아닐까, 은근히 자책까지 할 지경이었다. 그래도 가장 경계해야 할 것이 가출인 것은 그때나 이때나 변함이 없는지라 어머니 혼자서 집을 보게 하는 일이 없도록 했다. 전업 주부가 없는 집에서는 그게 가장 어려웠다. 고 2짜리 경아는 빼주고 영주하고 충우가 강의가 없는 날은 서로 당번을 서기로 했지만 그것만으로는 어림도 없었다. 사이사이 파출부를 쓰기도 하고 이모들이 와서 봐주기도 했지만 어머니가 다시 쉬엄쉬엄 집안일을 거들기 시작하고부터는 그나마 조금씩 허술해지던 중이었다. 집안일이래야 별것도 아니었다. 콩나물을 다듬어준다거나, 도라지를 찢어준다거나, 버섯이나 고사리를 보고 이건 우리나라 산이 아니라고 분별해주는 정도였다. 그래도 그런 것도 안 시키면 죽으면 썩을 몸 놀면 뭐 하냐고 섭섭해했다. 영주는 어머니 입에서 그 말을 다시 듣게 된 게 그렇게 기쁠 수가 없었다. 하숙 칠 때 어머니가 가장 자주 하던 소리였다. 그 소리를 들으면 마치 어린 날, 늦도록 기다리던 나들이 간 어머니가 저만치 부우연 어둠 속에 나타나는 걸 보고 뛰어가 치마폭에 안겼을 때처럼 마음이 놓이고 푸근해졌다. 더 좋은 건 빨래 개키는 솜씨가 돌아온 거였다. 어머니는 빨래가 약간 축축할 때 걷어다가 어찌나 정성을 들여 반듯하게 펴서 개키는지 내복도 꼭 다림질해놓은 것 같았다. 그건 아무도 흉내낼 수 없는 어머니만의 솜씨였다. 어머니의 손은 아직도 든든하고 예뻤다. 아, 아, 빨래를 꼭 다림질해놓은 것처럼 개키는 우리 엄마 손, 이러면서 어머니 손을 어루만지고 있노라면 경배하며 입 맞추고 싶은 따뜻한 충동에 사로잡히곤 했다.

그렇다고 들락날락하는 기억력까지 회복된 건 아닌데도 마음을 너무 놓았었나 보다. 정 아쉬울 때는 어머니를 혼자 두고 집을 비울 때도 종종 있었다. 이모들한테 번번이 부탁하는 게 미안하기도 했지만 이모들은 무슨 말끝에고 반드시 죽을 때는 아들네서 죽어야 제대로 된 팔자라는 걸 어머니한테 입력을 시키고 말 것 같아서였다. 이미 확고하게 입력된 관념이 지워졌다고 믿는 건 아니지만 최소한 잠재된 걸 이르집는 짓은 삼가고 볼 일이었다.

3

그 집 처마 밑에 온통 연등이 달렸다.

그 집에 절 표시와 천개사 포교원이라는 간판이 달리고 난 지 몇 달 만이었다. 연등으로 처마 밑을 뒤란까지 두르고 나서도 남아 마당

위에다 줄을 매고도 달아놓았다. 포교원 간판이 붙고 나서 처음 맞는 사월 초파일이었다. 원주민 동네에서 바라보면 연등은 분홍빛 풍선 뭉치처럼 보여서 어느 순간 그 집을 매달고 둥실 승천하는 게 아닌가 하는 기대감을 불러일으켰다. 그런 기대는 허황하지만 기쁨에 충만한 거여서 동네 전체에 축제 분위기를 훈풍처럼 실어왔다. 연등이 달리기 전부터도 동네 사람은 그 집에 절 간판이 붙은 걸 보고 괜히 좋아했었다. 그러나 그 동네에 그 절의 신도는 한 사람도 없었다. 점도 치러 다니고 절에 치성도 드리러 다니면서 신앙이 불교라고 생각하는 집은 그 동네 가구 중 아마 반도 넘을 테지만 그 절의 신도는 한 사람도 없었다. 그런데도 그 집에 연등이 그렇게 많이 달린 걸 보자 생긴 지 얼마 되지도 않은 절에 신도가 꽤 많구나 싶어 기뻐해주고 싶었던 것이다. 남이 잘되는 걸 별로 좋아해본 적이 없는 마을 사람답지 않았다. 그 집이 절집이 되기 전엔 점집이었기 때문에 더 그런지도 몰랐다. 동네 사람들은 점집보다 절집이 격이 높다고 생각했고, 아이들 교육상도 절집이 나을 듯했다. 그렇다고 그 집이 점집이었을 적에 마을 사람들이 배타적으로 군 것은 아니다. 따돌릴 것도 없이 그 집의 위치 자체가 마을로부터 배타적으로 돼 있었다. 낯선 사람이 그 동네에 들어와 처녀점집이 어디냐고 물으면 저어기 저 옛날 집일 거라고 벌판 너머를 가르쳐주곤 했다. 간판이나 깃발 따위 점집의 표시는 없었지만 그 집이 점집이라는 걸 모르는 마을 사람은 없었다. 또한 그 집에선 처녀가 점을 치고 있겠구나 하는 것도 외부 사람들이 그렇게 물으니까 그러려니 할 뿐 그 처녀 점쟁이가 예쁜지 미운지,

용한지 돌팔이인지 아는 사람도 있는 것 같지 않았다. 원주민 동네 사람 중 태반은 하는 일이 뜻대로 안 돼 무꾸리들을 잘 다녔고, 그게 유일한 취미인 사람까지 있었지만 그 집에 가서 점을 쳤다는 이는 아직 한 사람도 없었다. 고향에서 인정을 못 받기는 비단 예수님만이 아닌 모양이다.

파일날도 동네 아이들만이 그 집 앞으로 몰려가 안을 기웃댔다. 바람에도 가벼운 것이 먼저 날리듯이 축제 분위기에도 아이들이 덩달아 들떴을 뿐 그 동네 어른들은 끄떡도 안 했다. 파일날을 명절로 쇠는 집도 아마 각각 다니던 머나먼 절을 찾아 전철로 버스로 나들이를 떠났을 것이다. 그 집 대문은 활짝 열려 있었고 분합문 안엔 금빛 부처님이 비단 방석에 앉아 은은한 미소를 짓고 있었다. 많은 신도들이 자기네 식구 이름을 꼬리표로 달고 있는 연등이 어디 있는지 찾아보느라 부산했다. 그들이 차려입은 색색가지 비단 한복이 보기 좋았다.

그 절 스님은 비구니였다. 그 집이 점집이었을 적에 처녀 점쟁이와 지금의 비구니는 같은 사람이었다. 부처님까지도 처녀 점쟁이가 모시던 부처님과 같은 부처님이었다. 다만 절 표시를 붙일 무렵에 금빛이 좀 더 찬란해졌을 뿐. 도금을 새로 했으니까. 신도들도 대부분 그 집이 점집이었을 적부터의 단골들이었고 새로운 신도들이 생겨봤댔자 점집 단골들한테 그 집 부처님이 영험하다는 소문을 듣고 솔깃해진 이들이었다. 단골이자 신도들은 처녀 점쟁이가 스님이 된 데 대해 조금도 이상해하거나 뜨악해하지 않았다. 점쟁이였을 적에도 그

처녀는 부처님을 모시고 있었고, 처녀의 투시력이나 예언 능력이 부처님으로부터 온다고 믿기는 마찬가지였으니까. 점집이었을 적에 단골들이 점을 치러 오면 으레 부처님한테 먼저 절을 하고 나서 점을 쳤고, 점을 다 친 후 또 한 번 부처님한테 절을 하고 물러나는 절차도 절집이 됐다고 해서 달라지지 않았다. 그때나 이때나 신도들은 그녀의 무심히 던지는 것처럼 툭툭 내뱉는 한두 마디에서 남편의 영화나 자식의 출세와 관계되는 영감을 얻으려는 열망 때문에 그 집을 찾기는 마찬가지였다. 그리고 그녀가 영험한 걸 부처님이 영험한 것과 동일시했기 때문에 그녀가 점쟁이였을 적에 깍듯이 보살님이라고 불렀던 것처럼 비구니가 된 그녀를 자연스님이라고 부르는 데 전혀 거부감을 느끼지 않았다.

달라진 게 있다면 한 달에 한 번 법문을 듣는 날이 따로 생긴 것이다. 법문은 천개사에서 내려온 노스님이 했다. 파일이나 설, 칠석 등 이름 붙은 날이나, 망인의 사십구재 등, 간혹 신도들이 부탁해서 불공을 드릴 일이 있는 날도 천개사 스님이 내려왔다. 그러나 그 절집 신도들은 그 천개사라는 절이 어디 있는지 알지 못했다. 자연스님이 어렵게 대하고, 또 내려오신다는 표현을 쓰니까 머나먼 곳에 있는 수려한 산속의 절을 연상할 수 있을 뿐이었다. 그러나 신도들은 그 천개사 스님을 별로 탐탁하게 여기지 않았다. 나이에 걸맞은 관록은 있어 보였으나 예언 능력을 나타낸 적은 거의 없었다. 신도 중에는 신분을 숨기고 싶어하는 고위층의 사모님도 간혹 있었는데, 그걸 알아보는 능력 하나는 뛰어나다는 것이 신도 사이의 중론이었다. 그런 능력이란 신도 사이의 친목을 해칠지언정 스스로의 권위를 위해서는 결코 득될 게 없었다. 요컨대 신도들은 그 법문 스님을 점집에서 절집으로 변화하는 시기에 있어야 하는 구색 정도로 봐주고 있는 셈이어서 하루빨리 자연스님이 염불을 잘하게 되길 바랐다. 자연스님이 직접 그렇게 말한 적이 없는데도 스님은 지금 불교 배우는 대학에 가려고 공부 중이라고 신도들 사이에 알려지고 있었다.

아직 천개사에서 법문 스님이 내려오기 전이었지만 큰 가마솥이 걸린 부엌에선 음식 장만이 한창이었다. 온갖 과일과 유과와 떡집에서 맞춰온 편과 절편도 부엌에 붙은 찬마루에 즐비했다. 파일이니까 신도들에게 점심은 물론 저녁 밤참까지도 대접할 준비였다. 국 끓이고 나물 무치는 일손도 충분했다. 총지휘를 하는 마금네의 음성은 일흔이 다 된 나이가 믿어지지 않을 만큼 기름지고 극성맞았다. 마금이는 자연스님의 속명이자 호적상의 이름이었다. 마금네가 마금이를 낳고 나서 오늘처럼 행복하고 의기양양한 날은 아마 처음일 것이다. 마금네는 명령만 하고 일은 며느리들이 도맡아 하고 있었다. 마금네가 발기만 써주면 서울의 도매 시장까지 득달같이 달려가서 장을 봐 오는 사위도 있었다. 이대로 이 영업이 번창을 하면 아마 이삼 년 안에 이 집을 헐고 크게 짓든지 천개사와는 따로 어디다 절터를 장만하든지 해야 될 것이다. 생각만 해도 어깨가 으쓱했다. 마금네가 그 집을 둘러보는 시선은 탐욕스럽고도 그득했다. 켕기는 구석도 없지 않았다. 흉가를 복가로 탈바꿈시켜 지금 한창 불 일어나듯이 일어나려는 판에 집에 손을 댄다는 것은 복을 쫓는 일이 되는 게 아닐까, 삼가는 마음 때문이었다. 그러나 치미는 욕심이란 늘 삼가는 마음보다 우세하기 마련이다. 오늘 이 좋은 날을 기해 이 자리에 법당을 짓자는 불사를 일으키기로 신도 중 오래된 단골들과 법문 스님과 대강의 합의를 보았으니 반은 성사가 된 거나 마찬가지였다. 마금네가 사람의 마음에 위안과 희망을 주는 이런 사업에 눈을 뜬 지 오래됐다고는 할 수 없어도 확실하게 터득한 것은, 돈 버는 데 있어서 이 사업만큼 땅 짚고 헤엄치기도 없거니와 시작이 반이라는 소리가 그대로 들어맞는 사업도 없다는 사실이다.

마금네는 찬마루에 지키고 앉아 잔소리를 하는 한편 오늘 인등 시주로 들어온 돈, 오늘 안에 불전으로 더 들어올 돈 등을 대충 머릿속으로 굴리기에 바빴다. 그녀의 표정은 싱글벙글했다 시뜩했다 변덕스럽게 변했다. 마침내 궤도에 오른 사업이 꿈인가 생신가 대견하면서도 오늘 같은 날이면 돈을 주체를 못해 가마니에다 발로 꿀꿀 눌러 담는다고 소문난 어느 큰 절에 비하면 아무것도 아닌 것 같아 속이 부글거리곤 했다.

자연스님의 방심한 듯 흐릿한 표정도 못마땅했다. 모녀간에 손발이 잘 맞아야 이 사업이 번창한다는 걸 아는지 모르는지, 손발은커녕 눈길 한번 맞추려 들지 않는 딸이 아니꼬워 죽겠는 걸 참자니 그도 못 할 노릇이었다. 지가 뉘 덕으로 이만큼 됐는데, 그 천덕꾸러기가 용 됐다고 감히 이 에미를 업신여겨? 그러나 딸이 그럴 만한 까닭도 충분히 있었기 때문에 안 보는 데서는 눈을 흘기다가도 마주치면 엉

너리를 치곤 했다. 그건 그녀도 할 노릇이 아니었지만 딸 역시도 그런 까닭으로 해서 피하려 드는지도 몰랐다. 그러니까 서로 눈도 안 마주치려는 건 모녀간의 묵계 같은 거여서 마금네가 이 집에 드나드는 건 법회나 불공이 들 때뿐이지 평상시에는 자연스님 혼자서 지내도록 내버려두었다. 그러나 처녀 점쟁이일 때나 자연스님일 때나 그녀가 그 집안의 유일한 돈줄인 건 변함이 없었다. 딸은 어머니하고 눈뿐 아니라 입도 잘 어울리려 들지 않았지만 돈주머니는 어머니가 수시로 마음대로 쓰도록 간여하지 않았다. 그녀는 자기가 하루 얼마를 버는지 알지 못했다. 그것을 계산하기 시작하면 식구들과 말을 주고받아야 되기 때문에 그걸 피하려고 스스로를 그렇게 버릇 들이고 있는지도 몰랐다. 그녀는 그 집안의 밥줄이고, 그녀 돈은 마금네 돈이고, 마금네 돈은 마금네 돈이었다.

마금네야말로 그 동네의 진짜 토박이였다. 그 집의 선사 시대까지 알고 있었으니까. 그러나 지금 그녀는 원주민 동네에 살고 있지 않았다. 원주민 동네를 눈에 거슬리는 풍경처럼 굽어보는 아파트에 살고 있었다. 마금네는 아파트도 원주민 동네도 생겨나기 전 그 동네가 농촌이었을 무렵 거기 어디서 태어나서 거기 어디로 시집가서 고달프고 어렵게 살았다. 그때부터도 그 집은 들판 한가운데 있었다. 마금네는 그 집보다 훨씬 못한 집에 태어나서 친정보다 더 못한 데로 시집가서 살았고 그 집하고는 아무런 관계도 없었다. 육이오 난리 통에 처음으로 그 동네를 떠났다 돌아와보니 마을은 많이 변해 있었다. 인구의 이동도 심했고 빈집도 많았다. 그 집은 그동안 더 몹시 퇴락한 채로 남아 있었지만 비어 있었다. 주인이 부역을 얼마나 몹시 했는지 가족들이 몰살을 당했다고 한다. 원한을 산 사람한테 죽임을 당한 장소가 그 집이었다고 해서 알 만한 사람은 흉가라고 그 집 앞으로 갈 일도 돌아 다녔다. 가끔 거지들의 소굴이 되기도 했다. 집은 점점 흉흉해졌다. 육이오 때 일을 기억하는 사람들이 하나도 안 남아날 만큼 세월도 가고 주민의 변동도 많았건만 그 집이 흉가라는 건 더욱 과장되게 전해져 내려왔다. 마금네는 과수원 날품팔이꾼 남편과의 사이에서 아이를 오남매나 낳아 기르면서 그 동네를 못 떠났고 그동안 한 번도 제 집을 가져본 적이 없지만 그 집을 단 하룻밤의 편한 잠을 위해서도 눈독 들인 적이 없었다. 그 집은 흉가일 뿐 집이 아니었다.

그 흉가에서 어느 날부터인가 가냘픈 연기가 오르기 시작했다. 또 지나가던 거지가 들었나 보다 하는 관심조차 갖는 이가 없었다. 그때는 미처 원주민 동네도 생겨나기 전이었다. 벌판과 과수원에 드문드문 집이 있긴 해도 농촌이 피폐해질 조짐은 완연했다. 그렇지만 그쪽 땅까지 금싸라기 땅이 되리라는 건 아무도 예측하지 못할 때였다. 그 집의 겉모양까지 사람 사는 집 티가 나기 시작할 무렵 그 집을 주목하기 시작한 게 마금네였다. 그 집에 들어와 살기 시작한 이가 몰살을 당한 주인의 살아남은 동생이라는 걸 알아볼 수 있는 사람은 마금네밖에 없었다. 육이오 때 청년이었던 그는 형 일가가 몰살당하는 걸 목격하고 충격을 받기도 하고 달리 의탁할 가족도 없고 하여 절로 들어가 이십 년 가까이 수도 생활을 하다가 환속을 한 거였다. 마금네는 처음부터 그를 해코지할 구체적인 계획이 있는 것은 아니었지만, 그의 정체를 알고 있다는 건 생각만 해도 근질근질했다. 언젠가는 요긴하게 써먹을 데가 있을 것 같은 막연한 예감 때문이었다. 그 근처 땅값도 만만치 않아지기 시작할 때와 맞물려서 그 집을 지켜보는 마금네의 마음은 날로 팽팽해졌다. 젊음을 절에서 보낸 사내가 어느 날 느닷없이 절을 등진 것은 속세에서 먹고 살 수 있는 길이 기다리고 있어서는 아닌 듯했다. 그 집에 선원(禪院) 간판이 붙었다. 절에서 만든 인간관계도 꽤 쏠쏠했던 듯 지식인풍의 남자들이 발길이 빈번하달 순 없어도 꾸준히 이어졌다. 마금네와 남편이 허드렛일을 거든다고 드나들면서 그 사람들이 한문이나 불경 공부를 하러 온다는 걸 알 수 있었다. 다달이 정기적으로 제법 많은 사람의 모임이 있는 날도 있었다. 마금네는 식구도 덜 겸 겨우 국민학교를 졸업한 마금이를 그 집에 잔심부름꾼으로 들여보냈다. 입에 풀칠도 어려운 때이기도 했지만 중학교도 못 보낼 바엔 기술이라도 가르쳐야 마땅하련만, 계집애가 어려서부터 청승을 잘 떨고 가끔 남의 앞일을 알아맞히는 이상한 능력을 보였기 때문에 귀동냥으로라도 불경을 좀 배워놓으면 쓸모가 있을 듯싶은 생각이 들어서였다.

그때만 해도 원주민 동네를 양옥집 동네라고 부를 때였다. 양옥집 동네 사람들은 무슨 선원이란 간판이 붙은 그 퇴락한 집을 경원했고 그 집에 사는 중도 속한이도 아닌 이상한 남자를 도사라고 불렀다. 물론 양옥집 동네 사람 중 누구도 그 집에 도를 닦으러 가거나 불경 공부를 다니는 사람은 없었다.

마금이가 심부름꾼으로 들어간 지 얼마 안 돼서 도사는 열네 살 짜리를 범하고 말았다. 마금이는 다시는 그 일을 또 당하고 싶지가 않았기 때문에 엄마에게 고했다. 마금네는 길길이 뛰며 도사를 협박했고, 도사에게 많은 것을 뜯어내기 위해 도사가 그 집과 텃밭을 정식으로 소유할 수 있도록 도와주는 역할을 했다. 이윽고 그 집은 마금이 소유가 됐고 도사는 남은 공터를 얻었다. 너도 좋고 나도 좋자였다. 마금이는 그 사건으로 남자를 혐오하는 증을 얻은 대신 사람의 표정이나 말투에서 그 사람의 생각을 감지하는 능력은 더욱 예민해졌다. 마금네는 딸의 그런 능력을 최대한으로 이용해 처녀무당으로 키웠지만 마금이가 변덕이 심하고 돈 욕심이 없어서 그 사업이 마금네의 욕심만큼 번창한 건 아니었다. 그러나 누이가 무당인 걸 빌미로 놀고 먹으려는 여러 자식들하고 기생하기에 충분한 수입은 되었다. 처녀점집이 절집으로 탈바꿈하기까지는 텃밭을 처분해서 다시 절을 하나 사가지고 산으로 들어간 도사의 협조도 있었지만 마금이도 순순히 응했다. 공부를 할 뜻을 비친 것도 그녀가 먼저였다.

그러나 그녀는 공부를 시작하기에는 너무 나이배기가 돼 있었고, 타고난 성품도 돈에 관심이 없는 것만치나 공부에 뜻이 없었다. 직감 외에 그녀는 아무것도 믿지 않았다. 그러나 무슨 핑계로든 여기 아닌, 어디로 가고 싶었다. 그녀가 막연히 벗어나고 싶은 건 이 고장이 아니라, 여태껏 인연을 맺어온 사람들인지도 몰랐다. 그녀가 그 나이까지 만난 사람들은 식구건 남이건 하나같이 무슨 수를 써서든지 남의 재물이나 지위를 빼앗고 싶다는 생각밖에 머리에 든 게 없는 사람들이었다. 그걸 일찌감치 간파한 거야말로 그녀가 점을 칠 수 있는 주요한 밑천이었다. 그러나 사람이란 그런 것만은 아닌 것 같았다. 그녀는 아이를 낳아본 적은 없지만 어머니를 보면 어머니는 저런 것은 아닐 것 같은 생각이 들곤 했는데 그게 가장 괴로웠다. 그게 아닐 것 같은 거야말로 자신의 가장 정직한 속내였고 한밤에 문득 깨어나 마주 대하는 부처님의 고요한 미소가 동의해주는 바이기도 했다.

 얼마를 벌었는지, 사월 파일을 치르고 난 절집은 그야말로 절간답게 고요하기만 했다. 마당의 연등을 마루 천장에다 옮겨 걸어야지, 그러나 바람에 출렁이는 게 영락없이 연못을 거꾸로 이고 있는 기분이라고, 자연스님은 하늘을 쳐다보며 미소 지었다. 그리고 뒤란으로 푸성귀를 뜯으러 나갔다. 그렇게 음식을 많이 했건만 떡은 신도들한테 나누어주고 반찬은 식구들이 싹 쓸어가 먹을 게 아무것도 없었다. 딸이 한 번도 뭘 맛있게 먹는 걸 본 적이 없는 마금네는 뭘 먹도록 해줄 생각보다는 두면 썩여버릴 거, 하면서 뭐든지 가져가려고만 했다. 그리고는 혼자만 뭘 잘 해먹는 줄 아는지 행여 고기나 비린 건 먹고 싶어도 참아야지 신도 떨어져나간다고 윽박지르는 소리를 잊지 않았다. 음식 만드는 데 취미도 없고 어려서부터 제대로 배운 것도 없어서 그저 아무렇게나 굶어 죽지 않을 만큼만 해 먹는 게 버릇처럼 굳어져 있었다. 뒤란에 씨를 뿌린 것도 그녀가 아니어서 어떻게 해 먹는 푸성귀인지도 모르고 손에 잡히는 대로 한 움큼 뽑아다가 다듬으려는데 노파가 한 사람 스르르 들어왔다. 한눈에 점을 치러 온 사람은 아니었다. 계절에 맞지 않는 옷에 비해 환한 얼굴이 까닭 없이 눈부셨다. 노파는 웃으면서 스님을 나무랐다.

"아욱도 다듬을 줄 몰라. 쯧쯧 나이는 어디로 처먹었누."

그러면서 천연덕스럽게 마주 앉아 아욱을 다듬기 시작했다. 아욱은 연한 줄기의 껍질을 벗겨가며 다듬는다는 것을 그녀는 처음 알았다.

"다듬을 줄 모르니 씻을 줄은 더군다나 모르겠구먼. 아욱은 이렇게 씻는 거야."

그러면서 수돗가로 가져가더니 푸른 물이 나오도록 북북 으깨서 씻는 것이었다. 쌀뜨물 받아놓은 게 있을라구, 하면서 쌀을 내놓으라고 했다. 쌀 역시 박박 으깨서 한두 번 씻어내고 보얀 뜨물을 받아놓았다. 그리고 그 구식 부엌을 돌아보며 참 좋다고 연신 감탄을 하더니 밥을 안치고 장독에서 된장을 떠다가 국을 끓이는 것이었다. 그 모든 행동이 묵은 살림 하듯 막힘 없이 능수능란했다. 스님은 그 이상한 할머니의 정체를 알아내려고 열심히 머리를 굴렸지만 도무지 짚이는 게 없었다. 대번에 뭐가 딱 와야지 오래 생각을 굴려서 알아낸 건 맞지 않는다는 걸 그녀는 경험으로 알고 있었다. 그러나 그녀는 그게 조금도 낭패스럽지가 않고 기쁨이 스멀스멀 등을 기는 것처럼 즐거웠다. 생전 처음 느껴보는 느낌이었다.

할머니가 차린 상에 두 사람은 정답게 겸상을 했다. 할머니가 끓인 아욱국이 어쩌나 맛있던지 국에 말아 한 공기를 다 먹었는데도 할머니는 몸이 그렇게 약해서 어떡허냐고 자꾸 밥을 더 권했다. 누가 손님인지 헷갈리게 하는 할머니였다. 하긴 들어올 때부터 할머니는 자기 집에 들어오는 것처럼 아무렇지도 않게 굴었으니까. 저녁엔 뭘 좀 구미 당길 걸 헤멕여야 할 텐데…… 다음 끼니 걱정까지 하는 할머니를 보면서 그녀는 슬그머니 어리광을 부리고 싶어졌다. 그런 느낌 또한 처음이었다. 그녀는 남한테 위함을 받아본 적이 없었기 때문에 좋은 꿈을 꾸고 있는 것처럼 현실감 없이 황홀했다. 저녁엔 할머니를 위해서 장까지 봐왔다. 원주민 동네에 있는 미니슈퍼에 가서 두부도 사오고 콩나물도 사오고 멸치까지 사왔다. 그리고 부엌에 들어서서 할머니하고 주거니 받거니 저녁을 차렸다. 아까운 참기름을 그렇게 들이부으면 어떡허냐고 야단도 맞았다. 할머닌 야단을 잘 쳤지만 조금도 무섭지 않았다. 사람이, 아니 노인네가 어떻게 저렇게 거침이 없을까 신기했다. 밤엔 둘이서 나란히 자리 펴고 누웠다. 거침없이 들어왔듯이 잠든 동안 거침없이 나가면 어쩌나 싶어 살며시 할머니 손을 잡았다. 작고 거칠고도 말랑말랑한 손이었다. 옛날얘기 해줄까? 할머니가 손을 마주 잡아주면서 말했다.

"옛날, 옛날에 어린 자식 데리고 혼자 사는 과부가 있었더래. 과부는 바람이 났더래. 어린 자식 잠들면 서방 만나러 나가려고 밤마다 옷도 안 벗고 자더래. 에미가 밤이면 몰래 빠져나가는 걸 안 어린것은 손목에다 에미의 저고리 옷고름을 꼭꼭 묶고 잤더래. 새끼가 마음 놓고 새근새근 잠들자 에미는 옷고름을 가위로 싹둑 잘르고 풍우같이 달려나갔더래."

"너무 슬프다, 할머니."

그러면서 마금이는 새근새근 잠이 들었다. 몸과 마음이 푹 놓이는 숙면에서 깨어보니 아침이었다.

할머니는 곁에 있지 않았다. 그러나 밖에서 인기척이 났다. 마루에서 빨래를 개키고 있었다. 늙으면 죽어야지 빨래 걷는 걸 잊어버리고 잤잖아? 그러면서 밤이슬에 눅눅해진 빨래를 어루만지듯 판판하게 쓰다듬어 반듯하게 개키고 있었다. 이따가 한 번 더 볕을 뵈야 해. 그래야 부숭부숭해지거든. 이렇게 중얼거리는 소리를 들으며 마금이는 어디서 저런 보물 단지가 굴러 들어왔을까, 생각할수록 신기했다. 쥐어짠 채로 털지도 않고 널어서 북어처럼 비뚤어져 있던 그녀의 속옷과 가사가 방금 다림질해놓은 것처럼 반듯하고 얌전해졌다.

이렇게 시작된 할머니의 생활은 꿈같이 편안하고 달콤했지만 어디서 온 할머니인지 어디로 갈 것인지는 궁금해하지 않기로 했다. 그 집에서 주인보다 더 자기 집처럼 자유자재로 행동한다는 것밖에 할머니의 정체를 알 수 있는 건 아무것도 없었다. 지난날에 대해서는 한마디로 횡설수설이었다. 일부러 그러는 것 같지는 않았다. 말꼬리를 잡고 추궁을 당하면 헷갈리는 표정으로 뭔가를 생각해내려고 애를 쓰다가도 금세 싫증을 냈고, 딴소리를 했다. 한번은 부처님을 물끄러미 바라보다가 예수쟁이들도 마음이 좋더라고, 하마터면 길에서 병이 들어 죽을 뻔했는데 깨어나보니 예수쟁이들이 기도를 하고 있더라는 소리를 한 적이 있었다. 그러나 다음날 거기 대해 좀 더 자세히 알고 싶어했을 때 전혀 딴소리를 했다. 멀리 보이는 비닐하우스를 바라보면서 요새 허리가 쑤시는 게 저기서 겨울을 났기 때문이라고도 했다. 그 소리 또한 종잡을 수 없기는 마찬가지였지만 아주 헛소리 같지는 않았다. 그녀가 직감으로 알 수 있는 것은 할머니의 기억력이 끊어졌다 붙었다 한다는 것 정도였다. 그러나 지금 이 상태를 만족해하고 있다는 것만은 확실했다. 고기도 놀던 물이 좋다더니, 사람도 살던 데가 이렇게 좋은 것을, 하면서 할머니가 기지개를 켜듯이 마음껏 느긋하고 만족스럽게 굴 적에는 옛날 옛적 이 집에 살던 할머니가 돌아온 게 아닌가 싶기도 했다. 그러나 그런 생각이 조금도 기분 나쁘지 않았다. 자기도 옛날 옛적부터 할머니의 손녀였다고, 지금은 이 세상이 아닌 그 옛날, 전생으로 돌아와 있다고 생각하면 그만이었다.

그러나 어쩌다 텅 빈 시선으로 먼 산을 바라보면서 우리 아들이 곧 데리러 온댔는데 왜 이렇게 안 오나? 이렇게 중얼거리는 소리를 들으면 가슴이 덜컥 내려앉으면서 기분이 언짢아지곤 했다. 아들이 곧 모시러 올까 봐서가 아니라 계획적으로 버림받은 노인인 것 같아서였다.

4

어머니가 또 의왕터널 쪽으로 갔으려니 한 영주의 추측은 들어맞지 않았다. 그날은 뜬눈으로 새우고 다음날부터 가실 만한 데를 모조리 알아보고 나서 결국은 경찰에 신고를 하고 동회와 구청의 가정복지과에도 신고를 했다. 전국적으로 사람만 찾는 전화번호가 따로 있다는 것도 처음 알았다. 백방으로 수소문했으나 아무런 진전 없이 날짜만 흘러갔다. 신문에 광고도 내고, 남편 친구한테 부탁해서 청취율이 높은 시간에 방송도 몇 번 내보냈다. 그러나 제보가 몇 건 들어오기는 했지만 확인해보면 아니었다. 수원역에서 구걸을 하고 있더라는 식의 제보에 울먹이며 달려가기를 몇 번을 했는지 모른다. 내가 지금 바로 그 할머니한테 우동을 사먹이고 있으니 빨리 우동값 갖고 나오라고 하고 나서 어디라는 말도 없이 끊어버리는 장난질도 있었다. 검찰에 변사자 수배도 부탁했다. 그 결과 변사한 얼토당토 않은 노인의 시체를 확인해야 하는 곤욕까지 몇 번 겪지 않으면 안 되었다. 그런 못 할 노릇은 주로 남편과 동생이 맡아서 해주었다. 할 수 있는 일은 다 했다고 해서 가만히 앉아서 기다리기만 할 수는 없는 일이었다. 영주는 잠시도 집에 붙어 있지 못하고 차를 몰고 노인네가 갈 만한 데를 찾아 나서지 않고는 못 배겼다. 집 안 꼴이 말이 아니었다. 그래도 그 결과 과천에는 어머니가 한두 번 나타난 적이 있다는 걸 확인할 수가 있었다. 워낙 오래 살던 아파트라 안면이 있는 사람들이 많아 그중 어머니를 만났다는 이가 나타났지만 그냥 거기 어디 다니러 오셨다 가는 줄 알고 인사만 하고 말았다고 했다. 언제나처럼 깨끗하고 명랑해서 길을 잃은 줄은 꿈에도 몰랐노라고 했다. 그 사람이 만일 미리 그 사실만 알았더라도 붙들어두고 연락을 해주었을 것이다. 발을 구르고 싶게 억울했다. 때늦은 감은 있지만 사람 찾는 인쇄물을 신문 지라시로 만들어 뿌리기로 했다. 몇 날 며칠을 두고 과천을 중심으로 평촌 산본 안양 일대의 신문 보급소란 보급소는 다 찾아다니면서 그 일에만 종사하다가 신문 독자들이 지라시를 눈여겨보지 않을 게 뻔해서 포스터를 만들어 붙이기로 했다. 평소의 어머니의 행동 반경을 감안해서 그 범위 내만 붙이고 다닌다 해도 식구 단위의 인원만 가지고는 어림도 없는 큰일이었다. 그러나 어머니를 위해서 매일매일 뼛골 빠지게 뛸 일이 있다는 것 자체가 구원이었다.

 그렇다고 일일이 손 가고 시간 잡는 일이라 영주네 식구들만 갖고는 태부족이었다. 일손도 나눌 겸, 더 좋은 방법이 뭐 없을까 의견도 교환할 겸 삼남매가 모일 적이 많았다. 모이면 말이 많아졌고 비난의 화살은 으레 영주한테로 집중됐다. 나 같은 죄인이 무슨 할 말이 있겠수, 하는 건 영탁이 자주 쓰는 말이었지만, 그 집 식구들이 가장 떳떳해 보였다. 영탁이 처는 이래라저래라 참견하는 법이라고는 없이 싸늘한 태도로 지켜보기만 했지만, 대문과 방문에 자물쇠 채운 게 최선의 방법이라는 게 증명된 이상 무슨 말이 필요하겠느냐는 냉소를 머금고 있는 것처럼 영주는 느끼곤 했다. 영숙이도 그런 걸 감지한 모양이다.

 "언니가 그때 조금만 참지. 잘난 척하고 괜히 모셔와서 쟤들만 책임 벗게 됐지 뭐유? 보나마나 올케는 속으로 고소해할 거야."

 "지금 누구 잘잘못 따지게 됐니? 어머니가 살아 계신지 돌아가셨는지도 모르고 사는 판에. 그때도 난 어머니가 바라시는 게 뭘까, 그것 먼저 생각하려고 했을 뿐이야. 이렇게 될 줄은 몰랐지만 잘못했다고 생각하진 않아."

"어이구 박사 언니의 잘난 척은 하여튼 아무도 못 말린다니까. 경찰에서도 돌아가셨으면 즉시 연락이 닿게 돼 있으니 그 걱정은 말라고 했다며? 지문 조횐가 뭔가로."

"거기다 왜 박사는 갖다 붙이니?"

"언니처럼 알뜰히 어머니 울궈먹은 자식도 없잖우? 그만큼 부려먹고도 뭐가 모자라 박사 욕심까지 내가지고 어머닐 늦도록 딸네집 살이를 못 면하게 하다가 기어코 이 꼴 당한 거 아뉴?"

어쩌면 어머니하고 동생하고 이렇게 다를 수가 있을까. 저희들이 누구 때문에 대학 공부까지 할 수 있었는데…… 그 일을 어머니는 장하게도 여겼지만 그 공의 반은 맏딸한테 돌리면서 늘 미안해하곤 했었다. 하숙집 딸 노릇만 안 했어도 박사도 될 수 있는 딸이었는데, 이렇게 못내 아쉬워하는 소리를 한두 번 들은 게 아니어서, 어머니의 한을 풀어드리고 말겠다는 생각이 없었다면 박사를 뒤늦게 할 엄두도 못 냈을 것이다. 하숙집 딸답게 남편을 만난 것도 하숙생 중에서였다. 사정을 빠안히 알고 한 결혼이라 하숙집 딸에서 중학교 교사가 된 후에도 남편은 처가 식구와 같이 사는 걸 조금도 불편하게 여기지 않았다. 겉보리 서 말만 있어도 안 한다는 처가살이를 그는 아무도 불편해하거나 미안해하지 않도록 잘해냈다. 누가 가족 관계를 물으면 장모님 모시고 산다는 소리를 여자들이 시어머니 모시고 산다는 소리와 다르지 않게 떳떳하게 했다. 영주는 그럴 때의 남편이 가장 잘나 보였고 그렇게 자랑스러울 수가 없었다. 어머니 또한 그런 사위를 좋아했었다. 지금도 구메구메 어머니 생각을 제일 많이 하는 게 남편이었다.

그런 형부에 대해서도 영숙이는 헐뜯고 싶어했다. 따뜻한 봄날이 계속되어 어머니가 한뎃잠을 주무시는 걸 가상해도 몸이 오그라붙는 느낌이 한결 덜해진 것만도 살 것 같은 날이었다. 남편이 아주 슬픈 얼굴로 어머니가 신 총각김치 줄거리 넣고 지진 청국장 생각이 간절하다고 말했다. 하필 영숙이가 듣는 데서 한 소리였고, 어머니의 그 솜씨가 천하일품이라는 건 다 아는 사실이었다. 남편은 울먹이듯이 비통한 얼굴로 그 소리를 했는데도 영숙이는 자리를 박차고 일어나면서 화를 냈다. 부리던 식모가 나갔어도 그보다는 듣기 좋은 소리를 할 거라는 거였다. 그게 그렇게 어머니에 대한 모욕이요 얕봄이라면 동생이 그리는 어머니는 어떻게 생겼을까. 영주는 빨래를 다림질해 놓은 것처럼 얌전하게 개키는 어머니를 생각할 때 그리움이 가장 절절해졌으므로 남편의 진심을 이해하고도 남았다.

어느덧 어머니가 집 나간 지 반년을 바라보게 되었다. 계절도 초여름으로 접어들었다. 포스터를 천 장씩 몇 번을 더 찍었는지 헤아릴 수 없게 되었지만 서울 시내와 근교를 다 덮기는 아직아직 멀었으리라. 제보가 끊긴 지도 오래되었다. 영주는 포스터도 붙일 겸해서 여기저기 산재해 있는 노인들의 수용 기관을 찾아다니는 게 거의 일과처럼 돼버렸다. 보건사회부에 등록되지 않은 사설 기관도 많았다. 그런 데는 소문으로 찾아다니는 수밖에 없었다. 그런 데를 한 군데 어렵게 찾아보고 돌아오는 길이었다. 아무 특징도 없는 서울 근교인데 괜히 쉬어가고 싶은 데가 있었다. 그녀는 차에서 내려 우선 공기를 심호흡했다. 특별히 신선한 것 같지도 않았다. 구질구질한 마을 어귀였다. 이 마을에도 포스터를 붙여볼까 하다가 문득 저만치 외딴집이 보였다. 요새도 서울 근교에 저런 옛날집이 남아 있는 게 신기했다. 문화재적인 옛날집이 아니라 그냥 나이만 많이 먹은 귀살스러운 옛날집인데도 영주는 이상한 힘에 끌려 차츰차츰 다가갔다. 다가가면서도 무엇에 이끌리고 있는지 이상해서 주춤거렸다. 느닷없이 하숙 치던 종암동 집 생각이 났다. 그냥 생각이 난 것뿐 비슷한 것 같지는 않았다.

헉 하고 숨을 들이쉬면서 천개사 포교원이라는 간판과 함께 빨랫줄에서 나부끼는 어머니의 스웨터를 보았다. 영주는 멎을 것 같은 숨을 헐떡이며 그 집 앞으로 빨려들어갔다. 마루 천장의 연등과 금빛 부처가 그 집이 절이라는 걸 나타내고 있었다. 그 밖엔 시골의 살림집과 다를 바가 없었다. 부처님 앞, 연등 아래 널찍한 마루에서 회색 승복을 입은 두 여자가 도란도란 도란거리면서 더덕 껍질을 벗기고 있었다. 더할 나위 없이 화해로운 분위기가 아지랑이처럼 두 여인 둘레에서 피어오르고 있었다. 몸집에 비해 큰 승복 때문에 그런지 어머니의 조그만 몸은 날개를 접고 쉬고 있는 큰 나비처럼 보였다. 아니아니 헐렁한 승복 때문만이 아니었다. 살아온 무게나 잔재를 완전히 털어버린 그 가벼움, 그 자유로움 때문이었다. 여태껏 누가 어머니를 그렇게 자유롭고 행복하게 해드린 적이 있었을까. 칠십을 훨씬 넘긴 노인이 저렇게 삶의 때가 안 낀 천진 덩어리일 수가 있다니.

 암만해도 저건 현실이 아니야, 환상을 보고 있는 거야. 영주는 그래서 어머니를 지척에 두고도 한 발자국도 앞으로 나가지 못했다. 그녀가 딛고 서 있는 곳은 현실이었으니까. 현실과 환상 사이는 아무리 지척이라도 아무리 서로 투명해도 절대로 넘을 수 없는 별개의 세계니까.

생각할 문제

1. 영주 어머니가 가출을 거듭한 이유는 매우 복합적이다. 그리고 누구네 집에서 가출을 했느냐, 가출을 해서 어디로 가려고 했느냐에 따라 달라진다. 그녀가 '딸 영주의 집에서' 가출을 하곤 했던 이유를 두 가지만 찾아보시오. 그리고 다른 사람이 찾은 것과 비교하여보시오.

2. 영주 어머니와 자연스님은 아무 연고가 없는데도 하나의 새 가족을 이룬다고 볼 수 있다. 이 가족은 이전에 그들이 속했던 가족과 당연히 대조가 되는데, 결국 그들이 참으로 원했던 것은 무엇이라고 할 수 있는가? 또 그것을 통해 드러나는 현대 가족의 문제점은 무엇인가?

3. 이 작품은 가출한 노인을 찾는 이야기, 그것을 통해 오늘날 노인들이 처한 상황을 보여주는 이야기이다. 그런 제재에 관해, 혹은 그런 제재를 통해 제시된 관념(주제)을 한 문장으로 서술하시오. 한편 '원주민 동네'의 '외딴집'——노인이 결국 '가고자 했던 곳'이며, 새로 지어진 현대식 아파트 단지와 대조되는——은, 그 주제의 형성과 표현에 어떤 기여를 하는가?

역사 속의 가족

탈출기 _최서해

오발탄 _이범선

황혼의 집 _윤흥길

탈출기

지은이	이 글을 쓴 **최서해**(1901~1932, 본명 최학송)는 함북 성진에서 빈농의 아들로 태어나 소학교 졸업 정도만 하고 한문 공부를 한 것이 학력의 전부이다. 1918년에 간도로 들어가 방랑하면서 온갖 말단 직업을 전전하였다. 카프에 1925년 가입하였다가 1929년 탈퇴하였다. 소설집으로 『혈흔』『홍염』이 있고, 매일신보에 장편소설 『호외시대』를 연재하였다. 계급 문학 계열의 대표적인 작가 가운데 한 사람으로, 극도로 궁핍한 상황에 짓눌리고 저항하는 민중들의 삶을 그렸다.
발표	『혈흔』, 글벗집, 1926.
출전	『최서해 전집』, 문학과지성사, 1987.

1

 김군! 수삼차 편지는 반갑게 받았다. 그러나 나는 한 번도 회답치 못하였다. 물론 군의 충정에는 나도 감사를 드리지만 그 충정을 나는 받을 수 없다.

 "박군! 나는 군의 탈가(脫家)를 찬성할 수 없다. 음험한 이역에 늙은 어머니와 어린 처자를 버리고 나선 군의 행동을 나는 찬성할 수 없다.

 박군! 돌아가라. 어서 집으로 돌아가라. 군의 부모와 처자가 이역 노두에서 방황하는 것을 나는 눈앞에 보는 듯싶다. 그네들의 의지할 곳은 오직 군의 품밖에 없다. 군은 그네들을 구하여야 할 것이다.

 군은 군의 가정에서 동량(棟樑)이다. 동량이 없는 집이 어디 있으

라. 조그마한 고통으로 집을 버리고 나선다는 것이 의지가 굳다는 박군으로서는 너무도 박약한 소위이다.

　군은 ××단에 몸을 던져서 ×선에 섰다는 말을 일전 황군에게서 듣기는 하였으나 그렇다 하여도 나는 그것을 시인할 수 없다. 가족을 못 살리는 힘으로 어찌 사회를 건지랴.

　박군! 나는 군이 돌아가기를 충정으로 바란다. 군의 가족이 사람들 발 아래서 짓밟히는 것을 생각할 때 군의 가슴인들 어찌 편하랴."

　김군! 군은 이러한 말을 편지마다 썼지? 나는 군의 뜻을 잘 알았다. 내 사랑하는 나의 가족을 위하여 동정하여주는 군에게 내 어찌 감사치 않으랴? 정다운 벗의 충고에 나는 늘 울었다. 그러나 그 충고를 들을 수 없다. 듣지 않는 것이 군에게는 고통이 되는지 분노가 되는지? 나에게 있어서는 행복일는지도 알 수 없는 까닭이다.

　김군! 나도 사람이다. 정애(情愛)가 있는 사람이다. 나의 목숨 같은 내 가족이 유린받는 것을 내 어찌 생각지 않으랴? 나의 고통을 제삼자로서는 만분의 일이라도 느낄 수 없을 것이다.

　나는 이제 나의 탈가한 이유를 군에게 말하고자 한다. 여기에 대하여 동정과 비난은 군의 자유이다. 나는 다만 이러하다는 것을 군에게 알릴 뿐이다. 나는 이것을 군이 아니면 다른 사람에게라도 알리지 않고는 견딜 수 없는 충동을 받는 까닭이다.

　그러나 나는 단언한다. 군도 사람이거니 나의 말하는 것을 부인치는 못하리라.

2

　김군! 내가 고향을 떠난 것은 오 년 전이다. 이것은 군도 아는 사실이다. 나는 그때에 어머니와 아내를 데리고 떠났다. 내가 고향을 떠나 간도로 간 것은 너무도 절박한 생활에 시든 몸이 새 힘을 얻을까 하여 새 희망을 품고 새 세계를 동경하여 떠난 것도 군이 아는 사실이다.

　――간도는 천부금탕이다. 기름진 땅이 흔하여 어디를 가든지 농사를 지을 수 있고 농사를 잘 지으면 쌀도 흔할 것이다. 삼림이 많으니 나무 걱정도 될 것이 없다.

　농사를 지어서 배불리 먹고 뜨뜻이 지내자. 그리고 깨끗한 초가나 지어놓고 글도 읽고 무지한 농민들을 가르쳐서 이상촌을 건설하리라. 이렇게 하면 간도의 황무지를 개척할 수도 있다.

　이것이 간도 갈 때의 내 머릿속에 그리었던 이상이었다. 이때에 나는 얼마나 기뻤으랴? 두만강을 건너고 오랑캐령을 넘어서 망망한 평야와 산천을 바라볼 때 청춘의 내 가슴은 이상의 불길에 탔다. 구수한 내 소리와 헌헌한 내 행동에 어머니와 아내도 기뻐하였다.

　오랑캐령에 올라서니 서북으로 쏠려오는 봄 세찬 바람이 어떻게 뺨을 갈기는지.

"에그 칩구나! 여기는 아직도 겨울이로구나."

어머니는 수레 위에서 이불을 뒤집어썼다.

"무얼요. 이 바람을 많이 맞아야 성공이 올 것입니다."

나는 가장 씩씩하게 말하였다. 이처럼 나는 기쁘고 활기로웠다.

3

김군! 그러나 나의 이상은 물거품으로 돌아갔다. 간도에 들어서서 한 달이 못 되어서부터 거친 물결은 우리 세 생령(生靈)의 앞에 기탄없이 몰려왔다.

나는 농사를 지으려고 밭을 구하였다. 빈 땅은 없었다. 돈을 주고 사기 전에는 일 평의 땅이나마 손에 넣을 수 없었다. 그렇지 않으면 지나인(支那人)의 밭을 도조나 타조로 얻어야 된다. 일 년 내 중국 사람에게서 양식을 꾸어 먹고 도조나 타조를 지으면 가을 추수는 빚으로 다 들어가고 또 처음 꼴이 된다. 그러나 농사라고 못 지어본 내가 도조나 타조를 얻은대야 일 년 양식 빚도 못 될 것이고 또 나 같은 시로도(문외한)에게는 밭을 주지 않았다.

생소한 산천이요 생소한 사람들이니 어디 가 어쩌면 좋을는지? 의논할 사람도 없었다. H라는 촌 거리에 셋방을 얻어가지고 어름어름하는 새에 보름이 지나고 한 달이 지났다. 그새에 몇 푼 남았던 돈은 다 부러먹고 밭은 고사하고 일자리도 못 얻었다.

나는 팔을 걷고 나섰다. 이리저리 돌아다니면서 구들도 고쳐주고 가마도 붙여주었다. 이러하여 호구하게 되었다. 이때 H장에서는 나를 온돌장이(구들 고치는 사람)라고 불렀다. 갈아입을 의복이 없는 나는 늘 숯거멍이 꺼멓게 묻은 의복을 벗을 새가 없었다.

H장은 좁은 곳이다. 구들 고치는 일도 늘 있지 않았다. 그것으로 밥 먹기는 어려웠다. 나는 여름 불볕에 삯김도 매고 꼴도 베어 팔았다. 그리고 어머니와 아내는 삯방아도 찧고 강가에 나가서 부스러진 나뭇개비를 주워서 겨우 연명하였다.

김군! 나는 이때부터 비로소 무거운 인간고(人間苦)를 느꼈다. 아아, 인생이란 과연 이렇게도 괴로운 것인가 하는 것을 나는 생각하게 되었다. 나는 나에게 닥치는 풍파 때문에 눈물 흘린 일은 이때까지 없었다. 그러나 어머니가 나무를 줍고 젊은 아내가 삯방아를 찧을 때 나의 피는 끓었으며 나의 눈은 눈물에 흐려졌다.

"에구, 차라리 내가 드러누워 앓고 있지, 네 괴로워하는 꼴은 차마 못 보겠다."

이것은 언제 내가 병들어 신음할 때에 어머니가 울면서 하신 말씀이다. 이것을 무심히 들었던 나는 이때에야 이 말의 참뜻을 느꼈다.

'아아, 차라리 나의 고기가 찢어지고 뼈가 부서지는 것은 참을 수 있으나 내 눈앞에서 사랑하는 늙은 어머니나 아내가 배를 주리고 남의 멸시를 받는 것은 참으로 견디기 어렵구나!'

나는 이렇게 여러 번 가슴을 쳤다. 나는 밤이나 낮이나, 비 오나 바람이 치나 헤아리지 않고 삯김, 삯심부름, 삯나무 무엇이든지 가리지 않았다.

"오늘도 배고프겠구나. 아츰도 변변히 못 먹고, 나는 너 배 줄잖는 것을 보았으면 죽어도 눈을 감겠다."

내가 삯일을 하다가 늦게 돌아오면 어머니는 우실 듯하게 말씀하셨다. 그러나 나는 흔연하게

"배가 무슨 배가 고파요?"

대답하였다.

내 아내는 늘 별말이 없었다. 무슨 일이든지 시키는 대로 소곳하고 아무 소리 없이 순종하였다. 나는 그것이 더욱 불쌍하게 생각되었다. 나는 어머니보다도 아내 보기가 퍽 부끄러웠다.

"경제의 자립도 못 되는 내가 웨 장가를 들었누?"

이것이 부모의 한 일이건만 나는 이렇게도 탄식하였다. 그럴수록 아내에게 대하여 황공하였고 존경하였다.

어떻게 하면 살 수 있을까?…… 이러한 생각은 이때 내 머리를 몹시 때렸다. 이때 나에게는 부지런한 자에게 복이 온다 하는 말이 거짓말로 생각되었다. 그 말을 지상의 격언으로 굳게 믿어온 나는 그 말에 도리어 일종의 의심을 품게 되었고 나중은 부인까지 하게 되었다.

부지런하다면 이때 우리처럼 부지런함이 어데 있으며 정직하다면 이때 우리 식구같이 정직함이 어데 있으랴? 그러나 빈곤은 날로 심하였다. 이틀 사흘 굶은 적도 한두 번이 아니었다. 한번은 이틀이나 굶고 일자리를 찾다가 집으로 들어가니 부엌 앞에 앉았던 아내가(아

내는 이때에 아이를 배어서 배가 남산만 하였다) 무엇을 먹다가 깜짝 놀란다. 그리고 손에 쥐었던 것을 얼른 아궁이에 집어넣는다. 이때 불쾌한 감정이 내 가슴에 떠올랐다.

'무얼 먹을까? 어디서 무엇을 얻었을까? 무엇이기에 어머니와 나 몰래 먹누? 아! 여편네란 그런 것이로구나! 아니, 그러나 설마……그래도 무엇을 먹던데……'

나는 이렇게 아내를 의심도 하고 원망도 하고 밉게도 생각하였다. 아내는 아무 말 없이 어색하게 머리를 숙이고 앉아서 씩씩하다가 밖으로 나간다. 그 얼굴은 좀 붉었다.

아내가 나간 뒤에 나는 아내가 먹다가 던진 것을 찾으려고 아궁이를 뒤지었다. 싸늘하게 식은 재를 막대기로 뒤져내니 벌건 것이 눈에 띄었다. 나는 그것을 집었다. 그것은 귤 껍질이다. 거기는 베먹은 잇자국이 났다. 귤 껍질을 쥔 나의 손은 떨리고 잇자국을 보는 내 눈에는 눈물이 괴었다.

김군! 이때 나의 감정을 어떻게 표현하면 적당할까?

'오죽 먹고 싶었으면 오죽 배가 고팠으면 길바닥에 내던진 귤 껍질을 주워 먹을까! 더욱 몸비잖은 그가. 아아, 나는 사람이 아니다. 그러한 아내를 나는 의심하였구나! 이놈이 어찌하여 그러한 아내에게 불평을 품었는가? 나 같은 간악한 놈이 어디 있으랴. 내가 양심이 부끄러워서 무슨 면목으로 아내를 볼까?'

이렇게 생각하면서 나는 느껴가며 눈물을 흘렸다. 귤 껍질을 쥔 채로 이를 악물고 울었다.

"야, 어째 우느냐? 일어나거라. 우리도 살 때 있겠지, 늘 이렇겠느냐."
하면서 누가 어깨를 친다. 나는 그것이 어머니인 것을 알았다. 나는

'아이구 어머니, 나는 불효외다.'
하면서 어머니의 발을 안고 자꾸자꾸 울고 싶었다. 그러나 나는 아무 소리 없이 가슴을 부둥켜안고 밖으로 나왔다.

'내가 왜 우노? 울기만 하면 무엇 하나? 살자! 살자! 어떻게든지 살아보자! 내 어머니와 내 아내도 살아야 하겠다. 이 목숨이 있는 때까지는 벌어보자!'

나는 이를 갈고 주먹을 쥐었다. 그러나 눈물은 여전히 흘렀다. 아내는 말없이 울고 섰는 내 곁에 와서 손으로 치마끈을 만적거리며 눈물을 떨어트린다. 농삿집에서 길러난 아내는 지금도 어찌 숫저운지 내가 울면 같이 울기는 하여도 어떻게 말로 위로할 줄은 모른다.

4

김군! 세월은 우리를 위하여 여름을 항상 주지 않았다.

서풍이 불고 서리가 내리기 시작하였다. 찬 기운은 헐벗은 우리를 위협하였다.

가을부터 나는 대구(大口魚) 장사를 하였다. 삼 원을 주고 대구 열 마리를 사서 등에 지고 산골로 다니면서 콩과 바꾸었다. 그러나 대구

열 마리는 등에 질 수 있었으나 대구 열 마리를 주고 받은 콩 열 말은 질 수 없었다. 나는 하는 수 없이 3,40리나 되는 곳에서 두 말씩 두 말씩 사흘 동안이나 지어 왔다. 우리는 열 말 되는 콩을 자본 삼아 두부(豆腐) 장사를 시작하였다.

아내와 나는 진종일 맷돌질을 하였다. 무거운 맷돌을 돌리고 나면 팔이 뚝 떨어지는 듯하였다. 내가 이렇게 괴로울 적에 해산(解産)한 지 며칠 안 되는 아내의 괴롬이야 어떠하였으랴? 그는 늘 낯이 부석부석하였었다. 그래도 나는 무슨 불평이 있는 때면 아내를 욕하였다. 그러나 욕한 뒤에는 곧 후회하였다.

콧구멍만 한 부엌방에 가마를 걸고 맷돌을 놓고 나무를 들이고 의복가지를 걸고 하면 사람은 겨우 비비고 들앉게 된다. 뜬김에 문창은 떨어지고 벽은 눅눅하다. 모든 것이 후줄근하여 의복은 입은 채 미지근한 물 속에 들어앉은 듯하였다. 어떤 때는 애써 갈아 놓은 비지가 이 뜬김 속에서 쉬어버린다. 두붓물이 가마에서 몹시 끓어 번질 때에 우윳빛 같은 두붓물 위에 버터빛 같은 노란 기름이 엉기면(그것은 두부가 잘될 징조다) 우리는 안심한다. 그러나 두붓물이 희멀끔해지고 기름기가 돌지 않으면 거기만 시선을 쏘고 있는 아내의 낯빛부터 글러가기 시작한다. 초를 쳐보아서 두붓발이 서지 않고 메케지근하게 풀릴 때에는 우리의 가슴은 덜컥한다.

"또 쉰 게로구나? 저를 어쩌누?"

젖을 달라고 빽빽 우는 어린아이를 안고 서서 두붓물만 들여다보시던 어머니는 목멘 말씀을 하시면서 우신다. 이렇게 되면 온 집안은 신산하여 말할 수 없는 음울, 비통, 처참, 소조한 분위기에 싸인다.

"너 고생한 게 애닲구나! 팔이 부러지게 갈아서…… 그거(두부) 팔아서 장을 보려고 태산같이 바랬더니……"

어머니는 그저 가슴을 뜯으면서 운다. 아내도 울 듯 울 듯이 머리를 숙인다. 그 두부를 판대야 큰돈은 못 된다. 기껏 남는대야 20전이나 30전이다. 그것으로 우리는 호구를 한다. 20전이나 30전에 어머니는 운다. 아내도 기운이 준다. 나까지 가슴이 바짝바짝 조인다.

그날은 하는 수 없이 쉰 두붓물로 때를 에우고 지낸다. 아이는 젖을 달라고 밤새껏 빽빽거린다. 우리의 살림에 어린것도 귀치는 않았다.

5

울면서 겨자 먹기로 괴로운 대로 또 두부를 하지 않으면 안 된다. 그러나 이번에는 땔나무가 없다. 나는 낫을 들고 떠난다. 내가 낫을 들고 떠나면 산후여독(産後餘毒)으로 신음하는 아내도 낫을 들고 말없이 나를 따라나선다. 어머니와 나는 굳이 만류하나 아내는 듣지 않는다.

내 손으로 하는 나무건만 마음놓고는 못 한다. 산 임자에게 들키면 여간한 경을 치지 않는다. 그러므로 우리는 황혼이면 산에 가서 도적 나무를 하여 지고 밤이 깊어서 돌아온다. 아내는 이고 나는 지고 캄캄한 밤에 산비탈로 내려오다가 발이 미끄러지거나 돌에 채면 나는 곤두박질을 하여 나뭇짐 속에 든다. 아내는 소리 없이 이었던 나무를 내려놓고 나뭇짐에 눌려서 버둥거리는 나를 겨우 끄집어 일으킨다. 그러나 내가 나뭇짐을 지고 일어나면 아내는 혼자 나뭇단을 이지 못한다. 또 내가 나뭇짐을 벗고 아내에게 이어주면 나는 추어주는 이 없이는 나뭇짐을 질 수 없다. 하는 수 없이 나는 어떤 높은 바위 위에 벗어놓고(후에 지기 편하도록) 아내에게 이어준다. 이리하여 산비탈을 내려오면 언제 왔는지 어머니는 애를 업고 우들우들 떨면서 산 아래서 기다리시다가도

"인제 오니? 나는 너 또 붙들리지나 않는가 하여 혼이 났다."
하신다. 이때마다 내 가슴은 저렸다. 나는 이렇게 나무 도적질을 하다가 중국 경찰서까지 잡혀가서 여러 번 맞았다.

이때 이웃에서는 우리를 조소하고 경찰에서는 우리를 의심하였다.
"흥, 신수가 멀쩡한 연놈들이 그 꼴이야, 어디 가 일자리도 구하지 않고. 그 눈이 누래서 두부 장사하는 꼬락서니는 참 더러워서 못 보겠네. 불알을 달고 나서 그렇게야 살리?"

이것은 이웃 남녀가 비웃는 소리였다. 그리고 어떤 산 임자가 나무 잃은 고발을 하면 경찰서에서는 불문곡직하고 우리집부터 수색하고 질문하면서 나를 때린다. 그러나 나는 호소할 곳이 없었다.

6

　김군! 이러구러 겨울은 점점 깊어가고 기한은 점점 박도하였다. 일자리는 없고…… 그렇다고 손을 털고 앉았을 수는 없었다. 모든 식구가 퍼러퍼레서 굶고 앉은 꼴을 나는 그저 볼 수 없었다. 시퍼런 칼이라도 들고 하루라도 괴로운 생을 모면하도록 그네들을 쿡쿡 찔러 없애고 나까지 없어지든지, 그렇지 않으면 칼을 들고 나서서 강도질이라도 하여서 기한을 면하든지 하는 수밖에는 더 도리가 없게 절박하였다. 나는 일이 없으면 없느니 만치, 고통이 닥치면 닥치느니 만치 내 번민은 컸다. 나는 어떤 날은 거의 얼빠진 사람처럼 눈을 감고 깊은 생각에 잠긴 일도 있었다.

　이때 내 머릿속에서는 머리를 움실움실 드는 사상이 있었다. (오늘날에 생각하면 그것은 나의 전운명을 결정할 사상이었다.) 그 생각은 누구의 가르침에 일어난 것도 아니거니와 일부러 일으키려고 애써서 일어난 것도 아니다. 봄 풀싹같이 내 머릿속에서 점점 머리를 들었다.

　— 나는 여태까지 세상에 대하여 충실하였다. 어디까지든지 충실하려고 하였다. 내 어머니, 내 아내까지도…… 뼈가 부서지고 고기가 찢기더라도 충실한 노력으로 살려고 하였다. 그러나 세상은 우리를 속였다. 우리의 충실을 받지 않았다. 도리어 충실한 우리를 모욕하고 멸시하고 학대하였다. 우리는 여태까지 속

아 살았다. 포학하고 허위스럽고 요사한 무리를 용납하고 옹호하는 세상인 것을 참으로 몰랐다. 우리뿐 아니라 세상의 모든 사람들도 그것을 의식치 못하였을 것이다. 그네들은 그러한 세상의 분위기에 취하였었다. 나도 이때까지 취하였었다. 우리는 우리로서 살아온 것이 아니라 어떤 험악한 제도의 희생자로서 살아왔었다.

김군! 나는 사람들을 원망치 않는다. 그러나 마주에 취하여 자기의 피를 짜 바치면서도 깨지 못하는 사람을 그저 볼 수 없다. 허위와 요사와 표독과 게으른 자를 옹호하고 용납하는 이 제도는 더욱 그저 둘 수 없다.

─이 분위기 속에서는 아무리 노력하여도 충실하여도 우리는 우리의 생(生)의 만족을 느낄 날이 없을 것이다. 어찌하여 겨우 연명을 한다 하더라도 죽지 못하는 삶이 될 것이요, 그 영향은 자식에게까지 미칠 것이다. 나는 어미 품속에서 빽빽하는 어린것의 장래를 생각할 때면 애잡짤한 감정과 분한을 금할 수 없다. 내가 늘 이 상태면(그것은 거의 정한 이치다) 그에게는 상당한 교양은 고사시하고, 다리 밑이나 남의 집 문간에 버리게 될 터이니, 아! 삶을 받은 한 생령을 죄 없이 찌그러지게 하는 것이 어찌 애달프지 않으며 분치 않으랴? 그렇다 하면 그것을 나의 죄라 할까?

김군! 나는 더 참을 수 없었다. 나는 나부터 살리려고 한다. 이때까지는 최면술에 걸린 송장이었다. 제가 죽은 송장으로 남(식구들)을 어찌 살리랴? 그러려면 나는 나에게 최면술을 걸려는 무리를, 험악한 이 공기의 원류를 쳐부수려고 하는 것이다.

  나는 이것을 인간의 생의 충동(衝動)이며 확충(擴充)이라고 본다. 나는 여기서 무상의 법열(法悅)을 느끼려고 한다. 아니 벌써부터 느껴진다. 이 사상이 드디어 나로 하여금 집을 탈출케 하였으며, ××단에 가입케 하였으며, 비바람 밤낮을 헤아리지 않고 벼랑 끝보다 더 험한 ×선에 서게 한 것이다.

  김군! 거듭 말한다. 나도 사람이다. 양심을 가진 사람이다. 애정을 가진 사람이다. 내가 떠나는 날부터 식구들은 더욱 곤경에 들 줄도 나는 알았다. 자칫하면 눈 속이나 어느 구렁에서 죽는 줄도 모르게 굶어 죽을 줄도 나는 잘 안다. 그러므로 나는 이곳에서도 남의 집 행랑어멈이나 아범이며, 노두에 방황하는 거러지를 무심히 보지 않는다. 아! 나의 식구도 그럴 것을 생각할 때면 자연히 흐르는 눈물과 뿌직뿌직 찢기는 가슴을 덮쳐 잡는다. 그러나 나는 이를 갈고 주먹을 쥔다. 눈물을 아니 흘리려고 하며 비애에 상하지 않으려고 한다. 울기에는 너무도 때가 늦었으며 비애에 상하는 것은 우리의 박약을 너무도 표시하는 듯싶다. 어떠한 고통이든지 참고 분투하려고 한다.

  김군! 이것이 나의 탈가한 이유를 대략 적은 것이다. 나는 나의 목적을 이루기 전에는 내 식구에게 편지도 하지 않으려고 한다. 그네가 죽어도, 내가 또 죽어도……

  나는 이러다가 성공 없이 죽는다 하더라도 원한이 없겠다. 이 시대, 이 민중의 의무를 이행한 까닭이다. 아아, 김군아! 말은 다하였으나 정은 그저 가슴에 넘치누나! (1925년 정월)

생각할 문제

1. '나'는 어떤 갈등에 빠져 있었는가? 그리고 무엇 때문에, 어떤 선택에 이르렀는가?

2. 제목에 쓰인 '탈출'은 무엇으로부터의 탈출을 가리키는가? '나'의 외면적·사회적 측면과 내면적·개인적 측면으로 나누어 답하시오.

외면적·사회적 측면:

내면적·개인적 측면:

3. 이 소설은 일제 강점기 계급 문학(경향 문학)의 대표적인 작품 가운데 하나이다. 그렇다면 계급 문학이란 어떤 문학이라고 할 수 있을까? '가족' 혹은 '가정'이라는 말을 반드시 넣어서, 한 문장으로 답해보시오.

오발탄

지은이	이 글을 쓴 **이범선**(1920~1982)은 평남 안주에서 태어났고 동국대 국문과를 졸업하였으며 외국어대학 및 한양대 교수를 지냈다. 한국전쟁 직후인 1955년에 작가 활동을 시작하여, 소설집으로 『학마을 사람들』 『오발탄』 『표구된 휴지』 등을 냈고, 장편소설 『흰 까마귀의 수기』 등을 발표하였다. 전쟁과 정치적 혼란으로 궁핍에 빠진 현실을 사실주의적인 필치로 그렸다.
발표	『현대문학』, 1959. 10.
출전	『오발탄』, 신흥출판사, 1959.

계리사(計理士) 사무실 서기 송철호(宋哲浩)는 여섯시가 넘도록 사무실 한구석 자기 자리에 멍청하니 앉아 있었다. 무슨 미진한 사무가 있는 것도 아니었다. 장부는 벌써 접어 치운 지 오래고 그야말로 멍청하니 그저 앉아 있는 것이었다. 딴 친구들은 눈으로 시계 바늘을 밀어올리다시피 다섯시를 기다려 후닥닥 나가버렸다. 그런데 점심도 못 먹은 철호는 허기가 나서만이 아니라 갈 데도 없었다.

"송선생님은 안 나가세요?"

이제 청소를 해야 할 테니 그만 나가달라는 투의 사환애의 말에 철호는 다 낡아빠진 해군 작업복 저고리 호주머니에 깊숙이 찌르고 있던 두 손을 빼내어서 무겁게 책상 위에 올려놓았다.

"나가야지."

하품 같은 대답이었다.

사환애는 저쪽 구석에서부터 비질을 하기 시작하였다. 먼지가 사정없이 철호의 얼굴로 몰려왔다.

철호는 어슬렁 일어섰다. 이쪽 모서리 창가로 갔다. 바께쓰의 물을 대야에 따랐다. 두 손을 끝에서부터 가만히 물속에 담갔다. 아직 이른 봄이라 물이 꽤 손끝에 시렸다. 철호는 물속에 잠긴 두 손을 물끄러미 내려다보고 있었다. 펜대에 시달린 오른손 장지 첫마디에 콩알만 한 못이 박혔다. 그 못에서 파란 명주실 같은 것이 사르르 물속으로 풀려났다. 잉크. 그것은 잠시 대야 밑바닥을 기다 말고 사뿐히 위로 떠올라 안개처럼 연하게 피어서 사방으로 번져나갔다. 손가락 끝을 중심으로 하고 그 색의 농도가 점점 연해져갔다. 맑게 갠 가을 하늘색으로 대야 가장자리까지 번져나간 그것은 다시 중심의 손끝을 향해 접어들며 약간 진한 파랑색으로 달무리 모양 동그란 원을 그렸다.

피! 이건 분명히 피다!

철호는 엉뚱한 생각을 하고 있었다. 슬그머니 물속에서 손을 빼내었다. 그러자 이번엔 대야 밑바닥에 한 사나이의 얼굴을 보았다. 철호의 눈을 마주 쳐다보는 그 사나이는 얼굴의 온 근육을 이상스레 히물히물 움직이며 입을 비죽거려 웃고 있었다.

이마에 길게 흐트러진 머리카락. 그 밑에 우묵하니 팬 두 눈. 깎아진 볼. 날카롭게 여윈 턱. 송장처럼 꺼멓고 윤기 없는 얼굴. 그것은 까마득한 원시인(原始人)의 한 사나이였다.

몽둥이 끝에, 모난 돌을 하나 칡넝쿨로 아무렇게나 잡아매서 들고, 동굴 속에 남겨두고 나온 식구들을 위하여 온종일 숲 속을 맨발로 헤매고 다니던 사나이.

곰? 그건 용기가 부족하다.

멧돼지? 힘이 모자란다.

노루? 너무 날쌔어서.

꿩? 그놈은 하늘을 난다.

토끼? 토끼. 그래, 고놈쯤은 꽤 따라잡음 직하다. 그런데 그것마저 요즈음은 몫에 잘 돌아오지 않는다. 사냥꾼이 너무 많다. 토끼보다도 더 많다.

그래도 무어든 들고 들어가야 하는 것이다.

사나이는 바위 잔등에 무릎을 꿇고 앉아 냇물에 손을 씻는다. 파란 물 속에 빨간 노을이 잠겼다. 끈적끈적하게 사나이의 손에 묻었던 피가 노을빛보다 더 진하게 우러난다.

무엇인가 때려잡은 모양이다. 곰? 멧돼지? 노루? 꿩? 토끼?

그런데 사나이가 들고 일어선 것은 그 어느 것도 아니었다. 보기에도 징그러운 내장. 그것이 무슨 짐승의 내장인지는 사나이 자신도 모른다. 사나이는 그 짐승의 머리도 꼬리도 못 보았다. 누군가가 숲속에 끌어내어 버린 것을 주워 오는 것이었다.

철호는 옆에 놓인 비누를 집어들었다. 마구 두 손바닥으로 비볐다. 오구구 까닭 모를 울분이 끓어올랐다.

빈 도시락마저 들지 않은 손이 홀가분해 좋긴 하였지만, 해방촌 고개를 추어 오르기에는 뱃속이 너무 허전했다.

산비탈을 도려내고 무질서하게 주워 붙인 판잣집들이었다. 철호는 골목으로 접어들었다. 레이션 곽을 뜯어 덮은 처마가 어깨를 스칠 만치 비좁은 골목이었다. 부엌에서들 아무 데나 마구 버린 뜨물이 미끄러운 길에는 구공탄 재가 군데군데 헌데 더뎅이 모양 깔렸다.

저만치 골목 막다른 곳에, 누런 시멘트 부대 종이를 횐 실로 얼기설기 문살에 얽어맨 철호네 집 방문이 보였다. 철호는 때에 절어서 마치 가죽끈처럼 된 헝겊이 달린 문걸쇠를 잡아당겼다. 손가락이라도 드나들 만치 엉성한 문이면서 찌걱찌걱 집혀서 잘 열리지를 않았다. 아래가 잔뜩 잡힌 채 비틀어진 문 틈으로 그의 어머니의 소리가 새어나왔다.

"가자! 가자!"

미치면 목소리마저 변하는 모양이었다. 그것은 이미 그의 어머니의 조용하고 부드럽던 그 목소리가 아니고, 쨍쨍하고 간사한 게 어떤 딴사람의 목소리였다.

문을 열고 들어서는 철호의 얼굴에 걸레 썩는 냄새 같은 것이 확 풍겨왔다. 철호는 문 안에 들어선 채 우두커니 아랫목을 내려다보고 있었다.

중학교 시절에 박물관에서 미라를 본 일이 있었다. 그건 꼭 솜 누더기에 싸놓은 미라였다. 흰 머리카락은 한 오리도 제대로 놓인 것이 없었다. 그대로 수세미였다. 그 어머니는 벽을 향해 돌아누워서 마치 딸꾹질처럼 일정한 사이를 두고, 가자 가자 하는 외마디 소리를 지르고 있었다. 그 해골 같은 몸에서 어떻게, 그런 쨍쨍한 소리가 나오는지 이상하였다.

철호는 윗방으로 올라가 털썩 벽에 기대어 앉아버렸다. 가슴에 커다란 납덩어리를 올려놓은 것 같았다. 정말 엉엉 소리를 내어 울고 싶었다. 눈을 꼭 지리 감으며 애써 침을 삼켰다.

두 달 전까지만 해도 철호는 저녁때 일터에서 돌아오면, 어머니야 알아듣건 말건 그래도 어머니 지금 돌아왔습니다 하고 인사를 하곤 하였다. 그러나 요즈음은 그것마저 안 하게 되었다. 그저 한참 물끄러미 굽어보고 섰다가 그대로 윗방으로 올라와버리는 것이었다.

컴컴한 구석에 앉아 있던 철호의 아내가 슬그머니 일어섰다. 담요 바지 무릎을 한쪽은 꺼멍, 또 한쪽은 회색으로 기웠다. 만삭이 되어서 꼭 바가지를 엎어놓은 것 같은 배를 안은 아내는 몽유병자처럼 철호의 앞을 지나 나갔다. 부엌으로 나가는 것이었다. 분명 벙어리는 아닌데 아내는 말이 없었다.

"아버지."

철호는 누가 꼭대기를 쿡 쥐어박기나 한 것처럼 흠칫했다.

바로 옆에 다섯 살 난 딸애가 눈을 동그랗게 뜨고 철호를 쳐다보고 있었다. 철호는 어린것에게로 얼굴을 돌렸다. 웃어 보이려는 철호의 얼굴이 도리어 흉하게 이지러졌다.

"나아, 삼춘이 나이롱 치마 사준댔다."

"응."

"그리구 구두두 사준댔다."

"응."

"그러면 나 엄마하고 화신 구경 간다."

"……"

철호는 그저 어린것의 노랗게 뜬 얼굴을 바라보고 있을 뿐이었다. 철호의 헌 셔츠 허리통을 잘라서 위에 끈을 꿰어 스커트로 입은 딸애는 짝짝이 양말 목다리에다 어디서 주운 것인지 가는 고무줄을 끼웠다.

"가자! 가자!"

아랫방에서 또 어머니의 그 저주 같은 소리가 들려왔다. 벌써 칠 년을 두고 들어와도 전연 모를 그 어떤 딴사람의 목소리.

철호는 또 눈을 꼭 감았다. 머릿속의 녓줄이 팽팽히 헤어졌다. 두 주먹으로 무엇이건 꽉 때려부수고 싶은 충동에 철호는 어금니를 바서져라 맞씹었다.

좀 춥기는 해도 철호는 집 안보다 이 바위 잔등이 더 좋았다. 그래 철호는 저녁만 먹으면 언제나 이렇게 집 뒤 산등성이에 있는 바위 위에 두 무릎을 세워 안고 앉아서 하염없이 거리의 등불들을 바라보며 밤 깊기를 기다리는 것이었다. 어느 거리쯤인지 잘 분간할 수 없는 저 밑에서, 술 광고 네온사인이 핑그르르 돌고 깜빡 꺼졌다가 또 번뜩 켜지고 핑그르르 돌고는 깜빡 꺼지고 하였다.

철호는 그저 언제까지나 그렇게 그 네온사인을 지켜보고 있었다.

바위 잔등이 차츰차츰 식어왔다. 마침내 다 식고 겨우 철호가 깔고 앉은 그 부분에만 약간 온기가 남았다. 이제 조금만 더 있으면 밑이 시려올 것이다. 그러면 철호는 하는 수 없이 일어서야 하는 것이다.

드디어 철호는 일어섰다. 오래 꾸부려 붙이고 있던 두 다리가 저렸다. 두 손을 작업복 호주머니에 깊숙이 찔렀다. 철호는 밤하늘을 한 번 쳐다보았다. 지금까지 바라보던 밤거리보다 더 화려하게 별들이 뿌려져 있었다. 철호는 그 많은 별들 가운데서 북두칠성을 찾아보았다. 머리를 뒤로 젖혀 하늘을 쳐다보는 채 빙그르르 그 자리에서 돌았다. 거꾸로 달린 물주걱 같은 북두칠성은 쉽사리 찾아낼 수 있었다. 그 북두칠성 앞에 딴 별들보다 좀 크고 빛나는 별. 그건 북극성이었다. 철호는 지금 자기가 서 있는 지점과 북극성을 연결하는 직선을 밤하늘에 길게 그어보았다. 그리고 그 선을 눈이 닿는 데까지 연장시켰다. 철호는 그렇게 정북(正北)을 향하여 한참이나 서 있었다. 고향 마을이 눈앞에 떠올랐다. 마을의 좁은 길까지, 아니 그 길에 박혀 있던 돌 하나까지도 선히 볼 수 있었다.

으스스 몸이 떨렸다. 한기가 전기처럼 발끝에서 튀어 콧구멍으로 빠져나갔다. 철호는 크게 재채기를 하였다. 그리고 또 한 번 부르르 몸을 떨며 바위 밑으로 내려왔다.

철호는 천천히 골목 안으로 들어섰다.

"가자!"

철호는 멈칫 섰다. 낮에는 이렇게까지 멀리 들리는 줄은 미처 몰랐던 어머니의 그 소리가 골목 어귀에까지 들려왔다.

"가자!"

그러나 언제까지 그렇게 골목에 서 있을 수도 없는 노릇이었다. 철호는 다시 발을 옮겨놓았다. 정말 무거운 발걸음이었다. 그건 다리가 저려서만이 아니었다.

"가자!"

철호가 그의 집 쪽으로 걸음을 옮겨놓을 때마다 그만치 그 소리는 더 크게 들려왔다.

가자는 것이었다. 돌아가자는 것이었다. 고향으로 돌아가자는 것이었다. 옛날로 되돌아가자는 것이었다. 그것은 이렇게 정신 이상이 생기기 전부터 철호의 어머니가 입버릇처럼 되풀이하던 말이었다.

삼팔선. 그것은 아무리 자세히 설명을 해주어도 철호의 늙은 어머니에게만은 아무 소용 없는 일이었다.

"난 모르겠다. 암만해도 난 모르겠다. 삼팔선. 그래 거기에다 하늘에 꾹 닿도록 담을 쌓았단 말이냐 어쨌단 말이냐. 제 고장으로 제가 간다는데 그래 막을 놈이 도대체 누구란 말이냐."

죽어도 고향에 돌아가서 죽고 싶다는 철호의 어머니였다. 그러고는,

"이게 어디 사람 사는 게냐. 하루이틀도 아니고."

하며 한숨과 함께 무릎을 치며 꺼지듯이 풀썩 주저앉곤 하는 것이었다.

그럴 때마다 철호는,

"어머니, 그래도 남한은 이렇게 자유스럽지 않아요?"

하고 남한이니까 이렇게 생명을 부지하고 살 수 있지, 만일 북쪽 고향으로 간다면 당장에 죽는 것이라고, 자유라는 것이 얼마나 소중한 것인가를 갖은 이야기를 다 예로 들어가며 어머니에게 타일러보는 것이었다. 그러나 자유라는 것을 늙은 어머니에게 이해시키기란 삼

팔선을 인식시키기보다도 몇백 갑절 더 힘드는 일이었다. 아니 그것은 거의 불가능한 일이라 하겠다. 그래 끝내 철호는 어머니에게 자유라는 것을 설명하는 일을 단념하고 말았다. 그렇게 되고 보니 철호의 어머니에게는 아들 ─ 지지리 고생을 하면서도 고향으로 돌아갈 생각만은 죽어도 하지 않는 철호가 무슨 까닭인지는 몰라도 늙은 어미를 잡으려고 공연한 고집을 피우고 있는 천하에 고약한 놈으로만 여겨지는 것이었다.

그야 철호에게도 어머니의 심정이 이해되지 않는 것은 아니었다.

무슨 하늘이 알 만치 큰 부자는 아니었지만 그래도 꽤 큰 지주로서 한 마을의 주인 격으로 제법 풍족하게 평생을 살아오던 철호의 어머니 눈에는 아무리 그네가 세상을 모른다고 해도, 산등성이를 악착스레 깎아내고 거기에다 게딱지 같은 판잣집을 다닥다닥 붙여놓은 이 해방촌이 이름 그대로 해방촌(解放村)일 수는 없는 노릇이었다.

"나두 내 나라를 찾았다게 기뻐서 울었다. 엉엉 울었다. 시집올 때 입었던 홍치마를 꺼내 입구 춤을 추었다. 그런데 이 꼴 좋다. 난 싫다. 아무래두 난 모르겠다. 뭐가 잘못됐건 잘못된 너머 세상이디 그래."

철호의 어머니 생각에는 아무리 해도 모를 일이었던 것이었다. 나라를 찾았다면서 집을 잃어버려야 한다는 것은, 그것은 정말 알 수 없는 일이었던 것이었다.

철호의 어머니는 남한으로 넘어온 후로 단 하루도 이 가자는 말을 하지 않은 날이 없었다.

그렇게 지내오던 그날, 육이오 사변으로 바로 발밑에 빤히 내려다

보이는 용산 일대가 폭격으로 지옥처럼 무너져나가던 날 끝내 철호는 어머니를 잃어버리고 말았던 것이었다.

"큰애야, 이젠 정말 가자. 데것 봐라. 담이 홈싹 무너지는데. 삼팔선의 담이 데렇게 무너지는데. 야."

그때부터 철호의 어머니는 완전히 정신 이상이었다. 지금의 어머니, 그것은 이미 철호의 어머니가 아니었다. 아무리 따져보아도 그것이 철호 자기의 어머니일 수는 없었다. 세상에 아들딸마저 알아보지 못하는 어머니가 있을 수 있는 것일까? 그날부터 철호의 어머니는,

"가자! 가자!"

하고 저렇게 쨍쨍한 목소리로 외마디 소리를 지를 뿐 그 밖의 모든 것을 완전히 잃어버리고 있었다. 철호에게 있어서 지금의 어머니는 말하자면 어머니의 시체에 지나지 않았다.

뚫어진 창호지 구멍으로 그래도 희미한 불빛이 새어나오고 있었다. 철호는 윗방 문을 열었다. 아랫방과 윗방 사이 문턱에 위태롭게 올려놓은 등잔이 개똥벌레처럼 가물거리고 있었다. 윗방 아랫목에는 딸애가 반듯이 누워서 잠이 들었다. 담요를 몸에다 돌돌 말고 반듯이 누운 것이 꼭 송장 같았다. 그 옆에 철호의 아내가 두 무릎을 꿇고 앉아 있었다. 꺼먼 헝겊과 회색 헝겊으로 기운 담요바지 무릎 위에는 빨강색 유단으로 만든 조그마한 운동화가 한 켤레 놓여 있었다. 철호가 방 안에 들어서자 아내는 그 어린애의 빨간 신발을 모두어 자기 손바닥에 올려놓아 철호에게 들어 보였다.

"삼촌이 사왔어요."

유난히 살눈썹이 긴 아내의 눈이 가늘게 웃었다. 참으로 오래간만에 보는 아내의 웃음이었다. 자기가 미인이었다는 것을 잊어버리고만 지 오랜 아내처럼 또 오래 보지 못하여 거의 잊어버려가던 아내의 웃는 얼굴이었다.

철호는 등잔이 놓인 문턱 가까이 가서 앉으며 아내의 손에서 빨간 어린애의 신발을 받아 눈앞에서 아래위를 살펴보았다.

"산보 갔었소?"

거기 등잔불을 사이에 두고 윗방을 향해 앉은 철호의 동생 영호(英浩)가 웃으며 철호를 쳐다보았다.

"언제 들어왔니."

"지금 막 들어와 앉는 길입니다.

그러고 보니 영호는 아직 넥타이도 끄르지 않고 있었다.

"형님!"

새삼스레 부르는 동생의 소리에 철호는 손에 들었던 어린애의 신발을 아내에게 돌리며 영호의 얼굴을 빤히 바라보았다.

"이제 우리두 한번 살아봅시다. 제길, 남 다 사는데 우리라구 밤낮 이렇게만 살겠수. 근사한 양옥도 한 채 사구, 장기판만 한 문패에다 형님의 이름 석 자를, 제길 장님도 보게 써서 대못으로 땅땅 때려 박구 한번 살아봅시다."

군대에서 나온 지 이 년이 넘도록 아직 직업도 못 잡은 영호가 언제나 술만 취하면 하는 수작이었다.

"그리구 이천만 환짜리 세단차도 한 대 삽시다. 거기다 똥통이나 싣고 다니게. 모든 새끼들이 아니꼬워서. 일이야 있건 없건 종일 빵빵 울리면서 동리를 들락날락해야지. 제길, 하하하."

비스듬히 벽에 기대어 앉은 영호는 벌겋게 열에 뜬 얼굴을 하고 담배 연기를 푸 내뿜었다.

"또 술 마셨구나."

고학으로 고생고생 다니던 대학 삼학년에서 군대에 들어갔다가 나온 영호로서는, 특별한 기술이 없어, 직업을 잡지 못하는 것은 별 도리도 없는 노릇이라 칠 수도 있었지만, 이건 어디서 어떻게 마시는 것인지 거의 저녁마다 이렇게 취해 들어오는 동생 영호가 몹시 못마땅한 철호의 말이었다.

"네, 조금 했습니다. 친구들이……"

그것도 들으나마나 늘 같은 대답이었다. 또 그것이 거짓말이 아니라는 것도 철호는 알고 있었다.

"이제 술 좀 그만 마셔라."

"친구들과 어울리면 자연히 마시게 되는걸요."

"글쎄 그러니까 그 어울리는 걸 좀 삼가란 말이다."

"그럴 수도 없구요. 하하하."

"그렇다고 언제까지 그저 그렇게 어울려서 술이나 마시면 뭐가 되나."

"되긴 뭐가 돼요. 그저 답답하니까 만나는 거구, 만나면 어찌어찌 하다 한잔씩 하며 이야기나 하는 거죠. 뭐."

"글쎄 그게 맹랑한 일이란 말이다."

"그렇지만 형님, 그런 친구들이라도 있다는 게 좋지 않수. 그게 시시한 친구들이라 해도. 정말이지 그놈들마저 없었더라면 어떻게 살 뻔했나 하고 생각할 때가 많아요. 외팔이, 절름발이, 그런 놈들. 무식한 놈들. 참 시시한 놈들이지요. 죽다 남은 놈들. 그렇지만 형님, 그놈들 다 착한 놈들이야요. 최소한 남을 속이지는 않거든요. 공갈을 때릴망정. 하하하하. 전우 전우."

영호는 고개를 뒤로 젖히고 천장을 향해 후 담배 연기를 내뿜었다. 철호는 그저 물끄러미 영호의 모습을 쳐다볼 뿐 아무 말도 없었다. 영호는 여전히 천장을 향한 채 피어오르는 연기를 바라보며 한 손으로 목의 넥타이를 앞으로 잡아당겨 풀어 늦추어놓았다.

"가자!"

아랫목에서 어머니가 소리를 질렀다.

영호는 슬그머니 아랫목으로 고개를 돌렸다. 한참이나 그렇게 어머니 쪽으로 고개를 돌리고 있는 영호는 아무 말도 없이 그저 눈만 끔뻑끔뻑하고 있었다.

철호는 길게 한숨을 쉬었다. 앞에 놓인 등잔불이 거물거물 춤을 추었다. 철호는 저고리 호주머니에서 담배를 꺼내었다. 꼬깃꼬깃 구겨진 파랑새 갑 속에서 담배를 한 개비 뽑아내었다. 바삭바삭 마른 담배는 양끝이 반쯤 빠져나갔다. 철호는 그 양끝을 비벼 말았다. 흡사 비과 모양으로 되었다. 철호는 그 비과 모양의 담배 한끝을 입에다 물었다.

"이걸 피슈, 형님."

영호는 자기 앞에 놓였던 담뱃갑을 집어서 철호의 앞으로 내어밀었다. 빨간색 양담뱃갑이었다. 철호는 그 여느 것보다 좀 긴 양담뱃갑을 한 번 힐끔 쳐다보았을 뿐, 아무 소리도 없이 등잔불로 입에 문 파랑새 끝을 가져갔다. 영호는 등잔불 위에 꾸부린 형 철호의 어깨를 넌지시 바라보고 있었다. 지지지 소리가 났다. 앞이마에 흐트러져 내렸던 철호의 머리카락이 등잔불에 타며 또르르 끝이 말려올랐다. 철호는 얼굴을 들었다. 한 모금 빨자 벌써 손끝이 따갑게 꽁초가 되어 버린 담배를 입에서 떼었다. 천천히 연기를 내뿜은 철호의 미간에는 세로 석 줄의 깊은 주름이 파였다. 영호는 들었던 담뱃갑을 도로 방바닥에 내려놓았다. 그리고 조용히 등잔불로 시선을 떨구었다. 그의 입가에는 야릇한 웃음이 ― 애달픈, 아니 그 누군가를 비웃는 듯한, 그런 미소가 천천히 흘러 지나갔다.

한참 동안 아무도 말이 없었다.

"가자!"

아랫방 아랫목에서 몸을 뒤채는 어머니가 잠꼬대를 했다. 어머니는 이제 꿈속에서마저 생활을 잃어버린 모양이었다. 아주 낮은 그 소리는 한숨처럼 느리게 아래윗방에 가득 차 흘러 사라졌다.

여전히 아무도 말이 없었다.

철호는 꽁초를 손끝에 꼬집어 쥔 채 넋 빠진 사람 모양 가물거리는 등잔불을 지켜보고 있었고 동생 영호는 비스듬히 벽에 기대어 앉은 채 철호의 손끝에서 타고 있는 담배꽁초를 바라보고 있었고, 철호의 아내는 잠든 딸애의 머리맡에 가지런히 놓인 빨간 신발을 요리조리 매만지고 있었다.

"가자!"

또 한 번 어머니의 소리가 저 땅 밑에서 새어나오듯이 들려왔다.

"형님은 제가 이렇게 양담배를 피우는 게 못마땅하지요?"

영호는 반쯤 탄 담배를 자기의 눈앞에 가져다 그 빨간 불티를 들여다보며 말했다.

"분에 맞지 않지."

철호는 여전히 등잔불을 바라보며 대답했다.

"그렇지만 형님, 형님은 파랑새와 양담배와 두 가지 중에서 어느 것이 더 좋으슈?"

"……? 그야 양담배가 좋지. 그래서?"

그래서 너는 보리밥도 못 버는 녀석이 그래 좋은 것은 알아서 양담배를 피우는 거냐 하는 철호의 눈초리가 번뜩 영호의 면상을 때렸다.

"그래서 전 양담배를 택했어요."

"뭐가?"

"형님은 절 오해하시고 계세요."

"……?"

"제가 무슨 돈이 있어서 양담배를 사서 피우겠어요. 어쩌다 친구들이 사주는 것이니 피우는 거지요. 형님은 또 제가 거의 저녁마다 술을 마시고 또 제법 합승을 타고 들어오는 것도 못마땅하시죠. 저도 알고 있어요. 형님은 때때로 이십오 환 전찻값도 없어서 종로서 근 십 리를 집에까지 터덜터덜 걸어서 돌아오시는 것을. 그렇지만 형님이 걸으신다고 해서, 한사코 같이 타고 가자는 친구들의 호의, 아니 그건 호의도 채 못 되는 싱거운 수작인지도 모르죠. 어쨌든 그것을 굳이 뿌리치고 저마저 걸어야 할 아무 까닭도 없지 않습니까? 이상한 놈들이죠. 술 담배는 사주고 합승은 태워줘도 돈은 안 주거든요."

영호는 손끝으로 뱅글뱅글 비벼 돌리는 담뱃불을 들여다보며 말했다.

"어쨌든 너도 이젠 좀 정신 차려줘야지. 벌써 군대에서 나온 지도 이태나 되지 않니."

"정신 차려야죠. 그러지 않아도 이달 안으로는 어찌 되든 간에 결판을 내구 말 생각입니다."

"어디 취직을 해야지."

"취직이오? 형님처럼요? 전찻값도 안 되는 월급을 받고 남의 살림이나 계산해주란 말이지요?"

"그럼 뭐 별 뾰족한 수가 있는 줄 아니."

"있지요. 남처럼 용기만 조금 있으면."

"……?"

어처구니없는 영호의 수작에 철호는 그저 멍청하니 영호의 얼굴을 쳐다보았다. 손끝이 따가웠다. 철호는 비루(맥주) 깡통으로 만든 재떨이에 담배를 비벼 껐다.

"용기?"

"네, 용기."

"용기라니."

"적어도 까마귀만 한 용기만이라도 말입니다. 영리할 필요는 없더군요. 우둔해도 상관없어요. 까마귀는 도무지 허수아비를 무서워하지 않습니다. 참새처럼 영리하지 못한 탓으로 그놈의 까마귀는 애당초에 허수아비를 무서워할 줄조차 모르거든요."

영호의 입가에는 좀전에 파랑새 꽁초에다 불을 댕기는 철호를 바라보던 때와 같은 야릇한 웃음이 또 소리 없이 감돌고 있었다.

"너 설마 무슨 엉뚱한 계획을 세우고 있는 것은 아니겠지."

철호는 약간 긴장한 얼굴을 하고 영호를 바라보며 꿀꺽 하고 침을 삼켰다.

"아니요. 엉뚱하긴 뭐가 엉뚱해요. 그저 우리들도 남처럼 다 벗어던지고 홀가분한 몸차림으로 달려보자는 것이죠 뭐."

"벗어던지고?"

"네, 벗어던지고. 양심이고, 윤리고, 관습이고, 법률이고, 다 벗어던지고 말입니다."

영호의 큰 두 눈이 유난히 빛나는가 하자 철호의 눈을 정면으로 밀고 들었다.

"양심이고, 윤리고, 관습이고, 법률이고?"

"……"

"너는, 너는……"

영호는 아무 대답도 하지 않았다. 그러나 눈만은 똑바로 형 철호를 쳐다보고 있었다.

"그렇게나 살자면 이 형도 벌써 잘살 수 있었다."

철호의 목소리는 떨리고 있었다.

"그렇게나라니요?"

"양심을 버리고, 윤리와 관습을 무시하고, 법률까지도 범하고?!"

흥분한 철호의 큰 목소리에 영호는 지금까지 철호의 얼굴에 주었던 시선을 앞으로 죽 뻗치고 앉은 자기의 발끝으로 떨구었다.

"저도 형님을 존경하고 있어요. 고생하시는 형님을. 용케 이 고생을 참고 견디는 형님을. 그렇지만 형님은 약한 사람이야요. 용기가 없는 거지요. 너무 양심이 강해요. 아니 어쩌면 사람이 약하면 약한 만치, 그만치 반대로 양심이란 가시는 여물고 굳어지는 것인지도 모르죠."

"양심이란 가시?"

"네, 가시지요. 양심이란 손끝의 가십니다. 빼어버리면 아무렇지도 않은데 공연히 그냥 두고 건드릴 때마다 깜짝깜짝 놀라는 거야요. 윤리요? 윤리. 그건 나일론 빤쓰 같은 것이죠. 입으나마나 불알이 덜렁 비쳐 보이기는 매한가지죠. 관습이오? 그건 소녀의 머리 위에 달린 리본이라고나 할까요? 있으면 예쁠 수도 있어요. 그러나 없대서 뭐 별일도 없어요. 법률? 그건 마치 허수아비 같은 것입니다. 허수아비. 덜 굳은 바가지에다 되는 대로 눈과 코를 그리고 수염만 크게 그린 허수아비. 누더기를 걸치고 팔을 쩍 벌리고 서 있는 허수아비. 참새들을 향해서는 그것이 제법 공갈이 되지요. 그러나 까마귀쯤만 돼도 벌써 무서워하지 않아요. 아니 무서워하기는커녕 그놈의 상투 끝에 턱 올라앉아서 썩은 흙을 쑤시던 더러운 주둥이를 쓱쓱 문질러도 별일 없거든요. 흥."

영호는 코웃음을 쳤다. 그리고 거기 문턱 밑에 담뱃갑에서 새로 담배를 한 개 빼어 물고 지금까지 들고 있던 다 탄 꽁다리에서 불을 옮겨 빨았다.

"가자!"

어머니의 그 소리가 또 들렸다. 어머니는 분명히 잠이 들어 있는 것이었다. 그러면서도 간간이 저렇게 가자 가자 소리를 지르는 것이었다. 그것은 어쩌면 어머니에게는 호흡처럼 생리화해버린 것인지도 몰랐다.

철호는 비스듬히 모로 앉은 동생 영호의 옆얼굴을 한참이나 노려 보고 있었다. 영호는 영호대로 퀭한 눈으로 깜박이기를 잊어버린 채 아까부터 앞으로 뻗친 자기의 발끝을 바라보고 있었다. 이윽고 철호는 영호에게서 눈을 돌려버렸다. 그리고 아랫방과 윗방 사이 칸막이를 한 널쪽에 등을 기대며 모로 돌아앉았다. 희미한 등잔 불빛에 잠든 딸애의 조그마한 얼굴이 애처로웠다. 그 어린것 옆에 앉은 철호의 아내는 왼쪽 무릎을 세우고 그 위에 손을 펴 깔고 턱을 괴었다. 아까부터 철호와 영호, 형제가 하는 말을 조용히 듣고만 있던 그네는 무엇을 생각하고 있는지 한쪽 손끝으로, 거기 방바닥에 가지런히 놓인 빨간 어린애의 신발만 몇 번이고 쓸어보고 있었다.

철호는 고개를 푹 떨구어 턱을 가슴에 묻었다. 영호는 새로 피워 문 담배를 연거푸 서너 번 들이빨았다. 그리고 또 말을 계속하였다.

"저도 형님의 그 생활 태도를 잘 알아요. 가난하더라도 깨끗이 살자는. 그렇지요, 깨끗이 사는 게 좋지요. 그런데 형님 하나 깨끗하기 위하여 치르는 식구들의 희생이 너무 어처구니없이 크고 많단 말입니다. 헐벗고 굶주리고. 형님 자신만 해도 그렇죠. 밤낮 쑤시는 충치 하나 처치 못하시고, 이가 쑤시면 치과에 가서 치료를 하거나 빼어버리거나 해야 할 것 아니야요. 그런데 형님은 그것을 참고 있어요. 낯을 잔뜩 찌푸리고 참는단 말입니다. 물론 치료비가 없으니까 그러는 수밖에 없겠지요. 그겁니다. 바로 그겁니다. 그 돈을 어떻게든지 구해야죠. 이가 쑤시는데 그럼 어떻게 해요. 그걸 형님처럼, 마치 이 쑤시는 것을 참고 견디는 그것이 돈을—치료비를—버는 것이기나 한 것처럼 생각하는 것. 안 쓰는 것은 혹 버는 셈이 된다고 할 수도 있을 거야요. 그렇지만 꼭 써야 할 데 못 쓰는 것이 버는 셈이라고는 할 수 없지 않아요. 세상에는 이런 세 층의 사람들이 있다고 봅니다. 즉 돈을 모으기 위해서만으로 필요 이상의 돈을 버는 사람과, 필요하니까 그 필요하니 만치의 돈을 버는 사람과, 또 하나는 이건 꼭 필요한 돈도 채 못 벌고서 그 대신 생활을 줄이는 사람들. 신발에다 발을 맞추는 격으로. 형님은 아마 그 맨 끝의 층에 속하겠지요. 필요한 돈도 미처 벌지 못하는 사람. 깨끗이 살자니까 그럴 수밖에 없다고 하시겠지요. 그래요. 그것은 깨끗하기는 할지 모르죠. 그렇지만 그저 그것뿐이지요. 언제까지나 충치가 쏘아 부은 볼을 싸쥐고 울상일 수밖에 없지요. 그렇지 않습니까? 그야 형님! 인생이 저 골목 안에서 십 환짜리를 받고 코 흘리는 어린애들에게 보여주는 요지경이라면야 자기가 가지고 있는 돈값만치 구멍으로 들여다보고 말 수도 있겠지요. 그렇지만 어디 인생이 자기 주머니 속의 돈 액수만치만 살고 그만두고 싶다면 그만둘 수 있는 요지경인가요 어디. 돈만치만 먹고 살 수 있는 그런 편리한 목구멍인가요 어디. 싫어도 살아야 하니까 문제지요. 사실이지 자살을 할 만치 소중한 인생도 아니고요. 살자니까 돈이 필요하구요. 필요한 돈이니까 구해야죠. 왜 우리라고 좀 더 넓은 테두리, 법률선(法律線)까지 못 나가란 법이 어디 있어요. 아니 남들은 다 벗어던지구 법률선까지도 넘나들면서 사는데, 왜 우리만이 옹색한 양심의 울타리 안에서 숨이 막혀야 해요. 법률이란 뭐야요. 우리들이 피차에 약속한 선이 아니야요?"

영호는 얼굴을 번쩍 들며 반쯤 끌러놓았던 넥타이를 마저 끌러서 방구석에 픽 던졌다.

철호는 여전히 턱을 가슴에 푹 묻은 채 묵묵히 앉아 두 짝 다 엄지발가락이 몽땅 밖으로 나온 뚫어진 양말을 내려다보고 있었다. 나일론 양말을 한 켤레 사면 반년은 무사히 뚫어지지 않고 견딘다는 말을 들었다. 그러나 뻔히 알면서도 번번이 백 환짜리 무명 양말을 사들고 들어오는 철호였다. 칠백 환이란 돈을 단번에 잘라낼 여유가 도저히 없는 월급이었던 것이다.

"가자!"

어머니는 또 몸을 뒤채었다.

"그건 억설이야."

철호는 천천히 고개를 들었다. 신문지를 바른 맞은편 벽에, 쭈그리고 앉은 아내의 그림자가 커다랗게 비쳐 있었다. 꼽추처럼 꼬부리고 앉은 아내의 그림자는 헝클어진 머리카락이 괴물스러웠다. 철호는 눈을 감았다. 머리마저 등 뒤 칸막이 반자에 기대었다.

철호의 감은 눈 앞에 십여 년 전 아내가 흰 저고리 까만 치마를 입고 선히 나타났다. 무대에 나선 그네는 더욱 예뻤다. E여자대학 졸업 음악회였다. 노래가 끝나자 박수 소리가 그칠 줄을 몰랐다. 그날 저녁 같이 거리를 거닐던 그네는 정말 싱싱하고 예뻤다. 그러나 지금 철호 앞에 쭈그리고 앉은 아내는 그때의 그네가 아니었다. 무슨 둔한 동물처럼 되어버린 그네. 이제 아무런 희망도 가져보려고 하지 않는 아내. 철호는 가만히 눈을 떴다. 그래도 아내의 속눈썹만은 전처럼 까맣고 길었다.

"가자!"

철호는 흠칫 놀라 환상에서 깨어났다.

"억설이오? 그런지도 모르죠."

한참이나 잠잠하니 앉아 까물거리는 등잔불을 바라보던 영호의 맥빠진 대답이었다.

"네 말대로 한다면 돈 있는 사람들은 다 나쁜 사람이란 말밖에 더 되나 어디."

"아니죠. 제가 어디 나쁘고 좋고를 가렸어요. 나쁘긴 누가 나빠요? 왜 나빠요? 아 잘사는 게 나빠요? 도시 나쁘고 좋고부터 따질 아무런 선도 없지요 뭐."

"그렇지만 지금 네 말로는 잘살자면 꼭 양심이고 윤리고 뭐고 다 버려야 한다는 것이 아니고 뭐야."

"천만에요. 잘못 이해하신 겁니다. 간단히 말씀드리면 이렇다는 것입니다. 즉 양심껏 살아가면서 잘살 수도 있기는 하다. 그러나 그것은 극히 적다. 거기에 비겨서 그 시시한 것들을 벗어던지기만 하면 누구나 틀림없이 잘살 수 있다."

"그것이 바로 억설이란 말이다. 마음 한구석이 어딘가 비틀려서 하는 억지란 말이다."

"글쎄요, 마음이 비틀렸다고요. 그건 아마 사실일는지 모르겠어요. 분명히 비틀렸어요. 그런데 그 비틀리기가 너무 늦었어요. 어머니가 저렇게 미치기 전에 비틀렸어야 했지요. 한강철교를 폭파하기 전에 말입니다. 하나밖에 없는 누이동생 명숙(明淑)이가 양공주가 되기 전에 비틀렸어야 했지요. 환도령(還都令)이 내리기 전에. 하다못해 동대문시장에 자리라도 한 자리 비었을 때 말입니다. 그러구 이놈의 배때기에 지금도 무슨 내장이기나 한 것처럼 박혀 있는 파편이 터지기 전에 말입니다. 아니 그보다도 더 전에, 제가 뭐 무슨 애국자나처럼 남들은 다 기피하는 군대에 어머니의 원수를 갚겠노라고 자원하던 그 전에 말입니다."

"……"

"……그보다도 더 전에 썩 전에 비틀렸어야 했을지 모르죠. 나면서부터 비틀렸더라면 더 좋았을지도 모르죠."

영호는 푹 고개를 떨구었다. 길게 한숨을 내쉬었다. 그 한숨이 후르르 떨고 있었다. 철호는 한참 동안 아무 말도 하지 않았다. 윗목에 앉아 있던 철호의 아내가 방바닥에 떨어진 눈물을 손끝으로 장난처럼 문지르고 있었다. 영호도 훌쩍훌쩍 코를 들이켜고 있었다.

"그렇지만 인생이란 그런 게 아니야. 너는 아직 사람이란 어떻게 살아야만 하는 것인지조차도 모르고 있어."

"그래요, 사람이란 과연 어떻게 살아야 하는 것인지는 정말 모르겠어요. 그렇지만 이제 이 물고 뜯고 하는 마당에서 살자면, 생명만이라도 유지하자면 어떻게 해야 할는지는 알 것 같애요. 허허."

영호는 눈물이 글썽하니 괸 눈을 천장을 향해 쳐들며 자기 자신을 비웃듯이 허허 하고 웃었다.

"가자!"

또 어머니는 가자고 했다. 영호는 아랫목으로 눈을 돌렸다. 철호는 길게 한숨을 쉬었다. 앞의 등잔불이 크게 흔들거렸다. 방 안의 모든 그림자들이 움직였다. 집 전체가 그대로 기울거리는 것 같았다. 그것뿐 조용했다. 밤이 꽤 깊은 모양이었다. 세상이 온통 잠들고 있었다.

저만치 골목 밖에서부터 딱 딱 딱 딱 구둣발 소리가 뾰족하게 들려왔다. 점점 가까워왔다. 바로 아랫방 문 앞에서 멎었다. 영호는 문께로 얼굴을 돌렸다. 삐걱삐걱 두어 번 비틀리던 방문이 열렸다. 여동생 명숙이가 들어섰다. 싱싱한 몸매에 까만 투피스가 제법 어느 회사의 여사무원 같았다.

"늦었구나."

영호가 여전히 두 다리를 쭉 뻗고 앉은 채 고개만 뒤로 젖혀서 명숙을 쳐다보았다.

명숙은 영호의 말에 아무런 대꾸도 없이 돌아서서 문밖에서 까만 하이힐을 집어올려 아랫방 모서리에 들여놓았다. 그리고 백을 휙 방구석에 던졌다. 겨우 윗저고리와 스커트를 벗어 건 명숙은 아랫방 뒤 구석에 가서 털썩하고 쓰러지듯 가로누워버렸다. 그리고 거기 접어놓은 담요를 끌어다 머리 위에서부터 푹 뒤집어썼다.

철호는 명숙을 거들떠보지도 않고 덤덤히 등잔불만 지켜보고 있었다.

철호는 언젠가 퇴근하던 길에 전차 창문 밖에서 본 명숙의 꼴을 생각하고 있는 것이었다.

철호가 탄 전차가 을지로 입구 십자거리에서 머물러 신호를 기다리고 있었다. 손잡이를 붙들고 창을 향해 서 있던 철호는 무심코 밖을 내다보았다. 전차 바로 앞에 미군 지프차가 한 대 와 섰다. 순간 철호는 확 낯이 달아올랐다.

핸들을 쥔 미군 바로 옆자리에 색안경을 쓴 한국 여자가 앉아 있었다. 그것이 바로 명숙이었던 것이다. 바로 철호의 턱밑에서였다. 역시 신호를 기다리는 그 지프차 속에서 미군은 한 손은 핸들에 걸치고 또 한 팔로는 명숙의 허리를 넌지시 끌어안는 것이었다. 미군이 명숙의 얼굴을 들여다보며 뭐라고 수작을 걸었다. 명숙은 다리를 겹치고 앉은 채 앞을 바라보는 자세 그대로 고개를 까딱거렸다. 그 미군 지프차 저편에 와 선 택시 조수가 명숙이와 미군을 쳐다보며 피시시 웃었다. 전찻간에서도 마찬가지였다. 철호 바로 옆에 나란히 서 있던 청년들이 쑥떡거렸다.

"그래도 멋은 부렸네."

"멋? 그래 색안경을 썼으니 말이지?"

"장사치곤 고급이지, 밑천 없이."

"저것도 시집을 갈까?"

"흥."

철호는 손잡이를 놓았다. 그리고 반대편 가운데 문께로 가서 돌아서고 말았다. 그것은 분명히 슬픈 감정만은 아니었다. 뭐라고 말할 수조차 없는 숯덩어리 같은 것이 꽉 목구멍을 치밀었다. 정신이 아뜩해지는 것 같았다. 하품을 하고 난 뒤처럼 콧속이 싸하니 쓰리면서 눈물이 징 솟아올랐다. 철호는 앞에 있는 커다란 유리를 꽉 머리로 받아 부수고 싶은 충동을 느끼며 어금니를 꽉 맞씹었다. 찌르르 벨이 울렸다. 덜커덩 전차가 움직였다. 철호는 문짝에 어깨를 가져다 기대고 눈을 감아버렸다.

그날부터 철호는 정말 한마디도 누이동생 명숙이와 말을 하지 않았다. 또 명숙이도 철호를 본체만체였다.

"자, 우리도 이제 잡시다."

영호가 가슴을 펴서 내밀며 바로 앉았다.

등잔불을 끄고 두 방 사이의 문을 닫았다.

폭 가라앉은 것같이 피곤했다. 그러면서도 철호는 정작 잠을 이룰 수는 없었다. 밤은 고요했다. 시간이 그대로 흐르기를 멈추어버린 것 같이 조용했다. 철호의 아내도 이제 잠이 들었나 보다. 앓는 소리를 내었다. 철호는 눈을 감았다. 어딘가 아득히 먼 것을 느끼고 있었다.

철호도 잠이 들어가고 있었다.

"가자!"

다들 잠든 밤의 그 어머니의 소리는 엉뚱하게 컸다. 철호는 흠칫 눈을 떴다. 차츰 눈이 어둠에 익어갔다. 며칠인가, 문틈으로 새어든 달빛이 철호의 옆에서 잠든 딸애의 머리에서부터 발끝까지 죽 파란 줄을 그었다. 철호는 다시 눈을 감았다. 길게 한숨을 쉬며 벽을 향해 돌아누웠다.

"가자!"

또 어머니가 소리를 질렀다. 그러나 철호는 눈을 뜨지 않았다. 그도 마저 잠이 들어버린 것이었다.

그런데 이번에는 아랫방에서 명숙이가 눈을 떴다. 아랫목에 어머니와 윗목에 오빠 영호 사이에 누운 명숙은 어둠 속에 가만히 손을 내밀었다. 어머니의 손을 더듬어 잡았다. 뼈 위에 겨우 가죽만이 씌워진 손이었다. 그 어머니의 손에서는 체온이 느껴지는 것이 아니라 축축이 습기가 미끈거렸다. 명숙은 어머니 쪽을 향하여 돌아누웠다. 한쪽 손을 마저 내밀어서 두 손으로 어머니의 송장 같은 손을 감싸쥐었다.

"가자!"

딸의 손을 느끼는지 못 느끼는지 어머니는 또 한 번 허공을 향해 가자고 소리 질렀다.

"엄마!"

명숙이의 낮은 소리였다. 명숙은 두 손으로 감싸쥔 어머니의 여윈 손을 가만히 흔들었다.

"가자!"

"엄마!"

기어이 명숙은 흐느끼기 시작하였다. 명숙은 어머니의 손을 끌어다 자기의 입에 틀어막았다.

"엄마!"

숨을 죽여가며 참는 명숙의 울음은 한숨으로 바뀌며 어머니의 손가락을 입 안에서 잘근잘근 씹어보는 것이었다.

"겁내지 말라."

옆에서 영호가 잠꼬대를 했다.

"가자!"

어머니는 명숙의 손에서 자기의 손을 빼어가지고 저쪽으로 돌아누워버렸다.

명숙은 다시 담요를 끌어다 머리 위까지 푹 썼다. 그리고 담요 속에서 흐득흐득 울고 있었다.

"엄마."

이번엔 윗방에서 어린것이 엄마를 불렀다.

철호는 잠 속에서 멀리 그 소리를 들었다. 그러면서도 채 잠이 깨어지지는 않았다.

"엄마."

어린것은 또 한 번 엄마를 불렀다.

"오 오, 왜. 엄마 여기 있어."

아내의 반쯤 깬 소리였다. 어린것을 끌어다 안는 모양이었다. 철호는 그 소리를 멀리 들으며 다시 곤히 잠들어버렸다.

"오줌."

"오, 오줌 누겠니. 자, 일어나. 착하지."

철호의 아내는 일어나 앉으며 어린것을 안아 일으켰다. 구석에서 깡통을 끌어다 대어주었다.

"참, 삼촌이 네 신발 사왔지. 아주 예쁜 거. 볼래?"

깡통을 타고 앉은 어린것을 뒤에서 안아주고 있던 철호의 아내는 한 손으로 어린것의 베개 맡에 놓아두었던 신발을 집어다 보여주었다. 희미하게 달빛이 들이비쳤을 뿐인 어두운 방 안에서는 그것은 그저 겨우 모양뿐 색채를 잃고 있었다.

"내 거야? 엄마."

"그래, 네 거야."

"예뻐?"

"참 예뻐. 빨강이야."

"응……"

어린것은 잠에 취한 소리로 물으며 신발을 두 손에 받아 가슴에 안았다.

"자, 이제 거기 놔두고 자야지."

"응, 낼 신어도 돼?"

"그럼."

어린것은 오물오물 담요 속으로 파고들어갔다.

"엄마, 낼 신어도 돼?"

"그럼."

뭐든가 좀 좋은 것은 아껴야 한다고만 들어오던 어린것은 또 한 번 이렇게 다짐하는 것이었다.

아내는 어린것의 담요 가장자리를 꼭꼭 눌러주고 나서 그 옆에 누웠다.

다들 다시 잠이 들었다. 어느 사이에 달빛이 비껴서 칼날 같은 빛을 철호의 가슴으로 옮겼다. 어린것이 부스스 머리를 들었다. 배를 깔고 엎드렸다. 어린것은 조그마한 손을 베개 너머로 내밀었다. 거기 가지런히 놓아둔 신발을 만져보았다. 어린것은 안심한 듯이 다시 베개를 베고 누웠다. 또다시 조용해졌다. 한참 만에 또 어린것이 움직거렸다. 잠이 든 줄만 알았던 어린것은 또 엎드렸다. 머리맡에 신발을 또 끌어당겼다. 조그마한 손가락으로 신발 코를 꼭 눌러보았다. 그리고는 이번에는 아주 자리 위에 일어나 앉았다. 신발을 무릎 위에 들어 올려놓았다. 달빛에다 신발을 들이대어보았다. 바닥을 뒤집어 보았다. 두 짝을 하나씩 두 손에 갈라 들고 고무 바닥을 맞대어보았다. 이번엔 신발을 앞으로 내놓았다. 가만히 신발을 가져다 신었다. 앉은 채로 꼭 방바닥을 디디어보았다.

"가자!"

어린것은 깜짝 놀랐다. 얼른 신발을 벗었다. 있던 자리에 도로 모아놓았다. 그리고 한 번 더 신발을 바라보고 난 어린것은 살그머니 누웠다. 오물오물 담요 속으로 기어 들어갔다.

점심을 못 먹은 배는 오후 두시에서 세시 사이가 제일 견디기 힘들었다. 철호는 펜을 장부 위에 놓았다. 저쪽 구석에 돌아앉은 사환애를 바라보았다. 보리차라도 한 잔 더 마시고 싶었다. 그러나 두 잔까지는 사환애를 시켜서 가져오랄 수 있었으나 세 번까지는 부르기가 좀 미안했다. 철호는 걸상을 뒤로 밀고 일어섰다. 책상 모서리에 놓인 찻종을 집어들었다. 그리고 출입문으로 나갔다. 복도의 풍로 위에서 커다란 주전자가 끓고 있었다. 보리차를 찻종 하나 가득히 부었다. 구수한 냄새가 피어올랐다. 철호는 뜨거운 찻종을 손가락으로 꼬집어 들고 조심조심 자기 자리로 돌아와 앉았다. 그리고 찻종을 입으로 가져갔다. 후 불었다. 마악 한 모금 들이마시는 때였다.

"송선생님 전화입니다."

사환애가 책상 앞에 와 알렸다. 철호는 얼른 찻종을 책상 위에 내려놓았다. 그리고 과장 책상 앞으로 갔다. 수화기를 들었다.

"네, 송철호올시다. 네? 경찰서요……? 전 송철호라는 사람인데요? 네? 송영호요? 네? 바로 제 동생입니다. 무슨? 네? 네? 송영호가요? 제 동생이 말입니까? 곧 가겠습니다. 네 네."

철호는 수화기를 걸었다. 그리고 걸어놓은 수화기를 멍하니 내려다보고 서 있었다. 사무실 안 사람들의 시선이 모두 철호에게로 쏠렸다.

"무슨 일인가. 동생이 교통사고라도?"

서류를 뒤적이던 과장이 앞에 서 있는 철호를 쳐다보며 말했다.

"네? 네, 저 과장님, 잠깐 다녀오겠습니다."

철호는 마시던 보리차를 그대로 남겨둔 채 사무실을 나섰다. 영문을 모르는 동료들이 서로 옆의 사람의 얼굴을 힐끗 쳐다보는 것이었다.

철호는 전에도 몇 번 경찰서의 호출을 받은 일이 있었다.

양공주 노릇을 하는 누이동생 명숙이가 걸려들면 그 신원 보증을 해야 하는 철호였다. 그때마다 철호는 치안관 앞에서 낯을 못 들고 앉았다가 순경이 앞세우고 나온 명숙을 데리고 아무 말도 없이 경찰서 뒷문을 나서곤 하였다. 그럴 때면 철호는 울었다. 하나밖에 없는 누이동생이 정말 밉고 원망스러웠다. 철호는 명숙을 한 번 돌아다보는 일도 없이 전찻길을 따라 사무실로 걸었고, 또 명숙은 명숙이대로 적당한 곳에서 마치 낯도 모르는 사람이나처럼 딴 길로 떨어져 가버리곤 하는 것이었다.

그런데 이번에는 누이동생이 아니라 남동생 영호의 건이라고 했다. 며칠 전 밤에 취해서 지껄이던 영호의 말들이 머리를 스치고 지나갔다. 불안했다. 그런들 설마 하고 마음을 다시 먹으며 철호는 경찰서 문을 들어섰다.

권총 강도.

형사에게서 동생 영호의 사건 내용을 들은 철호는 앞에 앉은 형사의 얼굴을 바보 모양 멍청히 바라보고 있을 뿐이었다. 점점 핏기가 가셔가는 철호의 얼굴은 표정을 잃은 채 굳어가고 있었다.

어느 회사에서 월급을 줄 돈 천오백만 환을 찾아서 은행 앞에 대기시켰던 지프차에 싣고 막 떠나려고 하는데 중절모를 깊숙이 눌러쓰고 색안경을 낀 괴한 두 명이 차 속으로 올라오며 권총을 내어 들더라는 것이었다.

"겁내지 마라! 차를 우이동으로 돌려라."

운전수와 또 한 명 회사원은 차가운 권총 구멍을 등에 느끼며 우이동까지 갔다고 한다. 어느 으슥한 숲 속에서 차를 세웠다고 한다. 그리고는 둘이 다 차 밖으로 나가라고 한 다음, 괴한들이 대신 운전대로 옮아 앉더라고 한다. 운전수와 회사원은 거기 버려둔 채 차는 전속력으로 다시 시내로 향해 달렸단다. 그러나 지프차는 미아리도 채 못 와서 경찰에 붙들리고 말았다는 것이었다. 그런데 차 안에는 괴한이 한 사람밖에 없었다고 한다.

형사가 동생을 면회하겠느냐고 물었을 때도 철호는 그저 얼이 빠져서, 두 무릎 위에 맥없이 손을 올려놓고 앉은 채 아무 대답도 못 했다.

이윽고 형사실 뒷문이 열리더니 거기 영호가 나타났다.

"이리로 와."

수갑이 채워진 두 손을 배 앞에다 모으고 천천히 형사의 책상 앞으로 걸어 나오는 영호는 거기 걸상에 앉았다 일어서는 철호를 향하여 약간 머리를 끄덕여 보였다. 동생의 얼굴을 뚫어져라고 바라보고 서 있는 철호의 여원 볼이 히물히물 움직였다. 괴로울 때의 버릇으로 어금니를 꽉꽉 씹고 있는 것이었다.

형사는 앞에 와서 선 영호에게 눈으로 철호를 가리켰다.

영호는 철호에게로 돌아섰다.

"형님, 미안합니다. 인정선(人情線)에 걸렸어요. 법률선까지는 무난히 뛰어넘었는데. 쏘아버렸어야 하는 건데."

영호는 철호의 얼굴을 들여다보며 빙그레 웃었다. 그리고는 옆으로 비스듬히 얼굴을 떨구며 수갑을 채운 오른손 엄지를 권총 방아쇠를 당기는 때처럼 까불어서 지그시 당겨보는 것이었다.

철호는 눈도 깜빡하지 않고 그저 영호의 머리카락이 흐트러져 내린 이마를 바라보고 있었다.

"돌아가세요, 형님."

영호는, 등신처럼 서 있는 형이 도리어 민망한 듯이 조용히 말했다.

"수감해."

형사가 문간에 지키고 서 있는 순경을 돌아보았다.

영호는 그에게로 오는 순경을 향해 마주 걸어갔다. 영호는 뒷문으로 끌려 나가다 말고 멈춰 섰다. 그리고 뒤를 돌아보았다.

"형님, 어린것 화신 구경이나 한번 시키세요. 제가 약속했었는데."

뒷문이 쾅 닫혔다. 철호는 여전히 영호가 사라진 뒷문을 바라보고 서 있었다. 눈이 뿌옇게 흐려졌다. 아무것도 보이지 않았다.

"쏠 의사는 처음부터 없었던 것 같은데."

조서를 한옆으로 밀어놓으며 형사가 중얼거렸다. 철호는 거기 걸상에 가만히 걸터앉았다.

"혹시 그 같이 한 청년을 모르시나요."

철호의 귀에는 형사의 말소리가 아주 멀었다.

"끝내 혼자서 했다고 우기는데, 그러나 증인이 있으니까 이제 차츰 사실대로 자백하겠지만."

여전히 철호는 말이 없었다.

경찰서를 나온 철호는 어디를 어떻게 걸었는지 알 수 없었다. 철호는 술 취한 사람 모양 허청거리는 다리로 자기 집이 있는 언덕길을 올라가고 있었다. 철호는 골목길 어귀에 들어섰다.

"가자!"

철호는 거기 멈춰 섰다. 고개를 뒤로 젖혔다. 그러나 그는 하늘을 쳐다보는 것이 아니었다.

하 하고 숨을 크게 내쉬는 철호는 울고 있었다. 눈물이 콧속으로 흘러서 찝질하니 목구멍으로 넘어갔다.

"가자. 가자. 어딜 가잔 거야. 도대체 어딜 가잔 거야."

철호는 꽥 소리를 지르고 있었다. 거기 처마 밑에 모여 앉아서 소꿉질을 하던 어린애들이 부스스 일어서며 그를 쳐다보았다. 철호는 그 앞을 모른 체 지나쳐버렸다.

"오빤 어딜 그렇게 돌아다뉴."

철호가 아랫방에 들어서자 윗방 구석에서 고리짝을 열어놓고 뒤지고 있던 명숙이가 역한 소리를 했다. 윗방에는 넝마 같은 옷가지들이 한 무더기 쌓여 있었다. 딸애는 고리짝 옆에 쪼그리고 앉아서 명숙이가 뒤져 내놓은 헌옷들을 무슨 진귀한 것이나처럼 지켜보고 있었다. 철호는 아내가 어딜 갔느냐고 물어보려다 말고 그대로 윗방 아랫목에 털썩 주저앉아버렸다.

"어서 병원에 가보세요."

명숙은 여전히 고리짝을 들추며 돌아앉은 채 말했다.

"병원엘?"

"그래요."

"병원에라니?"

"언니가 위독해요. 어린애가 걸렸어요."

"뭐가?"

철호는 눈앞이 아찔했다.

점심때부터 진통이 시작되었는데 영 해산을 못하고 애를 썼단다. 그런데 죽을 악을 쓰다 보니까 어린애의 머리가 아니라 팔부터 나왔다고 한다. 그래 병원으로 실어갔는데, 철호네 회사에 전화를 걸었더니 나가고 없더라는 것이었다.

"지금쯤 아마 애를 낳았거나, 그렇지 않으면……"

명숙은 흰 헝겊들을 골라 개켜서 한옆으로 젖혀놓으며 말했다. 아마 어린애의 기저귀를 고르고 있는 모양이었다. 그런데 이상했다. 좀 전에 아찔했던 정신이 사르르 풀리며 온몸의 맥이 쑥 빠져나갔다. 철호는 오래간만에 머릿속이 깨끗이 개는 것을 느꼈다.

말라리아를 앓고 난 다음날처럼 맥은 하나도 없으면서 머리는 비상히 깨끗했다. 뭐 놀랄 일이 있느냐 하는 심정이 되었다. 마치 회사에서 무슨 사무를 한 뭉텅이 맡았을 때와 같은 심사였다. 철호는 호주머니에서 담배를 꺼내어 물었다. 언제나 새로 사무를 맡아 시작하기 전에 하는 버릇이었다. 철호는 일어섰다. 그리고 문을 열었다.

"어딜 가슈."

명숙이가 돌아보았다.

"병원에."

"무슨 병원인지도 모르면서."

철호는 참 그렇다고 생각했다.

"S병원이야요."

"……"

철호는 슬그머니 문밖으로 한 발을 내디디었다.

"돈을 가지고 가야지 뭐."

"……돈."

철호는 다시 문 안으로 들어섰다. 우두커니 발부리를 내려다보고 서 있었다. 명숙이가 일어섰다. 그리고 아랫방으로 내려갔다. 벽에 걸어놓았던 핸드백을 벗겼다.

"옜수."

백 환짜리 한 다발이 철호 앞 방바닥에 던져졌다. 명숙은 다시 돌아서서 백을 챙기고 있었다. 철호는 명숙의 뒷모습을 물끄러미 바라보고 있었다. 철호의 눈이 명숙의 발 뒤축에 머물렀다. 나일론 양말이 계란만치 구멍이 뚫렸다. 철호는 명숙의 그 구멍 뚫린 양말 뒤축에서 어떤 깨끗함을 느끼고 있었다. 오래간만에 철호는 명숙에 대한 오빠로서의 애정을 느꼈다.

"가자."

어머니가 또 외마디 소리를 질렀다.

철호는 눈을 발밑에 돈다발로 떨구었다. 허리를 꾸부렸다. 연기가 든 때처럼 두 눈이 싸하니 쓰렸다.

"아버지 병원에 가? 엄마 애기 났어?"

"그래."

철호는 돈을 저고리 호주머니에 밀어 넣으며 문을 나섰다.

"가자."

골목을 빠져나가는 철호의 등 뒤에서 또 한 번 어머니의 소리가 들려왔다.

아내는 이미 죽어 있었다.

"네, 그래요."

철호는 간호원보다도 더 심상한 표정이었다. 병원의 긴 복도를 휘청휘청 걸어서 널따란 현관으로 나왔다. 시체가 어디 있느냐고 묻지도 않았다. 무엇인가 큰일이 한 가지 끝났다는 그런 기분이었다. 아니 또 어찌 생각하면 무언가 해야 할 일이 생긴 것 같은 무거운 기분이기도 했다. 그러면서도 그 해야 할 일이 무엇인지는 좀처럼 생각이 나질 않았다. 그저 이제는 그리 서두를 필요도 없어졌다는 생각만으로 철호는 거기 병원 현관에 한참이나 우두커니 서 있었다.

이윽고 병원의 큰 문을 나선 철호는 전찻길을 따라서 천천히 걸었다. 자전거가 휙 그의 팔꿈치를 스치고 지나갔다. 그는 멈춰 섰다. 자기도 모르게 그는 사무실 쪽으로 걸어가고 있었다. 여섯시도 더 지났을 무렵이었다. 이제 사무실로 가야 할 아무 일도 없었다. 그는 전찻길을 건넜다. 또 한참 걸었다. 그는 또 멈춰 섰다. 이번엔 어느 사이에, 낮에 왔던 경찰서 앞에 와 있었다. 그는 또 돌아섰다. 또 걸었다. 그저 걸었다. 집으로 돌아가자는 생각도 아니면서 그의 발길은 자동 기계처럼 남대문 쪽을 향해 걷고 있었다. 문방구점. 라디오방. 사진관. 제과점. 그는 길가에 늘어선 이런 가게의 진열장들을 하나하나 기웃거리며 걷고 있었다. 그러면서도 무엇이 있는지 하나도 보이지는 않았다. 그러던 철호는 또 우뚝 섰다. 그는 거기 눈앞에 걸린 간판을 쳐다보고 있었다. 장기판만 한 흰 판에 빨간 페인트로 치과라고 써 있었다. 철호는 갑자기 이가 쑤시는 것을 느꼈다. 아침부터, 아니 벌써 전부터 훌떡훌떡 쑤시는 충치가 갑자기 아팠다. 양쪽 어금니가 아래위 다 쑤셨다. 사실은 어느 것이 정말 쑤시는 것인지조차도 분간할 수가 없었다. 철호는 호주머니에 손을 넣어보았다. 만 환 다발이 만져졌다.

철호는 치과 간판이 걸린 층계 이층으로 올라갔다.

치과 걸상에 머리를 젖히고 입을 아 벌리고 앉았다. 의사는 달가닥달가닥 소리를 내며 이것저것 여러 가지 쇠꼬치를 그의 입에 넣었다 꺼냈다 하였다. 철호는 매시근하니 잠이 왔다.

아무런 생각도 하지 않고 입을 크게 벌린 채 눈을 감고 있었다.

"좀 아팠지요? 뿌리가 꾸부러져서."

의사가 집게에 뽑아 든 이를 철호의 눈앞에 가져다 보여주었다.

속이 시꺼멓게 썩은 징그러운 이 뿌리에 뻘건 살점이 묻어 나왔다. 철호는 솜을 입에 문 채 머리를 좌우로 흔들어 보였다. 사실 아프지도 아무렇지도 않았다.

"됐습니다. 한 삼십 분 후에 솜을 빼어버리슈. 피가 좀 나올 겁니다."

"이쪽을 마저 빼주십시오."

철호는 옆의 타구에 피를 뱉고 나서 또 한쪽 볼을 눌러 보였다.

"어금니를 한 번에 두 대씩 빼면 출혈이 심해서 안 됩니다."

"괜찮습니다."

"아니, 내일 또 빼지요."

"다 빼주십시오. 한몫에 몽땅 다 빼주십시오."

"안 됩니다. 치료를 해가면서 한 대씩 빼야지요."

"치료요? 그럴 새가 없습니다. 마악 쑤시는걸요."

"그래도 안 됩니다. 빈혈증이 일어나면 큰일납니다."

하는 수 없었다. 철호는 치과를 나왔다. 또 걸었다. 잇몸이 멍하니 아픈 것 같기도 하고 또 어찌하면 시원한 것 같기도 했다. 그는 한 손으로 볼을 쓸어보았다.

그렇게 얼마를 걷던 철호는 거기에 또 치과 간판을 발견하였다. 역시 이층이었다.

"안 될 텐데요."

거기 의사도 꺼렸다. 철호는 괜찮다고 우겼다. 한쪽 어금니를 마저 빼었다. 이번에는 두 볼에다 다 밤알만큼씩 한 솜 덩어리를 물고 나왔다. 입 안이 찝찔했다. 간간이 길가에 나서서 피를 뱉었다. 그때마다 시뻘건 선지피가 간 덩어리처럼 엉겨서 나왔다.

남대문을 오른쪽에 끼고 돌아서 서울역이 보이는 데까지 왔을 때 으스스 몸이 한 번 떨렸다. 머리가 띵하니 비어버린 것 같다고 생각했다. 바로 그때에 번쩍 거리에 전등이 들어왔다. 눈앞이 한 번 환해졌다. 그런데 다음 순간에는 어찌 된 셈인지 좀 전에 전등이 켜지기 전보다 더 거리가 어두워졌다. 철호는 눈을 한 번 꾹 감았다 다시 떴다. 그래도 매한가지였다. 이건 뱃속이 비어서 그렇다고 철호는 생각했다. 그는 새삼스레 점심도 저녁도 안 먹은 자기를 깨달았다. 뭐든가 좀 먹어야겠다고 생각했다. 구수한 설렁탕 생각이 났다. 입 안에 군침이 하나 가득히 괴었다. 그는 어느 전주 밑에 가서 쭈그리고 앉아서 침을 뱉었다. 그런데 그건 침이 아니라 진한 피였다. 그는 다시 일어섰다. 또 한 번 오한이 전신을 간질이고 지나갔다. 다리가 약간 떨리는 것 같았다. 그는 속히 음식점을 찾아내어야겠다고 생각하며 서울역 쪽으로 허청허청 걸었다.

"설렁탕."

무슨 약 이름이기나 한 것처럼 한마디 일러놓고는 그는 식탁 위에 엎드려버렸다. 또 입 안으로 하나 찝찔한 물이 괴었다. 철호는 머리를 들었다. 음식점 안을 한 바퀴 휘 둘러보았다. 머리가 아찔했다. 그는 일어섰다. 그리고 문밖으로 급히 걸어 나갔다. 음식점 옆 골목에 있는 시궁창에 가서 쭈그리고 앉았다. 울컥하고 입 안에 것을 뱉었다. 그러나 이번에는 주위가 어두워서 그것이 핀지 또는 침인지 알 수 없었다. 철호는 저고리 소매로 입술을 닦으며 일어섰다. 이를 뺀 자리가 쿡 한 번 쑤셨다. 그러자 뒤이어 거기에 호응이나 하듯이 관자놀이가 또 쿡 쑤셨다. 철호는 아무래도 좀 이상하다고 생각했다. 이제 빨리 집으로 돌아가 누워야겠다고 생각했다. 그는 다시 큰길로 나왔다. 마침 택시가 한 대 왔다. 그는 손을 한 번 흔들었다.

철호는 던져지듯이 털썩 택시 안에 쓰러졌다.

"어디로 가시죠?"

택시는 벌써 구르고 있었다.

"해방촌."

자동차는 스르르 속력을 늦추었다. 해방촌으로 가자면 차를 돌려야 하는 까닭이었다. 운전수는 줄지어 달려오는 자동차의 사이가 생기기를 노리고 있었다. 저만치 자동차의 행렬이 좀 끊겼다. 운전수는 핸들을 잔뜩 비틀어 쥐었다. 운전수가 몸을 한편으로 기울이며 마악 핸들을 틀려는 때였다. 뒷자리에서 철호가 소리를 질렀다.

"아니야, S병원으로 가."

철호는 갑자기 아내의 죽음을 생각했던 것이었다. 운전수는 다시 휙 핸들을 이쪽으로 틀었다. 운전수 옆에 앉아 있는 조수애가 한 번 철호를 돌아다보았다. 철호는 뒷자리 한구석에 가서 몸을 틀어박은 채 고개를 뒤로 젖히고 눈을 감고 있었다. 차는 한국은행 앞 로터리를 돌고 있었다. 그때에 또 뒤에서 철호가 소리를 질렀다.

"아니야, ×경찰서로 가."

눈을 감고 있는 철호는 생각하는 것이었다. 아내는 이미 죽었는데 하고.

이번에는 다행히 차의 방향을 바꿀 필요가 없었다. 그냥 달렸다.

"×경찰서 앞입니다."

철호는 눈을 떴다. 상반신을 번쩍 일으켰다. 그러나 곧 또 털썩 뒤로 기대고 쓰러져버렸다.

"아니야, 가."

"×경찰섭니다, 손님."

조수애가 뒤로 몸을 틀어 돌리고 말했다.

"가자."

철호는 여전히 눈을 감고 있었다.

"어디로 갑니까?"

"글쎄 가."

"하 참 딱한 아저씨네."

"……"

"취했나?"

운전수가 힐끔 조수애를 쳐다보았다.

"그런가 봐요."

"어쩌다 오발탄(誤發彈) 같은 손님이 걸렸어. 자기 갈 곳도 모르게."

운전수는 기어를 넣으며 중얼거렸다. 철호는 까무룩히 잠이 들어가는 것 같은 속에서 운전수가 중얼거리는 소리를 멀리 듣고 있었다. 그리고 마음속으로 혼자 생각하는 것이었다.

'아들 구실. 남편 구실. 아비 구실. 형 구실. 오빠 구실. 또 계리사 사무실 서기 구실. 해야 할 구실이 너무 많구나. 너무 많구나. 그래 난 네 말대로 아마도 조물주의 오발탄인지도 모른다. 정말 갈 곳을 알 수가 없다. 그런데 지금 나는 어디건 가긴 가야 한다.'

철호는 점점 더 졸려왔다. 다리가 저린 것처럼 머리의 감각이 차츰 없어져갔다.

"가자!"

철호는 또 한 번 귓가에 어머니의 소리를 들었다고 생각하며 푹 모로 쓰러지고 말았다.

차가 네거리에 다다랐다. 앞의 교통 신호등에 빨간 불이 켜졌다. 차가 섰다. 또 한 번 조수애가 뒤를 돌아보며 물었다.

"어디로 가시죠?"

그러나 머리를 푹 앞으로 수그린 철호는 아무 대답이 없었다.

따르르릉 벨이 울렸다. 긴 자동차의 행렬이 움직이기 시작했다. 철호가 탄 차도 목적지를 모르는 대로 행렬에 끼어서 움직이는 수밖에 없었다. 철호의 입에서 흘러내린 선지피가 흥건히 그의 와이셔츠 가슴을 적시고 있는 것은 아무도 모르는 채 교통 신호등의 파란 불 밑으로 차는 네거리를 지나갔다.

생각할 문제

1. 송철호의 집 식구 다섯(어머니, 본인, 아내, 동생 영호, 명숙) 각각을 통해 엿볼 수 있는 당대의 현실을 구체적으로 적으시오. 그리고 그것을 종합하여 이 가족이 속한 전체 사회의 특징적인 모습을 지적하시오(몇 명씩 조를 짜고, 조원들이 인물을 분담하여 살핀 뒤, 토의를 거쳐 답을 작성할 것). (별지 사용)

2. 송철호와 송영호는 길게 논쟁을 벌인다. 둘 중 한 사람의 입장에 서서, 다른 쪽을 비판하여보시오(비판의 내용은 작품에 제시된 것을 바탕으로 하고, 분량은 500자 내외로 할 것). (별지 사용)

3. 앞에 수록된 「탈출기」(최서해)는 '나'가 자기 이야기를 한다. 이 작품은 송철호에 초점을 두고 서술이 전개된다. 가족과 관련된, 두 주인공의 공통점과 차이점은 무엇인가? 또 그들을 중심으로 서술이 이루어졌기 때문에 어떤 효과가 생겼다고 보는가?

황혼의 집

지은이	이 글을 쓴 **윤흥길**(1942~)은 전북 정읍에서 태어났으며 원광대 국문과를 졸업하였다. 소설집 『황혼의 집』 『아홉 켤레의 구두로 남은 사내』 『무지개는 언제 뜨는가』 『장마』 등을 펴냈으며, 장편소설로 『묵시의 바다』 『에미』 『완장』 『밟아도 아리랑』 등이 있다. 한국전쟁의 비극을 회상 형식으로 그려낸 작품들과, 부정적인 현실을 풍자적으로 다룬 작품들을 많이 썼다. 객관적 시선과 서술, 동화적인 분위기, 토속적인 소재와 표현 등이 특징이다.
발표	『현대문학』, 1970. 3.
출전	『황혼의 집』, 문학과지성사, 1994.

우리가 마악 길을 건너려는 순간에 모퉁이 저쪽 보이지 않는 곳에서 경적 소리가 요란하게 울려왔으므로 나는 얼른 계집애의 손을 놓아버렸다. 볏단을 잔뜩 싣고 느릿느릿 구르던 달구지 한 대가 길옆에 가까스로 비켜설 만큼의 여유를 두고 노랗게 쌍불을 켠 트럭의 행렬이 질주해왔다. 달구지를 뒤따르며 길바닥에 흘린 나락을 쪼아먹고 있던 한 떼의 병아리가 날개를 파드락거리면서 사방으로 흩어져 달아났다. 내장산 일대의 공비들과 전투를 끝내고 돌아오는 길의 토벌대였다.

  우리는 곧 구름 같은 먼지 속에 휩싸였다. 먼지를 몰아 씌우는 회오리바람과 티끌 속에서 나는 실눈을 뜨고 트럭 위의 군인들을 향하여 손을 높이 흔들었다. 그러나 그들은 미처 잠에서 덜 깬 듯이 흐리멍덩한 시선을 짧게 던질 뿐, 나의 환영에 아무런 내색도 보이지 않았다. 철모와 어깨 위에 아직도 나뭇가지 위장을 그대로 달고 있는 그들 모두의 얼굴엔 한 꺼풀의 먼지가 누렇게 덮여 있었다. 붕

대로 이마를 친친 동인 얼굴 하나가 얼핏 눈에 들어왔다. 나를 보더니, 그는 눈살을 찌푸리며 별안간 입을 실룩거리기 시작했다. 그의 괴상야릇한 표정이 나에 대한 답례의 안간힘이었음을 나는 뒤늦게야 알아차렸다. 떫은 웃음을 태운 그 트럭은 이미 먼지에 가려 안 보이고, 다음 트럭이 우리 앞을 통과하는 중이었다. 나는 손을 흔들다 말고 문득 옆을 돌아다보았다. 계집애는 손을 흔들고 있지 않았다. 그 애는 지루해 죽겠다는 표정으로 트럭의 행렬이 끝나기만을 기다리고 있었다. 때묻은 손으로 꿀이 가득 담긴 자그만 병을 소중스레 감싸안은 채로였다. 그것은 조금 전에 내가 부엌 찬장 속에서 어머니 모르게 가지고 나온 것이었다. 당장 군인들을 향하여 경주가 손을 흔들지 않는 것은 어느 정도 그 꿀병 탓이기도 했다. 그러나 두 손이 다 쉬고 있을 경우에도 계집애가 제무시(트럭을 우리는 이런 이름으로 불렀다)를 향하여 손을 흔드는 걸 나는 한 번도 본 적이 없다. 이윽고 제무시의 행렬이 끝나, 모든 것이 먼지 속에서 본래의 제 모습으로 되살아나고, 길가에서 쉬던 달구지가 덜그럭덜그럭 소리를 내며 기우뚱거리기 시작하자, 우리는 다시 손을 잡고 길을 건넜다.

병아리 한 마리가 땅바닥에 나자빠져 있었다. 털빛의 하얀 바탕을 가로지르고 지나간 자동차의 육중한 바퀴 자국이 아직도 선명하고, 납작 짓눌린 뱃속에서는 일부러 도려낸 듯이 내장이 고스란히 흘러나와 있었다. 계집애는 걸음을 멈추고 그 위에다 침을 탁 뱉었다.

간선도로를 사이에 두고 우리집과 엇비슷이 마주 선 그 벽돌집은 담쟁이의 마른 덩굴에 덮여 있어서 어떻게 보면 꼭 낡은 그물을 씌워놓은 것처럼 생각되었다. 우리는 오후 시간의 대부분을 그 집에서 보내곤 했다. 우리의 주된 놀이터는 무쇠를 달구기 위해 만들어진 거대한 화덕이었다. 그 위에 올라서서 고개를 들면 물건을 끌어올리는 녹슨 도르래와 서너 겹의 쇠사슬을 무겁게 늘어뜨린 튼튼한 대들보가, 그리고 그보다 더 위로는 거미줄이 어지럽게 엉켜 있는 커다란 고깔 모양의 천장이 까마득히 올려다보였다. 지붕의 복판을 뚫어 만든 유리창에서는 한줄기의 네모진 광선이 마치 어둠 속에 우뚝 선 찬란한 기둥처럼 쏟아져내려와 공중에 떠다니는 무수한 먼지알 하나하나를 밝게 비추었다. 화덕의 맨 가장자리에 위태롭게 걸터앉아서 계집애는 헐고 진물이 나는 양쪽 입아귀에 연방 꿀을 찍어 바르고 있었다. 나는 바로 곁에서 점점 줄어드는 병 속의 꿀을 조마조마한 마음으로 지켜보았다. 그것은 어머니 모르게 병째로 들고 나온 것이었다. 처음에는 계집애도 그 점을 다소 생각해주는 듯했으나 한번 맛을 본 뒤로는 나의 염려를 아주 무시해버렸다. 약으로 바르는 꿀을 그렇게 빨아 먹으면 상처가 낫지 않는다고 넌지시 일렀지만, 계집애는 병이 절반이나 빈 뒤에야 돌려주었다.

"저기 저 큰 기둥나무 보이지?"

계집애는 기다란 회초리를 들어 위를 가리켰다.

"저기서 우리 큰언니가 목매달고 죽었단다."

계집애는 회초리를 휘둘러 머리 위의 쇠사슬을 힘껏 후려갈겼다. 계집애가 가진 좋지 않은 버릇 중의 하나였다. 그래서 나는 계집애가 들려주는 음산한 얘기와 우리들 머리 위를 시계추처럼 천천히 왔다 갔다 하면서 쇠사슬들이 서로 맞부딪쳐 내는 날카로운 쇳소리를 함께 듣는 때가 많았고, 그럴 때면 꼭 살구라도 씹은 듯이 벌레 먹은 어금니가 시려서 얌전히 앉아 있질 못했다.

"엄마랑 밤새껏 싸우다가 집을 나갔단다. 그런데 아침에 보니까 저기 저 기둥나무에 매달려 있잖아. 혓바닥을 이러엏게 빼물고는 대룽대룽……"

계집애는 내 팔꿈치를 꼬집으며 키득키득 웃어댔다. 그 얘기를 잠자코 들어주는 일이 내게는 굉장한 고역이었다. 어쩌자고 이 애는 만날 죽은 제 언니의 얘기만 지껄이는 것일까. 언짢은 그 얘기를 이미 여러 차례 들려줘놓고도 경주는 처음 만난 사람에게 마치 방금 들어온 소문을 전하기나 하는 투로 종알거리며 혼자서 시시덕거리는 것이었다. 그런 일이 있고 나서의 몇 밤 동안은 가위눌리는 꿈에 자주 시달리면서 내 머리가 꼭 있어야 할 자리에 탈 없이 붙어 있는가를 손으로 만져 확인해봐야만 했다. 사람이 스스로 제 숨통을 조른다는 건 당시의 나로서는 전혀 상상조차 할 수 없는 일이었다. 질긴 끄나풀이 꽉 졸라맬 때 경주네 언니의 목은 얼마나 아팠을까. 나는 누구에게나, 제발 부드러운 끈을 사용하라고 충고하고 싶은 심정이었다. 그런데 밉광스럽게도 경주는 큰언니의 죽음을 더욱 자세히 설명하면서, 보통 때의 갑절이나 되게 생똥을 갈

겨놨더라는 말까지 서슴지 않고 덧붙이는 것이었다. 나는 그것이 오늘 처음 듣는 얘기가 아님을 상기시켜주기로 마음을 굳게 가졌다. 그러자 계집애는 다시 쇠사슬을 후려갈겼다. 겨우 좀 잦아들던 쇳소리가 무섭게 되살아나 쩔그렁거리기 시작했고, 나는 왼쪽 볼을 불룩하게 만들어 혀끝으로 충치를 누르며 진득이 참아내는 도리밖에 없었다.

"난리가 났었단다. 정말 굉장했어. 사람들이 뛰어나와 언니가 죽었다고 소릴 지르고, 징을 치면서 동네를 돌아다니고…… 그런데도 울 엄만 무서워서 밖에 나가질 못했어. 꼼짝 못하고 방 안에만 있다가 사람들이 언닐 산에다 묻고 내려오니까 그때서야 엉엉 우는 거야. 날을 새면서 울고, 다음날 저녁때까지 울고……"

제발 그만 하라고 말하는 대신 나는 침을 꿀꺽 삼켰다.

"쌍둥이 아저씨가 말야, 아 참, 넌 그게 누군지 모르겠구나. 그 아저씬 말이지, 네가 이리로 이사 오기 전까지 여기서……"

철공소를 경영하던 사람인데, 경주가 말하는 건 동생 쌍둥이였다. 한 번도 만나본 적은 없지만 경주한테 이미 여러 차례 들어서 나는 그를 아주 잘 알고 있었다. 형과 동생이 함께 대장장이 일을 하다가 형은 일찍 군대에 들어가 전사하고, 나중엔 동생 혼자서 망치질을 했다. 그는 매일 경주네 주막에서 술을 마셨는데 그날도 너무 취해서 경주네 언니가 화덕 위에 올라가는 것도 모르고 쿨쿨 잠만 잤고, 공동묘지에서 산역(山役)을 거들 때까지도 몸에서 술냄새를 펑펑 풍겼고, 경주네 언니가 목을 매단 지 얼마 안 되어 도끼 머리를 다듬다가 쇠망치로 자기 복사뼈를 잘못 때려서 발병신이 되었고, 또 얼마 안 되어 철공소에 불이 나서 재산이 거의 다 타버리자 어디론지 멀리 떠나버렸고…… 그래서 그 벽돌집은 아직도 빈 채로 남아 있었던 것이다.

"이 집엔 마가 붙었대. 쌍둥이 아저씨가 그렇게 말했어. 너, 마가 뭔 줄 알아? 모르지?"

내가 고개를 모로 흔드는 걸 보고 계집애는 한층 신명이 났다.

"그건 말이야, 마라는 건 말이지, 변소에서 쓰는 빗자루에 사람 피가 묻어서 된 도깨비야."

말을 마치고 계집애는 기운 좋게 회초리를 휘둘렀다. 쇠사슬이 시계추처럼 흔들리면서 아픈 비명을 올렸다. 나는 경주의 나쁜 기억력을 상기시켜주는 기회를 또 놓치고 말았다.

"큰언니가 불쌍해 죽겠어. 어른들이 그러는데 언니는 엄마 때문에 죽었대. 엄마가 죽인 거나 다름없대. 날마다 술만 먹고 울기만 하니까 큰언니는 엄마를 죽이려 했어. 하지만 엄마를 죽일 수 없으니까 언니가 먼저 죽은 거야. 나도 어떤 때는 엄마를 죽여버리고 싶단다. 가끔 그래. 어느 땐가 나는 엄마를 죽이고 말 거야."

그늘 속에서 빛나는 경주의 두 눈알은 나를 두려움에 떨게 만들었다. 나는 경주가 제 엄마를 죽일 수 있다는 걸 조금도 의심하지 않았다. 그 애는 능히 그런 일을 저지를 수 있는 아이였다. 언젠가도 그 애는 생쥐를 사로잡아서 등에 석유를 끼얹고 불을 붙인 적이 있었다. 그때 생쥐는 불덩이가 되어 이리 뛰고 저리 뛰다가 입을 쩍 벌리며 금방 죽고 말았지만, 경주는 눈을 홉뜨고 살려고 몸부림치는 짧은 순간을 지켜보다가 이렇게 고함 질렀다.

"겨우 한 걸음밖에 못 갔어! 난 적어도 다섯 걸음은 갈 줄 알았는데."

뿐만이 아니었다. 산 채로 참새의 털을 뜯기도 했다. 경주는 발가숭이가 된 참새의 한쪽 날개와 두 다리를 뚝뚝 부러뜨려 놓아주고는, 바보같이 도망칠 줄도 모른다고 발을 구르며 화를 냈었다.

"또 입이 아파."

한참을 지껄이고 나서 경주는 입을 앙다물었다. 그리고 내가 가진 꿀병을 흘끔흘끔 곁눈질하면서 이맛살을 찡그리는 것이었다.

"약을 발라야겠어."

계집애는 나보다 세 살 위였다. 나는 하는 수 없이 나머지 꿀 전부를 내주고 말았다.

우리가 정읍(井邑)으로 이사를 간 것은 사건이 지난 지 이미 오래인데도 많은 사람들이 경주네 집에 얽힌 일과 새로운 소문을 놓고 왕배야 덕배야 떠들며 한창 열을 올리던 때였다. 동네 아낙들이 집에 놀러와서 어머니와 사귀는 데 경주네 이야기를 효과적으로 이용했기 때문에 우리는 모든 사정을 단번에 알 수 있었다. 우리는 유리창이 많고 지붕의 경사가 급한 일본식 구조의 기와집에서 살게 되었다. 단출한 식구 수에 비하면 집이 너무 크고 정원과 뒤란이 넓었다. 그 집에서 시작된 정읍에서의 새로운 생활 중 나에게 시비를 걸어온 최초의 적은 손톱이 긴 악마였다. 나이는 위였지만 키는 나보다 조금 작았고, 옷차림이 항상 추저분했다. 계집애는 울타리 사이나 전봇대 뒤에 숨어서 문밖을 나서는 나를 불시에 습격했고, 어딜 가나 짓궂게 따라다니며 마구 할퀴려 들었다. 그리고 욕설을 퍼부어대는 것이었다. 살쾡이처럼 몸이 빠르고, 못생긴 얼굴에서 번쩍이는 두 눈은 그 애가 나를 얼마나 증오하고 있는가를 잘 말해주고 있었다.

"도둑놈, 도둑놈 자식! 뒈져라, 뒈져라, 도둑놈 자식!"

끈덕지게 쫓아다니며 외는 이 불명예스러운 욕설로 나는 깊은 충격을 받고 자초지종을 어머니에게 이야기했다. 아낙네들의 설명을 듣고 우리는 곧 계집애가 그처럼 나를 적대시하는 이유를 알게 되었으나 한번 어두워진 어머니의 표정은 좀처럼 풀리지 않았다.

"그 애하고는 가까이도 말고 상대하지도 마라······"

우리가 산 그 집은 원래 경주네 소유였다. 그러나 해방이 되자 어떤 낯선 사람이 나타나 부당한 방법으로 경주네를 내쫓고 집을 차지해버렸다. 철공소 옆에 오두막을 짓고 경주네 어머니가 술장사를 시작한 뒤로 그 집은 여러 번 주인이 바뀌었다. 그런데, 세상 물정에 너무 어두운 경주네 어머니는 주인이 바뀌는 것에 상관없이 그 집에 들어 사는 사람이면 누구나 다 똑같은 사람으로 알고 끝없는 저주를 퍼붓는다. 어머니와 아낙네들 사이에 오가는, 대개 이런 내용의 이야기를 귀담아들으며 나는 기회를 봐서 경주의 오해를 풀어줄 결심을 했다. 어느 날, 나는 궁지에 몰리면서도 달아나지 않았다. 경주의 팔이 미치지 못할 멀찍한 거리에서 나는 되도록 빠른 말씨로 설명을 시작했다. 우리는 결코 나쁜 사람이 아니며, 정당한 값을 치르고 집을 샀다는 말을 알기 쉽게 전하려고 재주를 다해서 혀를 놀렸다. 그러나 열 개의 손가락을 오그려 갈퀴처럼 만들고 기회만 노리는 경주의 면전에서 나는 갈수록 말을 더듬었고, 결국 쉽게는커녕 자신이 지금 무슨 말을 하고 있는지조차 아리송하게 되어버렸다. 경주는 말을 다 마치도록 나를 내버려두지 않았다. 계집애는 불같이 화를 내면서 갈퀴를 휘둘렀다. 그러나 살점을 뜯기 전에 무슨 생각을 했는지 갑자기 손을 거두더니, 피식 웃는 것이었다. 그리고 어리둥절하리만큼 관대한 표정을 지었다. 경주는 내 말을 이해했을까? 아마 이해했을 거라고 나는 믿고 싶었다. 그러나 우리가 선량한 사람인 줄을 그때야 비로소 알았다면, 그것은 나의 서툰 설득 덕분이 아니라 더듬고 허둥대며 땀 흘리는 나의 우스꽝스런 노력이 그 애의 눈에 너무도 가상스럽게 보였기 때문일 것이다. 아무튼 우리는 이런 일이 있고 나서 아주 친해졌고, 경주는 나의 친절과 복종에 대한 신뢰의 표시로 가끔 붉은색이 도는 빳빳한 채권(債券)을 한 장씩 훔쳐다 주게 되었다.

 경주네 큰언니의 죽음을 기억에서 지울 수만 있다면, 불에 그슬려 거의 폐허가 된 철공소의 내부는 그런대로 재미있는 곳이었다. 거기에는 여러 가지 쇠붙이들이 재 속에 묻혀 있어서 그럴 마음만 있다면 동생 쌍둥이가 망치질을 하다 만 그대로 날이 덜 다듬어진 도끼머리를 찾아낼 수 있고, 발로 헤집기만 하면 크고 작은 저울추들이나 암수 쌍이 맞는 돌쩌귀, 끝이 뭉뚝한 왜낫이며 식칼 그리고 말굽

쇠 같은 것들을 얼마든지 얻을 수 있었고, 일단 찾아낸 그것들을 우리는 대개 다음날을 위하여 전과는 다른 장소에 각각 묻어두는 또 하나의 재미를 즐겼다. 화덕의 아궁이 앞에는 질긴 쇠가죽을 대어 만든 커다란 풀무가 내박쳐져 있었다. 그것은 몸체를 이루는 송판이 삭고 가죽에 불구멍이 생겨서 손잡이를 밀면 바람 대신 노인의 한숨처럼 들리는 괴상한 소리가 나는, 아주 고물단지였다. 반쯤 불에 탄 고무래가 있어서 우리는 이것으로 산처럼 재를 긁어 모으다가 흔히 깜장이가 되곤 했다. 지나가던 바람이 깨진 유리창을 흔들며 들어와 한동안 잊고 있던 눅진한 곰팡내를 어렴풋이 느끼게 했고, 시간이 지남에 따라 기둥 모양의 네모진 광선은 눈에 띄지 않게 조금씩 우리들 발밑으로 벋어와서 어둡고 습기에 찬 내부를 비스듬히 꿰뚫어 비추었다. 마침내 해가 기울어, 들에서 돌아온 참새떼들이 철공소 지붕 위를 날며 서로 쫓고 쫓기는 소리, 연약한 부리로 처마 밑에 달린 홈통을 콕콕 쪼아대는 소리가 환히 들렸다. 그것들은 날개를 치면서 담쟁이덩굴을 타고 벽을 오르내리기도 했다. 여름에도 그랬지만, 가을이 되자 낡은 그물을 씌운 듯한 담쟁이덩굴은 더욱 앙상해 보였다. 전에는 무성한 잎으로 벽돌집을 온통 푸르게 감쌌었다는데, 불이 났을 때 타 죽어버렸는지 봄이 와도 잎사귀가 돋지 않는다고들 이야기했다.

언제나 해질녘 ─ 그것은 몹시 두려우면서도 끈적거리는 흥분과 호기심에 싸여 기다려지는 시간이었다. 때때로 나는 저녁놀에 붉게 타는 경주네 주막집 유리창을 바라보면서 점점 헤어날 수 없는 기

괴한 환상에 잠기곤 하였다. 어떤 근거에서 그랬는지 꼬집어 말할 수는 없다. 그러나 나는 처음 보는 순간부터 그 집 주위에 감도는 뭔가 음습하고 특이한 냄새의 분위기를 대뜸 느꼈던 것이고, 아낙네들의 귀띔에 의하여 나의 이렇듯 막연한 헤아림이 확인된 뒤로는, 내 몸뚱이를 둘둘 말아올리는 듯한 어떤 신비한 기운의 부축을 받으며 내 두뇌로는 도저히 풀 수 없는 어떤 엽기적인 사건이 다시 한 번 그 속에서 일어나기를 은연중에 기대하는 버릇이 생겼다. 철공소 벽에 잇대어 흙벽돌과 함석으로 지은 허술한 집 모양에 비하면 놀빛에 빛나는 경주네 유리창은 너무 동떨어지게 호사스러워 보였다. 그걸 바라볼 때마다 나는 벽돌집 벽에 꿩하니 흔적만 남아 있는 창틀 자리와 연관하여 경주네한테는 무척 미안한 상상을 했는데, 훗날 경주의 입을 통하여 내 추측이 옳았음을 확인할 수 있었다. 어른들 키가 무사히 들어가자면 허리를 잔뜩 꺾어야 되는 출입구의 위쪽 절반을 까맣게 손때가 묻은 광목천의 포렴(布簾)이 옹색하게 차지했고, 거기에 막걸리나 약주, 그리고 두어 종류의 변변찮은 음식 이름들이 퍽 조잡한 필체로 적혀 있었다. 언제 보아도 주막은 한산한 편이었고, 장날 먼 데서 온 장꾼이나 그 집 속내를 모르는 타관 사람들이 어쩌다 잠깐씩 들를 뿐, 읍내의 모주쟁이들은 거의가 경주네 술을 마시지 않고도 얼마든지 잘들 취했다. 손님이 있을 때면 경주네 주막에서는 부꾸미와 빈대떡 부치는 구수한 냄새가 하얀 김과 함께 포렴 사이로 새어나왔다. 그러나 유달리 손님이 안 오는 한적한 저녁이면 유리창 안쪽에서 멀거니 바깥 하늘만 쳐다보는 경주네 엄마의 희끄무레한 모습이 자주 눈에 띄었다. 이것은 곧 울음 소리가 시작될 거라는 전조였다. 경주네 엄마는 어머니라기보다 차라리 할머니라고 해야 어울릴 정도로 흰머리가 많고 쪼글쪼글 시든 얼굴이었다. 또, 사람들은 실제로 그녀를 할멈이라고 불렀다. 할멈의 우는 시간은 딱 정해져 있었다. 사흘 아니면 나흘 만에, 어떤 때는 하루도 거르지 않고 며칠을 계속해서, 언제나 집채를 사를 듯한 붉은 햇살이 주막 창문에 번득이기 시작하면 할멈은 하늘을 올려다보며 처참한 소리로 울부짖었다. 여우의 목청마냥 길고 날카로운 부르짖음으로 시작하여 밑도 끝도 없이 계속되는 그 울음은 누구의 도움을 받을 욕심으로 일부러 그처럼 엄살을 피우는 것같이 들렸고, 누구의 잘못을 호되게 나무람하는 것 같기도 했고, 어떤 참을 수 없는 아픔을 아무에게나 호소할 때 사람의 입에서 당연히 흘러나오는 그런 무시무시한 비명으로 생각되기도 했다. 이 울음 소리가 들리면 나는 벌레 먹은 어금니 하나가 쑤셔서 견딜 수가 없었다. 처음 얼마 동안 나는 할멈의 얼굴이 항상 붉은 이유가 늘 마시는 술 때문인 줄로 알았었다. 그러나 차차로 그것은 기우는 햇살과 유리창에 번득이는 저녁놀이 얼굴에 묻어 지워지지 않는 탓이라고 믿게 되었다.

"또 시작이구먼, 쯧쯧……"

울음 소리를 듣고 어머니는 혀를 찼다. 아낙네들로부터 우는 이유를 들을 때도 어머니는 혀를 찼다. 경주네와 관계되는 모든 일에 그처럼 혀를 차는 것이었다. 쯧쯧…… 들은 얘기에 의하면, 할멈은 산(山)사람이 되어 돌아오지 않는 아들 때문에 그렇게 울었고 어머니의 외아들에 대한 분별없는 사랑이 자식을 빨갱이로 만들었다. 또한 큰딸은 그놈의 울음 소리 때문에 어머니를 죽도록 미워했고, 그녀가 목을 매단 것은 동생 때문이라는 것이었다. 이런 단편적인 이야기들 사이에 서로 어떤 맥락과 당위성이 개재해 있는지 그 점은 바로 깨닫지 못했으나, 경주네 큰언니가 그럴 수밖에 없었던 근본적인 이유에 대한 설명을 나는 퍽 의미심장하게 들었다. 큰딸은 산사람이 된 동생에게 자수의 길을 터주려고 힘이 될 만한 사람을 찾아다니다가 그만 어떤 협잡꾼한테 걸려 속옷을 안 입은 채 피투성이가 되어 돌아왔다. 그리고는 다음날 새벽에 화덕 위에 올라섰다.

큰딸이 죽기 전후의 이렇듯 복잡한 경주네 집안 사정은 내 머릿속에 오랫동안 어려운 숙제로 남아 있었다. 경주는 집안일에 관해서 항상 많은 것을 지껄이면서도 어찌 된 셈인지 오빠에 대한 이야기만은 한마디도 입을 열려고 하지 않았다. 그러나 나는, 빨치산 한 명이 어둠을 타서 가족을 만나보려고 읍내로 잠입해 들어오다가 경찰에 발각되어 다리에 총을 맞고 다시 산으로 달아난 적이 있는데 그가 바로 경주네 오빠였었다는 소문까지도 알고 있었다.

경주는 또 작은언니 경옥이에 대해서도 좀처럼 입을 열지 않았다. 서양 사람처럼 키가 홀쭉하고 얼굴 생김이나 몸맵시가 고운 여자였다. 그녀는 집안일이야 어떻게 되든 조금도 상관 않고 날마다 남자와 어울려 외출이 심했다. 말하자면 그녀는 여름 내내 노래만 부르는 베짱이였다. 그녀의 기름이라도 친 듯한 맑고 매끄러운 웃음은 많은 사람의 비위를 상하게 만들었다. 그녀 자신도 그걸 잘 알고 있는 듯했다. 그러나 그녀는 늘 자신만만한 표정이었다. 동네 사람들이 자기를 슬금슬금 엿보며 쑤군거리면 그녀는 마치 숨을 고르려고 물속에 잠긴 머리를 솟구치듯 고개를 한껏 위로 향하고 살진 궁둥이를 더욱 팽팽하게 흔들었다. 함께 어울려 다니는 남자의 얼굴은 거의 매일같이 바뀌었다. 경주네 작은언니를 가리켜 아낙네들은 은근짜라고 불렀다. 뒤꼭지에 대고 암캐 같은 잡년이라고 손가락질도 했다. 어머니는 슬그머니 외면하면서 쯧쯧, 하고 혀를 찼다. 그녀가 남자와 헤어지는 장소는 대개 우리집 측백나무 울타리 그늘이었다. 한밤중에도 울타리 너머에서 들리는 웃음 소리에 잠을 깰 만큼 나는 잠귀가 밝았다. 무척 드문 예이긴 하지만, 경주네 작은언니는 밤길을 혼자서 돌아오는 때도 있었다. 그럴 때는 으레 취해서 약간 비틀거리는 걸음이었다. 호젓한 거리를 혼자 걸어오면서 그녀는 낮은 목소리로 콧노래를 흥얼거렸다. 무슨 노래인지는 몰라도 별다른 높낮이의 변화 없이 긴 호흡으로 이어지는 담담한 곡조였다. 길을 걷다가 나와 마주치면 그녀는 손가락으로 양볼에 연지 곤지를 찍거나 긴 혀를 날름 내밀어 보였다. 한 번도 말을 주고받은 적은 없지만 우리는 우리만의 독특하고 비밀스런 방법으로 접촉하고 야합하면서 인사를 나누었다. 특히 혼자서 돌아오는 날, 문턱 위에 서 있는 나를 보면 그녀는 손바닥에 입을 맞추어 울타리 너머로 휙 뿌리는 시늉을 하면서 깔깔 웃었다. 어느 날 밤 꿈속에서 나는 경주네 작은언니를 보았다. 그녀는 어떤 아이의 머리를 쓰다듬으며 자장가를 불러주고 있었다. 꿈에서 깨었을 때 나는 그 아이가 바로 나 자신임을 깨달았고, 꿈속의 그 아이가 경주네 작은언니를 누나라고 부르던 일이 생각나서 혼자 얼굴을 붉히기까지 하였다.

추석을 하루 앞두고 경주네 작은언니 경옥은 집을 나가버렸다.

주막은 문을 닫았다. 경주는 추석날 아침을 우리집에서 먹었다. 명절인데도 경주네는 밥을 안 했던 것이다. 나는 어머니의 심부름으로 떡과 밥이 담긴 이바지를 경주네 어머니한테 갖다 주어야 했다. 아침나절만 해도 동네 아낙들은 경주네 집에 무슨 일이 생겼는지 알지 못했다. 점심때 두번째의 이바지를 나르는 나를 보지 못했더라면 그네들은 다음다음날까지도 모르고 있었을 것이다. 아무래도 좀 심상찮은 기미를 채고 아낙네들은 차츰 궁금해하기 시작했다. 경주를 붙잡고 웬일이냐고 묻는 것이었다. 입을 꾹 다물고만 있는 경주 앞에 먹음직스런 한 접시의 송편이 미끼로 던져졌다. 경주가 망설인 시간은 극히 짧았다. 계집애는 하치않은 유혹에 쉽게 손을 들었다. 궁금증을 푼 아낙네들은 의당 그렇게 되었어야 옳을 그 일을 그때까지 전혀 눈치 채지 못했던 자신들의 불찰에 대하여 서로 이야기를 주고받기 시작했다. 진작부터 그럴 줄 알았다느니, 그년이 그예 얼굴값을 했다느니, 하고 집을 나간 여자를 재판하는 동안 계집애는 집안의 비밀과 맞바꾼 차진 송편을 걸신들린 듯 더금더금 집어 먹고 있었다.

경주네 어머니는 두 끼를 내리 굶었다. 내가 점심을 넣어주려고 방문을 열었을 때, 아침에 갖다 놓은 이바지상이 보자기에 덮인 채 처음 놓았던 자리에 그대로 있었다. 얼마 후에 다시 가보니까 두 무더기의 이바지가 그대로 놓여 있었다. 나는 할멈이 벽 쪽을 향하고 아랫목에 죽은 듯이 누워 있는 걸 보면서 경주가 무슨 말이든지 한마디 해주기를 기다렸다. 그러나 경주는 심통 사납게도 방문을 꽝 닫아 버렸다. 안에서 할멈이 몸을 뒤척이는 소리가 났다.

"경옥이냐?"

오후였다. 어디서 구했는지 경주는 큼직한 화경(火鏡)을 들고 나와서 개미를 태워 죽이는 장난을 즐겼다. 잡초가 우북한 철공소 부근 빈터에 가을볕이 제법 쨍쨍 비치고 있었다. 별로 하는 일도 없으면서 몹시 바쁜 체를 하며 시든 풀잎 사이를 분주히 돌아다니던 개미들은 경주의 겨냥에 걸려 한 마리씩 한 마리씩 타 죽어갔다. 죽은 개미의 수가 자꾸 불어날 때마다 경주의 입가에는 잔미운 미소가 떠올랐다. 새로운 장난에 끼어들기를 처음엔 나는 무척 꺼렸다. 그러나 불행한 개미들이 끈덕지게 뒤쫓는 화경의 초점을 벗어나려고 허겁지겁 풀잎 사이로 숨고 정신없이 내빼다가 끝내는 잘쑥한 허리를 배배 꼬고 몸을 동그랗게 말아붙이며 우습게 죽고 마는 그 모양에 차츰 어떤 쾌감을 느끼기 시작했다. 화경 속에 확대되어 비칠 때 개미는 배추벌레만큼 커 보였고, 기름기가 흐르는 흑갈색의 통통한 배는 물로 씻어낸 듯이 싱싱해 보였고, 배보다 작은 가슴은 부드러운 잔털에 싸여 있었다. 화경을 들이대면 주위가 갑자기 환해지고, 그러면 개미는 어리둥절해서 제자리에 서버린다. 헤싱헤싱하게 퍼져 있던 빛무리가 점점 오므라들어 쌀알만 해지면 그놈은 화닥닥 놀라 혼쭐이 빠지게 달아난다. 침착하게, 아주 침착하게 경주는 한번 모은 초점이 흩어지지 않도록 화경의 높이를 일정하게 유지하면서 슬슬 몰고 다닌다. 어느덧 나는 공범자가 되어 있었다. 나는 내 쪽에서 자진하여 협조를 아끼지 않았다. 먼저 경주가 살생의 대상을 지적해 주면 나는 그 둘레에 얼른 쟁반만 한 원을 그렸다. 원 밖으로 빠져나가면 목숨을 살려준다는 조건이지만, 여간해서 경주는 실수를 하지 않았다. 거만한 눈으로 다음 대상을 물색하는 동안 나는 죽은 개미를 집어내어 한군데다 모았다. 경주의 콧잔등엔 어느새 송골송골 땀방울이 맺혔고, 나 역시 소맷부리로 이마의 땀을 훔쳤다. 우리는 개미굴을 찾아내어 그것을 짓부수기도 했다. 곰실곰실 기어나오는 그것들을 마음대로 농락하면서 나는 마치 하느님이라도 된 듯 우쭐한 기분을 맛보았다. 모양이 다 똑같은 여러 마리의 개미 가운데서 특별히 미운 놈을 골라내기란 어렵고 귀찮은 노릇이었다. 그래서 우리의 희생물은 그때그때의 기분에 따라 즉흥적으로 골라졌다. 우리들 눈에 한번 정해진 희생물은 아무리 바둥거려도 여지없이 죽고 말았다. 햇살이 기울어 초점을 맞추기 어려울 때까지 우리는 죽이고 또 죽였다. 이때 만약 경주네 어머니의 울음 소리가 들리지 않았더라면 우리는 아마 하느님 노릇을 더 길게 하기 위하여 화경이 아닌 다른 방법까지 썼을지도 모른다.

벌써 해질녘이었다. 할멈의 찢어지는 듯한 울음 소리는 시간 가는 줄 모르고 즐기던 우리에게 어느새 하루가 다 갔음을, 그리고 낮과는 다른 또 하나의 어둡고 끈적끈적한 세계가 바야흐로 열리고 있음을 퍼뜩 일깨워주었다. 길 건너 맞은바래기에 있는 우리집 지붕 위로 붉게 물든 한 덩어리의 구름이 서서히 미끄러져가는 모양을 나는 물끄러미 바라보았다. 경주가 별안간 화경을 팽개쳤다.

"죽여버려야지, 죽여버려야지……" 하고 뇌면서 경주는 쏜살같이 내닫기 시작했다.

덩달아 나도 뛰었다. 뛰면서 생각해보니 경주는 맨손이었다. 나는 불안한 마음으로 경주의 눈치를 살폈다. 그때까지 나는 경주가 제 어머니를 죽일 수 있다는 걸 조금도 의심하지 않았다. 그 애는 능히 그럴 수 있는 아이니까. 하지만, 경주네 어머니는 어른이다. 늙었다곤 해도 맨손 가지고는 아무래도 좀 어려울 것 같았다. 그 점이 불안해서 나는 속으로 안달을 했다. 끄나풀! 나는 줄곧 부드러운 끈만을 생각하면서 헐떡헐떡 뛰었다. 아버지가 쓰던 헌 명주 넥타이라면 아주 안성맞춤이리라. 거의 주막 앞에까지 왔을 때 나는 더 이상 참을 수가 없어 경주를 불러 세웠다. 나의 숨가쁜 설명을 듣고 경주는 잠시 얼빠진 표정을 지었다. 그러나 다음 순간, 칼날 같은 손톱이 나의 눈두덩을 할퀴고 쥐어뜯었다. 먼저 나부터 죽일 작정으로 계집애는 눈을 희번덕이며 길길이 뛰는 것이었다. 천만뜻밖이었다. 계집애가 그렇게 나올 줄은 정말 상상도 못했기 때문에 나는 아연해질 수밖에 없었다. 그러자, 오후 내내 경주와 나 사이를 그토록 밀착시켜준 나의 공범 의식 속에는 뭔가 분명히 잘못된 점이 있다는 생각이 희미하게 느껴졌다.

문턱을 밟고 측백나무 울타리 너머로 보면 경주네 주막집 유리창이 환히 보였다. 까치발을 디디면 경주의 자그만 몸뚱이가 길 쪽으로 난 그 유리창을 닫아버리려고 끄응끙 기를 쓰는 광경이 더욱 잘 보였다. 할멈의 앙상한 팔 하나가 벽과 창문 사이 좁은 틈바귀에 꽉 물려 추욱 늘어져 있었다. 경주는 그 팔이 차지한 공간마저 아주 지워버리려고 허리를 꾸부정히 하고서는 있는 힘을 다하여 창문을 밀어붙이는 것이었고, 그동안에도 울음 소리는 그치지 않았다. 유리창에 반사되는 햇빛에 눈이 부셔서 할멈의 모습은 전연 안 보였다. 내가 있는 곳에서는 이미 해를 볼 수가 없었다. 그러나 주막집 유리창 속에는 다른 또 하나의 태양이 아직도 남아 삽시에 집채를 불사를 듯이 세찬 빛살을 사방에 함부로 번득이고 있었다.

"죽어버려! 죽어버려!"라고 째지는 소리를 지르며 경주는 더욱 힘주어 밀어붙였다.

그러나 담쟁이덩굴처럼 앙상한 팔뚝을 악착같이 물고 흔드는 악마의 주둥이 같은 시커먼 공간은 한 치도 더 좁아들지 않았고, 높고 길고 날카롭게 울리는 무시무시한 울음 소리도 여전했다. 그걸 듣고 있노라면 나는 마치 살구라도 씹은 듯이 벌레 먹은 어금니가 시려서 견딜 수가 없지만, 그렇다고 귀를 막을 생각은 조금도 없었다.

"죽일 테야, 죽일 테야, 죽일 테야, 죽일 테야, 죽일 테야아!"

완전히 저녁놀이 사라지고, 모든 것이 어둠에 녹아 까맣게 사라질 때까지 두 모녀의 실랑이는 그치지 않았다. 할멈의 울음은 긴 여운을 끌며 깜깜한 하늘로 끝없이 퍼져나갔다. 드디어는 경주도 제 분을 못 이겨 땅바닥에 퍼더버리고 앉으며 할멈과 비슷한 소리로 울음보를 터뜨렸다. 그 광경을 지켜보면서 점점 나는 뭐가 뭔지 알 수 없게 돼 버렸다. 대체 어떻게 된 영문일까. 처음은 경주네 어머니가 하늘이 붉게 물드는 게 슬퍼서 큰 소리로 우는 것으로 시작된다. 창문이 닫히고 경주네 어머니의 모습이 유리창 저편에 가려진 뒤로는 덩굴의 한 부분 같은 팔뚝 하나가 틈바귀에 남아서 아프다고 소리쳐 운다. 얼마 후면 놀빛에 번쩍이는 유리창이 깨지는 소리로 울고, 나중에는 두 마리의 짐승이 서로 상처를 핥아줘가며 사람보다 훨씬 크고 긴 목청을 어둡도록 뽑는다. 이쯤 되면 그 소리는 조금도 서럽지 않게 들리는 것이었다. 그것은 일정한 가락과 장단에 맞추어 주기적으로 즐기는 기쁨의 노래같이도 생각되었다.

졸음에 못 이겨 얼핏 잠이 들었었나 보다. 새벽녘에 눈을 뜨자마자 나는 주막집 동정부터 살폈다. 잠잠했다. 날이 밝기를 기다려 나는 곧장 주막으로 달렸다. 안개가 자욱했다. 주막은 무덤처럼 조용했다. 밤사이에 몰려온 안개가 경주네 주막을 칙칙하게 감싸고 있었다. 어쩐지 으스스한 풍경이었다. 나는 떨리는 손으로 바깥 문을 살며시 밀었다. 술냄새가 코를 찔렀다. 차츰 높아지는 심장의 고동을 뚜렷이 느끼면서 살림방 쪽에 귀를 기울여보았다. 그러나 닫힌 방 안에서 들리는 소리 역시 쿵쿵 울리는 내 심장의 고동 소리뿐이었다. 나는 좁

디좁은 술청을 돌아 발소리를 죽이며 방 쪽으로 살금살금 다가갔다. 그러자 발밑에서 요란한 소리가 났다. 내 발부리에 챈 주전자가 빙그르르 굴러갔다. 술청 바닥에는 깨진 그릇과 사기 조각들이 어지럽게 흩어져 있었다.

"경옥이냐?"

방 안에서 목쉰 소리가 나직이 새어나왔다. 그리고 방문이 삐그덕 열렸다. 그 순간, 나는 엉겁결에 외마디 소리를 질렀다. 할멈은 철사처럼 뻣뻣한 흰머리를 아무렇게나 풀어 헤뜨린 채 비틀거리는 몸을 간신히 문설주에 의지하고 서 있었다. 나는 할멈의 추악한 몰골에 질려 몸서리를 쳤다. 고름이 떨어져 달아나 빼끔히 벌어진 저고리섶 새로 쪼글쪼글 말라비틀어진 유방이 보였고, 흰지검은지 모를 치마는 형편없이 구겨져 있었다. 얼굴은 백지장처럼 하얀데 여기저기 할퀸 자국이 끔찍했고, 눈두덩은 퉁퉁 부어 있고, 눈곱에 싸인 빨간 눈알은 말라붙은 눈물의 흔적 위에 새롭게 비어져나오는 눈물로 입 안에서 녹아버린 사탕처럼 질척거렸다. 그런 눈으로 나를 한참이나 바라보더니 할멈은 별안간 히죽히죽 웃기 시작했다.

"아아, 돌아왔구나!" 하고 외치면서 할멈은 양팔을 벌려 나를 반갑게 맞아들일 자세를 취했다. "네가 정말 돌아왔구나. 고맙다, 경옥아. 어서 들어오너라. 에미가 잘못했다. 자아, 어서 들어와."

할멈이 팔을 벌린 채 술청으로 내려서는 걸 보고 나는 슬금슬금 뒷걸음질을 했다. 할멈은 연방 히죽히죽 웃어가며 아첨하는 목소리로 떠들었다. 입에서 시큼한 술냄새가 물씬 풍겼다.

"그동안 에미가 잘못했다. 인제 다시는 안 울게. 제발 나가지 마. 경옥아, 제발 이 에미를 용서해라."

어둠침침한 방 안에서 경주가 총알같이 뛰어나왔다. 경주는 어머니를 밀치고 밖으로 빠져나오려 했다. 그때까지 비틀거리며 걸음조차 제대로 못하던 할멈이 갑자기 믿어지지 않을 만큼 날랜 동작으로 딸의 머리채를 낚았다. 그리고 역시 믿어지지 않는 무서운 힘으로 딸의 몸뚱이를 번쩍 안아올려 방구석에 처박았다. 경주는 재차 뛰어나왔다. 그러나 다시 붙잡혔다. 내가 보고 있는 동안 경주는 네 차례 뛰어나왔고, 모두 네 차례 방구석에 던져졌다. 나는 재빨리 문밖에 나와 죽을힘을 다하여 집으로 도망쳐 왔다. 할멈의 찢어지는 듯한 고함이 등 뒤에서 따라오고 있었다.

"어딜 가, 에미를 놔두고 어딜 가, 이년!"

이튿날 오후 늦게부터 날씨가 흐리기 시작했다. 찌푸린 하늘을 올려다보며 아버지는 잔뜩 화가 난 목소리로 농사일을 걱정했다. 가을 장마가 닥치면 일껏 베어놓은 나락을 거둬들이는 데 지장이 많을 거라는 것이었다. 그러나 우리는 한 뼘의 농사도 짓지 않았으므로 아버지의 때 이른 장마 걱정은 자연히 심각한 얼굴에 조금도 어울리지 않게 들렸다. 공연한 얘기 끝에 아버지와 어머니는 다시 경주네 주막 쪽으로 얼굴을 돌렸다. 조금 전까지 두 분은 경주네 모녀에 대해 얘길 나누고 있었던 것이다. 두 손을 맞잡고 싹싹 비비대며 아버지는, 어떻게 무슨 수를 써야 될 텐데, 하고 딱한 목소리로 중얼거렸다. 어머니는 말끝마다 그저 혀만 쯧쯧 차고 있었다. 경주네 집 근처엔 얼씬도 말라고 어머니는 내게 신신부탁을 했다.

날씨가 흐린 탓으로 주막집 유리창을 불태우던 빨간 햇살을 볼 수가 없었다. 그 때문인지, 할멈의 울음 소리도 안 들렸다. 경주네 굴뚝은 벌써 사흘째나 연기를 비치지 않았다. 그리고 할멈과 경주는 사흘 동안이나 방에만 틀어박혀 있었다. 나는 아무 소리도 안 들리는 주막집을 바라보며, 그 속에서 할멈과 경주가 서로 지금 상대방을 잡아먹고 있을 거라는 끔찍스런 상상을 했고, 끝내는 이 터무니없는 상상에 이끌려 어머니의 당부를 어기고 말았다.

사람이 들어온 걸 알고 방문을 열어보기 전에 할멈은 또 "경옥이냐?"라고 물었다. 그러나 이번에는 바로 나를 알아보았다. "기와집 자식, 기와집 자식……" 하고 중얼거리며 할멈이 나를 차갑게 쏘아보았다. 얼른 되돌아 나오고 싶었지만 경주가 궁금해서 나는 머뭇거렸다. 경주가 안 보였다. 내가 방 안을 기웃거리는 걸 보더니 갑자기 할멈의 태도가 달라졌다.

"들어와서 같이 놀아라. 경주는 병이 나서 누워 있단다."

내가 들어갈 수 있도록 문에서 비켜서며 일부러 꾸며낸 달콤한 소리로 할멈이 속삭였다. 할멈은 잠시 어리둥절해 있는 사이에 내 손을 꽉 붙잡아버렸다. 나는 경주가 누워 있는 아랫목까지 질질 끌려갔다. 호롱불이 어수선한 방 안 풍경을 흐릿하게 비추고 있었다. 할멈이 호롱의 심지를 돋우자 방 안이 환해졌다. 경주는 이불도 덮지 않은 채 눈을 감고 누워 있었다. 나는 한때 유리창에서 사라진 놀빛을 경주의 두 뺨에서 보았다. 경주의 얼굴은 발갛게 꽃물이 배어 있고, 바싹 마른 입술엔 검게검게 딱지가 눌어붙어 있었다. 숨을 내쉴 때마다 입에서는 간장을 달이는 냄새가 풍겼다. 나는 별안간 무서운 생각이 치받쳐 벌떡 일어나고 말았다.

"왜, 벌써 갈라고?"

딸그락, 하고 문고리를 걸어 잠그는 소리가 들렸다. 할멈의 움푹 들어간 두 눈이 내 앞에서 교활하게 웃고 있었다.

"천천히 놀다 가거라" 하면서 할멈이 내 머리를 쓰다듬었다.

나는 비죽비죽 울기 시작했다. 잠시 후에 나는 할멈의 놀랍도록 억셈 힘에 의하여 경주 머리맡에 다시 주저앉혀졌다. 할멈은 낡은 장롱을 뒤져 깊숙이 감추어둔 문갑(文匣)을 꺼내었다. 꽃무늬의 자개가 박힌 예쁜 상자였다. 그 속에는 채권 뭉치가 가득 들어 있었다. 할멈은 매우 아깝다는 표정으로 한참을 망설인 다음 그 가운데서 한 장을 집어주었다.

"돈이다. 받아라."

그것이 꼭 돈인 줄만 알고 있던 때가 있었다. 경주한테서 처음으로 채권을 받았을 때였다. 그러나 어머니가 일러주었다. 그건 돈이 아니라고. 일본 사람들이 있을 때는 제법 돈 구실도 할 수 있었지만 지금은 아무짝에도 쓸모없는 물건이라고. 그래서 휴지나 매일반임을 잘 알기 때문에 나는 받지 않았다. 더욱 아깝다는 표정을 지으며 할멈은 두 장을 쥐여주었다.

"뭐든지 살 수 있단다. 이건 정말 돈이다. 자아, 어서 받아라."

나는 받지 않았다. 할멈은 신경질을 부렸다. 내 앞에 쌓인 채권이 한장 한장 불어났다. 나는 좀 더 울었다. 아까운 줄 모르고 듬뿍듬뿍 집어주기 시작했다. 나중에는 문갑 속에 든 채권 전부가 내 손에 쥐여졌다.

언제부터인지 빗방울이 후둑후둑 함석 지붕을 때리고 있었다. 나는 채권에 만족하지 않았다. 할멈은 다시 장롱을 뒤져 갖가지 물건들을 내 앞에 늘어놓았다. 그 중엔 사진첩도 있었다. 누렇게 색이 바랜 가족 사진 속의 남자를 가리키며 할멈이 일러주었다. 그게 경주네 아버지라고. 그는 긴 칼을 옆구리에 차고 콧수염을 기르고 이상한 옷차림을 하고 있었다. 나는 젊고 예뻐 보이는 어떤 여자의 사진을 짚었다. 그러자 할멈이 자기 가슴을 주먹으로 툭 치며 호호 웃었다.

"그게 바로 나란다."

할멈은 다른 사진을 꺼내어 그보다 더 젊은 여자를 보여주었다.

"잘 봐둬라. 이것도 내 사진이다."

그리고는 천장을 올려다보며 귀부인처럼 우아한 미소를 흉내내었다.

경주네 큰언니의 사진과 얼굴이 거의 비슷했다. 나는 할멈의 주름 투성이 얼굴과 사진 속의 여자를 번갈아 비교해보았다. 어쩐지 할멈이 거짓말을 하는 것만 같았다. 한 번도 만난 적이 없는 경주네 오빠의 얼굴을 나는 사진으로 볼 수 있었다. 그는 세일러복 차림의 조그마한 소년이었고, 그때의 경주는 거의 젖먹이였다.

빗소리가 더욱 요란해졌다. 함석 지붕이 마치 질화로에 얹은 마른 콩 냄비처럼 심하게 복대기치고 있었다. 피 묻은 빗자루가 붙어 있는 빈 철공소의 창문과 홈통이 바람에 흔들리는 소리를 나는 똑똑히 들을 수 있었다. 그동안 경주는 한 번도 눈을 뜨지 않았다. 내가 와 있는 줄도 모르는 듯했다. 나는 집에 가고 싶어서 소리내어 울기 시작했다. 이제 방 안에서 나의 환심을 살 만한 물건은 아무것도 없었다. 그러나 할멈은 어떻게든 나를 붙잡아두려고 안절부절을 못했다. 갑자기 문을 열고 밖으로 나가더니, 할멈은 술독 밑바닥을 닥닥 긁어 막걸리를 대접에 가득 담아 왔다.

"마셔, 마셔, 마셔!"

나는 입을 꽉 다물고 머리를 이리저리 돌려 대접을 피하면서 한 사코 마시지 않으려 했으나 할멈이 코를 틀어쥐는 바람에 그만 입을 벌리고 말았다. 할멈은 한 대접을 같은 방법으로 또 들이부었다. 올챙이처럼 배가 불러 숨이 벅차고 온몸이 단박 불처럼 달아올랐다. 지붕을 뚫고 하늘 높이 올랐다가 땅속으로 쑤욱 꺼져들고 다시 솟구치기를 거듭하면서 보이지 않는 거대한 그네를 타는 듯한 기분이었다.

"창가를 불러, 창가를 불러!" 하고 할멈이 꽥꽥 소리쳤다.

경주가 눈을 뜨고 방 안을 두리번거리자 할멈은 더욱 기세를 올렸다.

"창가를, 경주가 잠이 깨게 창가를 불러! 경주가 웃게 창가를 불러! 불러!"

 그날 밤 난생처음 모주망태가 되어 나는 별의별 추태를 다 벌였다. 할멈의 명령에 따라 학교에서 배운 노래를 생각나는 대로 죄 불렀고, 자진하여 덩실덩실 춤까지 추었고, 마지막엔 할멈의 부축을 받으며 요강에다 왝왝 토물을 쏟았다. 다음 일은 전혀 기억에 없다. 나는 아버지가 방문을 때려부수고 들어와서 할멈과 싸우는 것도 모르고 쿨쿨 곯아떨어져버렸다.

 이른 새벽이었다. 나는 잠에서 깨어 내 곁에 누워 있는 경주를 보았다. 어머니가 경주의 이마에 찬 물수건을 갈아 올리고 있었다. 경주는 몸이 불덩이 같았고, 끙끙 앓는 소리를 할 때면 간장을 달이는 냄새가 났다. 밖은 아직도 어둑했다. 빗소리가 들리고, 그 소리에 섞여 목쉰 외침이 간간이 들려왔다. 아마 대문 밖일 것이었다.

 "내놔! 내놔! 내놔!"

 그 소리에 애써 무관심한 표정을 지으며 아버지는 담배를 뻑뻑 빨고 있었다. 그러나 실상은 몹시 화가 난 태도였고, 밤새 한잠도 못 잔 듯 눈이 부석부석했다. 어머니도 매한가지였다. 어머니가 나를 꾸짖는 눈초리로 내려다보았다. 나는 일의 대강을 짐작했다. 그것은 할멈이, 도둑질해 간 자기 딸을 내놓으라고 밤새도록 외치는 소리였다. 밖에서는 여전히 더하지도 덜하지도 않게 고만한 기세를 유지해가며 가을비가 추적추적 내리고 있었다.

 경주는 아침에 의사가 다녀간 뒤로 미음을 몇 모금 넘겼다. 아직 마음을 놓을 정도는 아니지만, 그래도 간밤에 비하면 많이 좋아진 편이었다. 아낙네들이 와서 아버지가 경주를 데려온 데 대해 입을 모아 치하를 했다. 매우 장한 처사라는 것이었다. 그제야 어머니의 표정이 밝아졌다. 날이 밝기 전에 할멈이 어디론지 사라져버렸으므로 마을은 조용했다.

그러나, 얼마 후에 할멈의 모습이 다시 나타나자 우리집 대문 앞은 모여드는 구경꾼들로 장을 이루었다. 할멈은 사람이 달라져 있었다. 썩은 새끼로 똬리를 틀어 머리에 얹고는 깨진 손거울에 얼굴을 비춰보며 까닭 없이 실죽벌죽 웃었다. 옷은 깨끗한 걸로 갈아입어 제법 단정해 보였으나 흰 머리칼은 비에 흠씬 젖어 엉망이었고, 더욱이 맨발이었다. 할멈은 허연 눈알을 굴려 사람들을 노려보며 뭐라고 쉴새없이 중얼거리기도 했다. 동네 조무래기들이 주위를 뱅뱅 돌면서 장난을 쳤다. 할멈의 품안에서 빳빳한 채권 한 장이 나왔다. 할멈은 춤이라도 추듯이 맵시 있는 손놀림으로 그것을 공중에 휙 날렸다. 아이들이 서로 줍겠다고 밀고 다투었다. 할멈은 깔깔 웃으며 또 한 장을 날렸다. 계속 내리는 비에도 아랑곳없이 사람들은 함께 웃어가며 구경을 했다. 요란스럽게 경적을 울리며 '제무시'의 행렬이 나타났다. '제무시'에 탄 군인들이 고개를 빼고 할멈의 거동을 바라보았다. 사람들이 비켜서자 가득가득 군인을 태운 '제무시'들이 내장산 쪽을 향하여 차례로 지나갔다. 할멈은 벌떼같이 달라붙는 아이들에게 한장 한장 맵시 있게 채권을 뿌려주고 나서 손뼉을 치며 웃었다. 마을의 유명한 개구쟁이가 할멈의 품속에 손을 넣었다. 인기라는 아이였다. 그 애가 채권 뭉치를 빼내려 하자 방 안에 누워 있는 줄만 알았던 경주가 별안간 사람들 틈에서 튀어나왔다. 경주는 대뜸 인기를 껴안고 땅바닥에 나뒹굴었다. 그 바람에 할멈의 품에서 쏟아져나온 채권들이 사방으로 흩날리고 경주와 인기도 삽시에 진흙강아지가 되어 채권이 깔린 땅바닥을 이리저리 뒹굴면서 서로 할퀴고 때리고 물어뜯었다. 구경꾼들 뒷전에서 어머니가 비명을 질렀다. 가만 놔두면 저 애는 죽고 만다고 어머니가 소릴 질렀지만 사람들은 아무도 말리려 하지 않았다. 할멈은 싸우는 두 아이의 몸뚱이 위에 남아 있는 채권을 마저 뿌리면서 허리를 잡고 웃었다. 아픈 몸으로 경주가 평상시 같으면 상대도 안 될 인기를 이기는 데는 좀 시간이 걸렸다. 그러나 경주는 이겨놓고도 일어나지 못했다. 어떤 사람이 쓰러져 있는 경주를 멀뚱멀뚱 내려다보고만 있는 할멈에게, 당신 딸이라고 큰 소리로 일러주었다. 그러자 할멈이 훌쩍훌쩍 울면서 경주를 안아올렸다. 사람들이 하나 둘 흩어지기 시작했다. 누군가 가랑비에 흠뻑 젖은 옷을 털면서 하늘을 보고 투덜거렸다. 모두들 비에 젖어 있었다.

  내가 경주와 할멈을 마지막으로 본 그날 저녁은 쿵쿵 울리는 대포 소리와 함께 저물었다. 가까운 산에서 전투가 벌어졌기 때문에 이따금 어둠을 찢는 팽팽한 굉음을 지르며 유탄이 날아들었고, 우리는 등화관제 속에서 온밤을 뜬눈으로 보내지 않으면 안 되었다. 한밤중에 나는 이불 속에서 무엇이 한꺼번에 무너앉는 요란한 소리를 들었다. 아침에 보니까 경주네 주막집이 폭삭 내려앉아 있었다. 마을 사람들이 삽과 곡괭이를 들고 나와 무너진 집터를 파고 정리하는 동안, 나는 방 안에 갇혀 꼼짝을 못했다. 어린애는 보면 안 된다면서 어머니가 문을 열어주지 않았던 것이다. 그후로 나는 경주와 할멈의 모습을 한 번도 보지 못했다. 어머니는 그들 두 사람이 어떤 청년을 따라 아주 먼 곳으로 떠나가버렸다고 일러주었다. 그날 밤 할멈의 아들을 동네 어귀에서 본 사람이 있다는 얘기가 들리고, 그에게 담뱃불을 빌려준 사람까지 있다는 소문이 나돌았기 때문에 나는 섭섭한 대로 어머니가 일러준 주막집 모녀의 행방을 믿는 수밖에 없었다.

이젠 주막집 유리창에 번득이던 저녁놀은 영영 볼 수 없게 되었다. 그러나 그 대신 이듬해 봄이 되자 불에 타 죽은 줄 알았던 담쟁이 덩굴이 한 해 동안의 긴 몸살에서 일어나 나를 놀라게 하였다. 벽돌집 전체가 무성한 잎에 싸여 온통 푸르게 보이던 어느 날, 나는 어머니의 성화에 못 이겨 오래도록 사사건건에 말썽을 부려온 왼쪽 충치를 뽑아버렸고, 그것을 지붕 위에 던졌다. 그뒤로도 마을 아낙네들은 우리집에 자주 놀러 왔으나 새삼스럽게 경주네 이야기를 꺼내는 사람은 아무도 없었다. 내가 새 이빨을, 까치가 물어다 줄 건강한 이빨을 기다리는 동안, 어머니와 아낙네들은 어느새 이웃에 새로 이사 온 어떤 새댁의 나쁜 행실에 관해서 열심히들 수군거리고 있었다.

생각할 문제

1. 이 작품에서 주요 사건이 벌어지고 있는 시대와 지리적 장소는? 또 그 때와 곳의 분위기를 인상적으로 나타내는, 그래서 어린 '나'의 기억에 깊이 새겨진 것들로 어떤 것들이 있는가?(물체, 장소, 광경, 작은 일 등 무엇이든 좋음)

2. 경주네 가족을 모두 염두에 두면서, 그 집의 몰락 과정을 4~5 문장으로 요약하시오.

'생각할 문제' 해설

최 시 한

가족 혹은 가정은 누구에게나 몸과 마음의 고향이요 보금자리이다. 무한한 애정으로 부모가 자식을 가치 있는 존재로 만들며, 자식 또한 절대적인 신뢰 가운데 부모를 닮고 또 계승하는 곳, 인간의 정서적·지적 체험의 원형이 만들어지고 또 존재하는 원초적 공간이 그곳이다.

따라서 가족은 그것이 사회 조직의 기본 단위인 것처럼, 삶을 표현하는 기본적인 무대 혹은 매개체가 된다. 소설은 읽는 동안 뜻깊은 체험을 하도록 꾸며진 허구인데, 가족을 무대나 매개체로 삼으면 개인적인 체험은 물론 사회적·역사적인 체험까지 절실하고 통일성 있게 전개하기에 좋은 것이다. 한국처럼 문화가 가족주의적 특성이 강할 때, 그것은 삶의 내면을 깊이 제시하는 데에도 이바지한다.

여기 수록된 아홉 편의 단편소설은 가족이라는 제재의 그러한 장점을 활용하여 주제를 표현하고 있다. 각 작품 뒤에 붙은 '생각할 문제'들을 중심으로, 그 구체적인 모습을 하나씩 살펴보기로 한다.

「아버지의 바다에 은빛 고기떼」는 가정 안팎의 환경 속에서 아이가 어떻게 자신의 존재를 형성해가는가를 보여준다. '나'는 아버지와 어머니의 관계가 규범에서 벗어난 가정에서 태어나, 어쩌면 그렇기 때문에 더욱 강하게 아버지에 집착한다. 그리고 그를 모델로 자신을 만들어간다. '나'에게 있어서 집 밖은 어둡고 거친 세상, 때가 되면 뛰어들어 헤엄쳐나가지 않을 수 없는 어두운 바다이다. 아직 어리기에 그 세상은 상상 속에 존재하고, 그 세상을 헤쳐나가기 위해 필요한 '아버지' 역시 실제라기보다 상상 속에 존재한다. 상상 속에서 아버지는 아주 강하고 거대한 존재이다. 하지만 결말부에서 '나'는 어렴풋이 아버지의 실제 모습—독자들이 점차 분명히 알게 되는, 그리 강하지도 않고 떳떳하지도 못한 모습—과 만나기 시작한다. 그것은 성장의 시작인 동시에 꿈이 깨어짐의 시작이다. 한 개체로서의 성숙은 곧 가족이라는 집단에서의 떠남이며, 그 보금자리에서 꾸었던 꿈이 깨지는 환멸의 시작이기도 한 것이다.

「아버지의 바다에~」가 개인적·본능적인 차원에서 가족의 의미를 보여주었다면, 「열 줌의 흙」은 사회적 측면에서의 가족의 의미를 부각시키고 있다. 유교 이념 중심, 혈연 중심, 남성 중심의 규범이 지배해온 한국 전통 사회에서, 가족은 혈통을 보존하고 지속해가는 매개체로서의 기능이 중요시된다. 가족은 독립체라기보다 가문(家門)의 일부이고, 가장 역시 개인이기 이전에 조상으로부터 받은 혈통의 소지자요 수호자이다. 한국인에게 '조국(祖國)' '민족' 등의 말이 큰 울림을 갖는 것은, 그것들이 피를 나눈 가족의 확대판으로 여겨지기 때문이다.

노인은 그러한 한국인다운 가족관을 지녔으며, 한국의 근대사를 한 몸으로 겪어낸 듯한 인물이다. 그만큼 전형성을 지녔다. 그가 끝끝내 수행하고자 한 "선조에 대한 임무"는 우선 혈통을 이어 자손이 끊기지 않게 하는 것이다. 그리고 조상 대대로 살았고 뼈를 묻어온 땅을 지키는 것이다. 그는 손녀를 자기 고향 출신과 결혼시킴으로써 하나의 임무를 완수한다. 그리고 그들에게 열 줌의 고향 흙을 전하는 상징적인 행동으로 분단된 땅이 통일될 때를 기다리게 한다. 노인이 삶의 마지막 순간에 극적으로 벌이는 이러한 행동에서 우리는 특히 '동족으로서' 감동을 느낀다.

그런데 손녀에게는 외국인의 피가 섞였기에 혈통의 순수성은 훼손된 상태다. 그녀가 노인의 소원대로 한국인과 결혼하는 데서 우리가 느끼는 감동은 낭만적인 면이 있다. 국가라든가 민족에 대한 한국인의 관념은 아직 혈통의 순수성 혹은 단일성을 고집하기 때문이다.

가족은 안식처이기만 한 것이 아니다. 가족은 사람이 가장 먼저 접하는 사회요, 경쟁과 갈등으로 가득 찬 사회에 대해 배우는 학교이다. 가장 깊은 사랑과 믿음을 나누는 식구는, 한편으로 가장 뼈저린 미움과 불신의 대상일 수 있다. 가정소설, 가족사소설, 가정 비극, 홈드라마 등의 용어에서도 알 수 있듯이, 소설·연극·영화 등에서 가족 이야기가 많은 것은, 사건을 자연스럽고 통일성 있게 전개하기 좋은 점도 있지만, 가족이 이렇게 양면성을 지니고 있기 때문이다.

「생일 전날」은 일제 강점 시대 한 가족이 살아가는 모습을 세밀하게 그리고 있다. 가장의 생일은 중요한 날이기에, 막상 가장은 밥만 먹고 나가버리지만, 집안 모두가 모인다. 딸들은 농업 중심의 경제 질서가 바뀌어가는 시대적 변화와, 앞잡이를 내세워 억압하고 착취하는 일제의 식민지 통치 체제로 인하여, 대립적인 처지에 놓이게 된다. 그래서 서분(과 그녀의 남편)에게 친정집은 자신의 열등한 사회적 지위를 확인하게 되는 괴로운 장소이다. 하지만 언니를 무시하며 뻐기는 인숙도, 아들 형제인 인호와의 관계에서 보면, 가부장제 혹은 남성 중심 체제의 피해자이다. 그들은 딸이기에 고등 교육을 받지 못했고, 부모의 뜻에 따라 일찍 결혼을 하였으므로, 식민지 현실을 투시하여 젊은이가 나아갈 길을 모색할 사회적 자아를 성숙시키지 못한 채, 현실에 파묻히거나 안주하여 살아가고 있다. 자기 때문에 온 집안이 수난을 당했지만, 적어도 인호는 가정의 울타리를 넘어서 민족의 앞날을 고민하는 사회적 성격을 지니고 있다. 지식인의 소극성, 집안 사정과 주변 환경 등 때문에 그도 무력감에 빠져 있기는 하지만 말이다.

「돌다리」에서도 가정은 사회의 축소판인 동시에 사회적 변화의 물결 속에서 흔들리고 있다. 이 작품은 가족 이야기에서 아주 빈번히 등장하는 세대 갈등을 다루고 있다. 아버지는 일시적인 욕망이나 이득보다는 하늘 혹은 자연의 이치에 따라 살려는 농부로서, 집안에서 물려 내려온 땅을 거의 신성시한다. 그에게 있어서 농토를 비롯한 사물 전체는 교환 가치가 아니라 존재 가치를 지닌 것, 곧 돈과 교환되거나 돈을 버는 수단이라기보다 그 존재 자체가 인간에게 소중한 가치를 지닌 것이다. 그것은 이 작품에서 돌다리를 수리하는 행동과, 농지를 반드시 착실한 농군에게 넘기겠다는 말에서 잘 드러나고 있다. 하지만 아들에게 있어 땅은 돈이요 사업 자본이다. 시대의 흐름은 아들 편이다. 이미 좁은 마을길 대신 신작로가 뚫리고, 무너진 돌다리를 방치해둔 채 나무다리가 새로 놓였다. 이제 중요한 것은 옛것의 가치나 그에 얽힌 경험보다는, 새로운 것의 효율성과 경제적 이윤이다. 농촌의 불편함보다는 도시의 편리함이, 자연의 질서에 따른 삶보다 계획적으로 투자하고 경영하여 좀 더 빨리 그리고 많은 이윤을 내는 것이 옳은 세상이 되었다.

작품에 그려진 현실은 이미 '돌다리를 별로 사용하지 않게' 되었으며, 아버지가 노쇠하게 되면 결국 '농토를 다른 이에게 팔고야 말' 상황이다. 그런데도 아들은, 세대 차이를 강하게 느끼기는 하지만, 돌다리로 상징되는 아버지의 가치관을 인정하고 자신의 계획을 포기한다. 그래서 부자간의 세대 갈등은 활성화되거나 커지지 않는다. 이러한 아들의 행동은, 상황에 대한 이른바 '합리적' 판단보다는 효(孝) 사상, 가부장제 질서 등에 따른 것으로 보인다. 이러한 작품 내적 현실, 아들의 행동, 그리고 작품 제목과 화자의 서술 태도 등으로 보아 이 작품은 아버지 가치관을 긍정하는 보수적인 경향을 띠고 있다. 그러나 같은 작가가 쓴 단편소설 「꽃나무는 심어놓고」(1933)는 현실을 매우 비극적으로 그리고 있다. 토지에 대한 신·구 가치관의 대립이 아니라, 토지 자체를 소유하고 싶어도 소유할 수 없는 식민지 현실을 사실적으로 그리고 있기 때문이다.

「처세술 개론」에 등장하는 가족은 전통적인 가족의 모습과는 매우 다르다. 아버지는 근엄하지 않고 어떤 신념도 없어서, 가장으로서의 권위가 없고 해야 할 역할도 하지 못하고 있다. 어머니 역시 인자스럽지 않으며, 자식도 효성스럽다고 하기 어렵고, 형제들은 우애하고는 거리가 멀다. 오로지 돈만 염두에 두고 할머니를 존경하며, 할머니 또한 이기적으로 자손들을 대할 뿐이다. 국권 상실과 전쟁으로 말미암아 전통적 가치가 무너진 공간에 미국 문화가 무분별하게 들어오고, 물질적 이해관계에 따른 '처세'만이 중요시되는 현실을, 이 작품은 '미국에서 돈을 벌어 가지고 온 할머니의 환심 사기 소동'을 통해 풍자적으로 이야기한다. 중심 인물이 아이들이기에 더욱 이러한 가정과 사회의 비인간적이고 비교육적인 면은 강조된다.「돌다리」의 아버지가 염려했을 그런 비리로 가득 찬 환경 속에서, '나'는 아직 나이가 어린데도 이중적인 삶을 살아가고 있다. 가난에 짓눌리고 어머니를 비롯한 주위 사람들에게 휘둘려서 '착하고 예쁜 아이'의 겉모습을 하고 있지만, 계집애를 비롯한 다른 인물들이 거의 그렇듯이, 속으로는 이기적 계산을 하면서 필요하면 얼마든지 술수와 폭력도 쓸 줄 알게 될 것이다. 가정도 사회도, 정신적 안식을 주거나 삶의 모델을 제공해주지 못하고 있기 때문이다.

「환각의 나비」는 여기 수록된 작품들 가운데 가장 최근의 현실을 반영하고 있는데, 영주 어머니 이야기와 자연스님 이야기가 합쳐진, 비교적 복잡한 구조를 지닌 작품이다. 이 작품도「처세술 개론」처럼 효라든가 우애와 같은 전통적 가치가 약화된 가정의 모습을 그리되, 핵가족화가 진전된 상황에서 심각한 소외를 경험하는 노인 문제에 초점을 맞추고 있다. 영주 어머니는, 부모는 아들이 모셔야 한다는 전통적 사고를 지니고 있다. 또 한편으로는 자신이 가족을 책임지며 뜻대로 살았던 시절을 그리워한다. 자식의 집에 얹혀서, 또 답답한 아파트에 갇혀서 불편한 생활을 하는 게 아니라, 스스로 자신을 가치 있는 존재로 느끼며 살았던, 그래서 자식들과도 깊은 신뢰와 애정을 주고받았던 시절과 주거 환경으로 돌아가고 싶어하는 것이다. 이런 이유들 때문에 가출을 거듭하다가, 진정한 애정이 결핍되었던 자연스님과 우연히 만나 하나의 새로운 가족을 이루게 된다.

이러한 과정을 통해 결국 이 작품은, 여러 각도에서 말할 수 있겠지만, '오늘날 노인은 가족 관계에서 소외되고, 자신이 행복을 느끼는 삶의 환경도 잃어버렸다'는 사실을 주제로서 제시한다. 영주 어머니와 자연스님이 사는 집 ─ 작품 앞머리에 의미심장하게 묘사된, 아파트 숲과 대조를 이루는 '원주민 동네'의 외딴집 ─ 은, 그러한 주제를 표현하는 데 효과가 큰 공간적 요소이다. 그 집은 거기에 보금자리를 마련한 이들과 닮았으므로, 그들의 내면을 간접적 혹은 상징적으로 표현해주는 까닭이다.

앞의 소설들에서 가족은 그 자체가 하나의 사회인 동시에 그것이 속한 전체 사회의 축소판이요 상징이다. 그와 비슷하게, 가족은 또 역사적 변동의 한가운데에 놓여 있는, 그것을 압축하여 보여주는 제재요 무대이다. 역사적 갈등이나 비극이 가족 관계에 있는 인물들의 행동을 통해 자세히 그려질 때, 독자들은 추상적인 역사를 구체적으로, 체험을 통해 깊이 인식할 수 있다. 『토지』(박경리), 『혼불』(최명희), 『미망』(박완서) 등의 대하소설이 특정 가족의 이야기를 뼈대로 하고 있다든지, 서구에서 『티보 가의 사람들』(로제 마르탱 뒤 가르), 『부덴브로크 일가』(토마스 만)와 같은 가족사소설이 발달한 것은 그런 이유 때문이다.

「탈출기」는 가족을 떠난 행동을 비난하는 '김군'에게, '나'가 보내는 답장 형식을 취하고 있는데, 가장으로서의 책임을 포기한 '나'의 체험과 결단은 일제 강점 시대 한민족의 고뇌에 찬 삶을 여실히 반영하고 있다. '나'는 가족의 생계를 위해 눈물겨운 노력을 한다. 그러나 조국을 떠나 중국 땅까지 가서도 극한적인 궁핍에서 벗어나지 못한다. '나'는 마침내 그러한 궁핍이 자기 가족만을 위한, 자기 한 사람만의 노력으로는 해결될 수 없음을 깨닫고 저항 조직에 가담하기 위해 가족을 떠난다. 가족의 평안을 위한 삶/사회의 개혁을 위한 삶의 갈등에서 앞을 택한 것이다. 이렇게 볼 때 이 작품의 제목에 쓰인 '탈출'은, 외면적으로는 가정으로부터의 탈출을 뜻하며, 내면적 혹은 심리적으로는 가족만 생각하는 소시민적인 사고, 가족주의적 가치(에 사로잡혔던 자기 자신)로부터의 탈출을 뜻한다.

이 작품은 계급소설(경향소설)이어서 가족 문제와 거리가 있을 듯하지만, 오히려 그렇기 때문에 이처럼 가족 문제와 밀접한 관계에 있다. 이 작품은 한국에서 사회주의 사상이 퍼질 때 먼저 가족주의적 전통과 대립되지 않을 수 없었음을 보여준다. 그런 맥락에서 말하자면, 사회주의적 경향의 계급소설이란 자기 가족보다 사회의 무산 계급의 삶을 폭로하고 개선하는 데 이바지하려는 문학이라고 할 수도 있다.

「오발탄」은 한국전쟁 뒤의 현실을 강렬하게 표현한 작품이다. 국

토의 분단과 가족의 이산, 극도의 궁핍과 정치적 혼란에 따른 가치관의 상실 등이 송철호 가족의 짧고 긴박한 생활에 압축되어 있다. 송철호의 어머니는 이 이산가족의 고통을 대변한다. 북쪽에 땅과 풍족했던 생활 터전을 두고 왔기에, 넋을 잃고 수없이 '가자!'는 말만 되풀이한다. 이 말은 작품의 분위기를 시종 긴장되고 예민하게 만드는데, 결국 어디로 갈지 몰라 헤매는 결말부의 송철호의 행동과 연결되면서, 삶의 목표를 잃고 헤매는 상태를 상징한다. 한편 송철호의 동생 송영호는 형과 긴 논쟁을 벌이면서 강자가 약자를 기만하고 유린하는 현실에 대해 강한 불만을 터뜨린다. 그는 결국 부정한 방법으로 상황을 타개하려다가 범죄자가 된다. 또 여동생 명숙은 이른바 양공주인데, 미군이 주둔한 상황에서 궁핍을 면하기 위하여 무슨 일이든 하지 않을 수 없는 사정을 보여주는 존재이다. 그녀를 경멸하던 송철호가 그녀의 돈이 아니었으면 아내의 병원비를 마련할 수 없었다는 사실은, 고통스런 현실을 단적으로 제시한다. 아내는 결국 죽는데, 궁핍한 현실에 저항도 못하고 그저 희생되는 약한 존재이다.

식구들이 실성하고, 죽고, 타락하고, 범죄자가 되며, 송철호 자신도 거의 발광 직전에 이르는 이 비극적인 이야기는, 송철호를 초점으로 서술이 이루어지고 있어서 더욱 비극적이게 된다. 「탈출기」의 '나'처럼 송철호도 가장이요 맏아들이다. 가족에 대한 책임을 가장 크게 느끼는 그의 눈으로 보고 또 그의 입장에서 서술함으로써, 상황이 훨씬 입체적으로, 또 안타깝고 절실하게 제시되는 효과가 생겼기 때문이다.

「황혼의 집」은 제목부터가 가족의 이야기, 그것도 비극적인 이야기임을 암시한다. 어린 '나'가 이웃에 살던 경주네와 지냈던 시절을 회상하는 형식인데, 주인공은 '나'라기보다 경주 혹은 경주네 가족이다. 국군이 내장산의 공비를 토벌하던 한국전쟁 중이거나 직후의 시기에, 정읍으로 이사온 '나'는 경주와 이웃하여 살게 된다. 무너진 철공소, 공비를 토벌하러 가는 군인 차량들, 노을에 물든 경주네 집의 유리창과 경주 어머니의 주기적인 울음, 경주의 거칠고 황폐한 행동들, 많은 죽음…… 등등이 그때 '나'의 기억에 각인된다.

  경주네 집의 몰락 과정은 불행한 한국 근대사의 한 국면을 보여주는데, 어린이의 눈을 통해 간접적으로 서술되므로 다소 상상과 추측으로 살을 붙일 필요가 있다. 경주네는 일제 강점 시대에 꽤 부자였던 듯하다. 그렇다면 경주의 아버지는 친일파 혹은 민족 반역자이기 쉽다. 그래서 경주네는 일제의 패망과 함께 몰락할 수밖에 없었다. 경주의 오빠는 민족의 수난기에 이상에 불타는 젊은이들의 일부가 그랬던 것처럼 이른바 '빨갱이'가 되어 산으로 들어가 공비가 된다. 경주의 큰언니는 오빠를 구하려다가 자살하게 되고, 작은언니는 가출해버린다. 어머니는 이 모든 것을 견디기 어려워 발광 상태에 빠지고, 경주 역시 인간성을 잃어간다. 이 작품은 그 어머니의 발광과 경주의 황폐한 인간성이 극단으로 치닫는 과정에 초점을 맞춤으로써 한 가족이 역사의 수레바퀴에 치여 어떻게 몰락하는가를 잘 보여주고 있다. 결국 포격에 맞아 그 집도 경주와 경주 어머니도 종말을 맞는다. 식구와 함께 그들이 살던 집까지 무너지고 불타버리는 결말, 그것은 참으로 비극적인 가족 이야기에 어울리는 결말이다.